现代主义·现代派·现代话语
——对"现代主义"的再审视

"Modernism" Revisited

盛 宁 著

图书在版编目(CIP)数据

现代主义·现代派·现代话语——对"现代主义"的再审视/盛宁著.
—北京：北京大学出版社，2011.9
（文学论丛）
ISBN 978-7-301-19459-1

Ⅰ.①现… Ⅱ.①盛… Ⅲ.①现代主义－文学研究－西方国家 Ⅳ.①I109.9

中国版本图书馆 CIP 数据核字(2011)第 183260 号

书　　　名：现代主义·现代派·现代话语——对"现代主义"的再审视
著作责任者：盛　宁　著
责 任 编 辑：黄瑞明
组 稿 编 辑：张　冰
标 准 书 号：ISBN 978-7-301-19459-1/I·2386
出 版 发 行：北京大学出版社
地　　　址：北京市海淀区成府路 205 号　100871
网　　　址：http://www.pup.cn　电子信箱：zbing@pup.pku.edu.cn
电　　　话：邮购部 62752015　发行部 62750672　编辑部 62754149
　　　　　　出版部 62754962
印　刷　者：三河市富华印装厂
经　销　者：新华书店
　　　　　　650 毫米×980 毫米　16 开本　12 印张　180 千字
　　　　　　2011 年 9 月第 1 版　2011 年 9 月第 1 次印刷
定　　　价：28.00 元

未经许可，不得以任何方式复制或抄袭本书之部分或全部内容。
版权所有，侵权必究
举报电话：(010)62752024　电子信箱：fd@pup.pku.edu.cn

前　　言

　　"现代主义"这个话题在国内外国文学研究领域曾经历过相当大的起伏。五四以后，西方现代派文学长驱直入我国文坛，它所表现出的激进的社会批判性和张扬人性的人生价值观等，曾为当时我国以反帝反封建为主要任务的新文学运动注入活力，然而20世纪30年代以后，随着世界性社会政治的向左转，我国民族救亡运动的高涨，当然还有一个非常重要的原因——前苏联的影响等，现代派文学乃至整个现代主义思潮受到了日趋激烈的批判，而在解放以后的历次运动中，批判转为盖棺论定，现代派文学基本上成了反动、腐朽、没落的资本主义的同义语。在国外欧美文坛上，现代主义也经历过一个起伏曲折的过程，开始是受到传统古典主义、现实主义、左翼思潮以及马克思主义的抵制和批判，直到60年代以后才终于被纳入主流、奉为正宗。在现在一般的教科书或人们的印象中，现代主义已理所当然地被视为20世纪的文学艺术的主流。我国的外国文学研究在"文革"结束进入一个新时期以后，立即与国外接轨，三步并作两步地把西方一些现成的论点和看法承袭接纳，很快就变成了我们各类教科书中的流行话语。西方现代派的作家和作品，从原先被批判、否定的对象，几乎于一夜之间统统被改写成了横空出世的天才和大师；过去的禁书（例如《尤利西斯》）则成了今天的经典；甚至在西方也历来被认为有伤风化而被打入冷宫的亨利·米勒，现在竟也在我国被堂而皇之地翻译出版，而且还是全集！我并不是说亨利·米勒不能翻译出版，而是感慨这一切变化来得太迅猛激烈，真是风向一变，一切皆变。

　　考察现代主义从被排斥到接受，并被奉为经典这一现象，我觉得其中有一个很值得检讨的问题，即我们不能简单地以一个结论的转变代替一个分析的过程，我并不笼统地反对接受这个结论，而是认为我们在接受结论的同时，应该更多地注意对演变过程中各个具体的问题给予细致的审视和分析。任何结论其实都是有条件的，有例外的，而最可怕的是因为结论改变了，于是就反过来往回推，以一种推定的话语代替具体的分析。就现代主义而言，我们承认现代主义是20世纪西方文学的主流，可这一结论是否需要作某些限定；而接受这一结论，是否还有例外呢？比方说，据我所知,英国著名马克思主义文学批评家特里·伊格尔顿就曾提出,现代主义文学对于英国文学来说仅仅是擦边而过,并没有形成20世纪英国文学的主流。现在,这一观点在新近出版的《牛津英国文学史》第10卷《现代运动》中得到了证实和肯定。该卷主笔克里斯·鲍尔迪克(Chris Baldick,1954—)在开篇"引言"中指出,尽管现代主义主导了1910—1940年那三十来年的文学版图和方向,然而实际上它在当时却仍只算一个少数人的流派。乔伊斯、爱略特、庞德和伍尔夫等这些现代主义先锋派作家和诗人其实只是"一小撮"(a small band)。鲍尔迪克说,如果我们只把眼睛盯在这一小部分人身上,那么我们不仅会忽略了他们同代人的一大块丰富的创作,而且说到底也不可能真正地欣赏这些现代派作家的特点,因为要欣赏他们是离不开对于他们从中脱身出来的主流文学的了解的。另外,还有一点也不可否认,即文学与音乐、美术等艺术门类毕竟还是有很大的区别,现代主义的小说家,如多萝茜·理查森或 D. H. 劳伦斯,他们与传统的共同之处恐怕也远甚于诸如斯特拉文斯基、毕加索或达利这样的先锋派艺术家。①

而另一个更为复杂的问题是:在把现代主义奉为当代文学正宗、承认其在文学史上的主流地位之后,能否因此就沿用"存在即合理"的逻辑,从而在我们的文学史中就代替了价值论的判断和分析呢?30年代时,著名文艺理论家卢卡奇曾经对现代主义文艺作过全盘否定式的批判,然而西方文论界过去把卢卡奇作为斯大林主义的代表,我们在六七十年代把卢卡奇作为修正主义的代表,因而都对卢卡奇对现代派的批判持否定态度,可是,现在东西方的文学理论界似乎都承认了卢卡奇马克思主义文艺理论家的地位,那么当年对现代派的评价问题现在有无重新提出的必要呢?现代主义现在被奉为西方文学经典,其理由之一是它对当代资本主义进行了"批判",然而当年左翼和马克思主义对现代主义的批判,却又是因为它在道德上的堕落,认为它是腐朽没落的资本主义的代表,今天,当道德滑坡已成为日益受到关注的社会问题的时候,我们能否或者"以成败论英雄",因为现代主义成了正宗而一俊遮百丑,阻止对它进行道德上的分析,甚至径自认为它在道德上也无愧可击;或者,因为世风日下而痛心疾首,于是就简单地把现代派拖出来鞭尸示众,以期收到警世劝善的效果呢?我觉得,这里有许多值得仔细地剥解、仔细地琢磨和分析的问题,然

---

① Chris Baldick, "Introduction: Modern Beginnings," *The Modern Movement*, The Oxford English Literary History, vol. 10/1910—1940(外语教学与研究出版社/牛津大学出版社, 2007年6月), pp. 3-4.

而遗憾的是,我们还没有去做,或做得还很不够。

我的这个课题,旨在对迄今为止我国的现代派文学研究做深入一步的再思考、再认识。但由于不断被许多更需要应付的事情打断,因此拖了很长的一段时间。好在这是一个比较综合的话题,其中既有比较笼统的理论思考,也有对一些作家作品的重新阅读,但总的来说它们都属于我的兴趣范围。其中的《重新审视"现代主义"》一节没有发表过,《卢卡奇与"现代主义"》、《何塞·奥尔特加—加塞特》、《伍尔夫:重新回到"1910年的12月"》等节曾单独或抽出部分成文发表过;《哈贝马斯、霍克海默和阿多诺——兼谈〈启蒙辩证法〉的"总体性"》是我2008年9月向在德国法兰克福大学主办的《法兰克福学派在中国》国际研讨会提交的论文,此论文的主旨之一就是对卢卡奇提出的"总体性"的一个再审视和再认识,而这个话题在西方后结构主义的理论话语中颇有一定的重要性,故而作为对《卢卡奇与"现代主义"》一文的延伸,收在这里恐怕也是合适的。集子中的其他几篇文字不是专门为这个课题所写,但都和西方现代派文学有着这样那样的相关性,其中也都有一些对现代派文学的直接思考。作为一个课题的成果,讨论的话题当然应该相对集中一些,因此我只把对"现代主义"所做的重新思考,再加上近年来对一些可以纳入现代主义作家所做的评论束为一集,置于"现代主义再审视"的名下,或可作为我对这个问题的一个阶段性思考的了断。

附在正文之后的是几则关于叶芝、狄更生、伍尔夫、庞德和奥登的最新评论综述,它们原本是作为动态资料发表在《外国文学评论》上的,并不是我个人的研究成果。作为附录发表在这里,是我觉得它们对现代派的研究有一些参考价值,特此做一说明。

作者　2010年11月于蓝旗营

目 录

Ⅰ. 引论：重新审视"现代主义" ……………………………… (1)
    一、"现代主义"：一个面目不清的概念 ……………………… (1)
    二、"现代主义"在中国的认识轨迹：一点历史的回顾 ……… (9)
    三、重返原点：对"现代主义"的再审视 ……………………… (21)

Ⅱ. 卢卡奇与"现代主义" ……………………………………… (28)
    一、对"现代主义"思潮的意识形态批评 ……………………… (30)
    二、关于"内容"和"形式"的探讨 ……………………………… (35)
    三、对卢卡奇决定论文艺观的再审视 ………………………… (41)
    四、当代西方文论对卢卡奇的收编 …………………………… (50)

Ⅲ. 何塞·奥尔特加—加塞特 …………………………………… (56)
    一、《非人性化的艺术》对"现代主义"的独特把握 ………… (57)
    二、与"民主"针锋相对的《大众的反叛》？ ………………… (62)
    三、奥尔特加对"大众社会"和"民主"的"反思" …………… (67)
    四、奥尔特加—加塞特与尼采、勒庞 ………………………… (74)
    五、"大众"与"精英"之争的继续 …………………………… (79)

Ⅳ. 不同视角下的爱伦·坡 ……………………………………… (83)
    一、人格层面：印象主义的传记批评 ………………………… (85)
    二、文本层面：社会历史和文本批评 ………………………… (87)
    三、抽象结构层面：结构主义和后结构主义批评 …………… (90)

Ⅴ. 哈贝马斯、霍克海默和阿多诺
    ——兼谈《启蒙辩证法》的"总体性" ……………………… (95)

Ⅵ. 伍尔夫：重新回到"1910年的12月" ……………………… (116)

Ⅶ．福尔斯：文本的虚构与历史的重构
　　——从《法国中尉的女人》的删节谈起 …………………（128）

Ⅷ．"写实"还是"虚构"
　　——试论英美现代小说观念演变的几个问题 ……………（139）
　一、作为"小说"界定性特征的现实主义 …………………（142）
　二、从"现实主义"到"心理现实主义" ……………………（146）
　三、从"形式现实主义"到"形式主义" ……………………（149）
　四、"虚构"取代"写实" ………………………………………（154）

附录：现代派文人剪影五则 ……………………………………（158）

Ⅰ．引论：重新审视"现代主义"

一、"现代主义"：一个面目不清的概念

今天若再提起"现代主义"的话题，人们脸上多少总会出现一种疑惑的神情，"现代主义"？这还能有什么话可说？"后现代"都过去了嘛，怎么又倒回去了？而且，困惑之外，似乎还隐隐约约地可以看到一点担心：曾几何时，它可是一个十分敏感的意识形态话题，文艺领域那一次次的大论争，它都逃不脱干系，上纲上线，火药味十足……有人甚至忍不住会试探地问道，你是不是要对谁提出批评？好像我有什么发难或翻案的意图。总之，不管对方持哪一种意见，有一点也许是比较明确的，即，这是一个时过境迁、早有结论的话题，不值得再做了。"现代主义"这个话题给人留下的印象，好像就是这样。

面对这样一种困惑和担心，似乎有必要对我的意图做一点说明或解释。首先，我这里丝毫没有要向谁发难或为某人翻案的意思。我倒是觉得，过去在这个问题上，争论过多，而研究偏少，结果把一些本不应该是问题的问题搞复杂了，而把一些应该认真研究的问题反倒搁下了。要说研究，这本来也更应该是外国文学、文化、思想史等领域研究者的份内事；然而一说到"现代主义"和"现代派文学"，远到上个世纪的二三十年代，近至我国实行改革开放以来出现的外国文学研究的高潮，这问题却成了社会意识形态领域的一个非常热门、以至引起很多争议的话题。而令人不解的是，外国文学领域中对这一问题研究所获得的认识，似乎总是很难进入到中国文学、文艺学理论的话语层面。之所以造成这样一种情况，当然首先应看到外国文学的研究本身还不够深入、学术水平有限等这些不可推诿的原因。然而，从另一方面看，在当时的中国思想界、文学理论界中，参与论争的不少学者，则都好像是怀着一种只要结论、不问过程的心态，他们似乎不太有耐心去认真地了解一下这一问题的来龙去脉，就匆匆忙忙地投身到论争之中。结果是你来我往、上纲上线，争论的火药味越来越浓。谁都在拿"现代主义"说事：一方打着"解放思想"和反思国是的旗号，总想借西方"现代主义"之矢，来射中国国情之的；而另一方，则认为对方是"项庄舞剑，意在沛公"，因此断然下结论说，这已"不是一场要不要借鉴现代派艺术之争，而是一场我们的文艺要走什么道路、举什么旗帜之争"。这样争

论来，争论去，"现代主义"这个问题本身究竟是怎么回事，反而被搁置了起来。许多以为是弄清楚了的问题，或本该弄清楚的问题，争论了半天却并没有弄真正清楚。我们看到，在一些火冒三丈的争论中，双方都在使用的"现代主义"、"现代派文学"一类术语，然而这些术语却变成了什么也不是的空心符号，成了任人借题发挥、谁都可以拿来说事的一种代码，争论的双方（或几方）心目中的"现代主义"，与西方文学史、文化史上实际的现代主义思潮、理念或具体的创作流派和作品大相径庭，甚至风马牛不相及。也许我这么说有点言重了，但我之所以这么说也是经过一点调查研究的。我的目的其实只是为说明"现代主义"有进一步认真研究的必要，所以我在涉及过去争论中的人和事时，若非万不得已，我都采取一律隐去被引者人名和引文出处的做法，以免引起不必要的误会和新的争论。

接下来的另一点想法，其实也与上述彼伏此起的论争有关。这些年从事西方文论的研究，经常会听到这样一种意见，即如何把当代国外流行的新的理论、观点和方法，用于我们中国文学的批评。对于这样一种愿望，我非常理解。然而，实际的情况却是，西方文论的一些新方法，真正能运用于我们的文学批评的却是少之又少，不是上不合身，就是下不合脚。鉴于这一实际情况，我在前些年发表的《人文困惑与反思》的小书中表达了这样一个意思：对于西方思潮的追踪研究，必须警惕一种"话语的平移"的简单化倾向。这一看法提出后，似乎还引起过不少学者的注意和比较热烈的反响。这里所谓的"话语的平移"，指的是在对西方的理论思潮进行考察的时候，不要只把目光盯在具体的理念、论点和命题上，而不去注意这些理念和命题所由产生的那个特定的背景和语境，不去注意这些观点和说法背后更为隐蔽的动机和所指，结果有意无意地将本来是有特定所指的概念当成了某种普适性的命题。[①] 而联想到"现代主义"在我们的学术史上所引发的一次又一次的争论，我愈加觉得"话语的平移"实在是造成各种误读、误解的根源。

长期以来，我们一直被告知要"理论联系实际"，这已经成了我们的一种思维习惯。可是，我们所说的"理论"向来是有我们自己特定的界定的。毛泽东同志曾反复教导我们说："真正的理论在世界上只有一种，就是从客观实际抽出来又在客观实际中得到了证明的理论，没有任何别的东西可以称得起我们所讲的理论。"[②]那么，西方的形形色色的"理论"，是否也

---

① 参见拙著《人文困惑与反思：西方后现代主义思潮批判》，北京：生活·读书·新知三联书店，1997年，引言，第1—2页。

② 毛泽东：《整顿党的作风》，见《毛泽东选集》（一卷本），北京：人民出版社，1964年，第775页。

跟我们理解的一样,都是必须联系实际、在实际中得到了证明的"理论"呢?也许我们会不假思索地认为也是这样。可实际的情况却并不是这样。不仅不是,而且在许多情况下,人家只是把"理论"看成是与"实践"遥遥相对的另一面,仅仅是作为一种抽象理念的形式而存在,而并不需要被实践所证明。英文中的"theory"(理论)一词,翻阅任何一部比较详细的英语词典,都可查到以下的这样几层意思:一是"对某一事物的解释或体系化";二是对一种科学或人文学科的抽象原理的展示;三是一种尚未得到证实的想法或解释,一种与实践相对立的揣测、臆想;四是一种理想的、假定的或抽象的情况(特别在"从理论上说"这一短语中);五是理想化的、假定的或抽象的推理过程。① 很明显,西文中"理论"一词的含义,不仅要比我们通常的理解宽泛得多,而且,在很大程度上更是一种纯思辨性的假设而已,它既不需要付诸实践,也不需要受实践的检验。这是与我们从"应用"出发的思维定式很不相同的一点。

记得在 20 世纪 80 年代中期,我刚从国外进修归来,在南京大学外文系给研究生开了一门当代西方文论经典选读课,所选的文本有:维姆塞特的《词语之象》、弗莱的《批评的剖析》、詹明信的《语言的牢房》、卡勒的《结构主义诗学》以及哈罗德·布鲁姆等四人的文集《解构与批评》等,它们基本上把英美文论中从"新批评"到神话原型批评、结构主义批评和解构主义批评串成一线。像这样不是选读几篇西方文学批评流派介绍、而是直接攻读西方文论大部头原著的课程设计,据我所知,在当时国内英美文学研究生课程中还是绝无仅有的。上课之前,有学生来问我:"老师,我们上这一门课有什么用?"我回答说:"没有用。""没有用?"学生显然以为我是在开玩笑,就又问道:"那又为什么要学呢?"我回答说:"因为这是一种形而上的思辨训练(a metaphysical training)。若要说'有用',或许对我这个教书的最有用——因为我必须首先把这些理论基本上弄懂吃透。"的确,当我把这门课程教过之后,当我把这几本当代英美文论的代表作通读、甚至精读之后,我对当代西方文论的认识或可说有了一个质的飞跃。在后来的教学和研究中,我也越来越体会到,有这样一番形而上的思辨训练,真的是受益匪浅。通过与西方文论实际文本的接触,我愈加体会到深入原文的重要。要想真正弄懂弄通那些西方文论,是不能依靠中文

---

① 试以 The Chambers Dictionary 的 theory 条目为例:Theory: an explanation or system of anything; an exposition of the abstract principles of a science or art; an idea or explanation which has not yet been proved, a conjecture; speculation as opposed to practice; an ideal, hypothetical or abstract situation (esp. in the phrase in theory); ideal, hypothetical or abstract reasoning.

译本的。原因很简单,因为建立在中文语义基础之上的思辨活动,与建立在原文基础上的思辨活动往往是有很大差异的。其实只要看一看那些文论术语也就知道了。自己从事过这类翻译的人都有这样的体会,任何一个术语在迻译的过程中,由于受到引入国语言文化传统的制约,其语义总要发生一定程度的偏移,在许多情况下,汉译术语甚至还会把原文并没有的意思带入,从而造成更大的语义偏差。正因为这个缘故,我们在理解西方文论的一个概念时,必须告诫自己一定不要望文生义,必须返回到那个概念所由产生的具体语境中,通过参考那概念所处的上下文,去验证、进而确切地把握那个概念的意思。

警惕"话语平移"的想法,就是对这样一种认识的归纳和提升。在以后的若干年里,我的兴趣转到了对当代西方文论思潮的追踪研究。在这一研究过程中,我发现,你越是对各个理论流派发生发展的来龙去脉有详细深入的了解,你就越会清醒地认识到,它们各有各的认识前提,各有各的学统的和知识的依据,各有各的特定的交锋对象,因此也就各有不同的认识结论。当代西方思潮往往呈相互借鉴交织的状态,不同的思潮、流派时而也会相交,有时在概念上会相互借鉴或借用,因此术语互通的情况也是很常见的。碰到这种情况,只知其一、不知其二的人往往就会轻易地划等号,更可怕的是有的人还伴以一种无名的自信和自得。然而正是在这种时候,他们在不知不觉之中就犯了牵强附会或张冠李戴的错误。导致这类失误的原因很多,其中很重要的一个,就是急于立竿见影、急于"理论联系实际"的心态和习惯。殊不知,摆在我们面前的西方人文思潮,其实都有着与我们迥然不同的沿革和传统,许多的"理论"并非我们心目中的那种"理论",而是在人家特定的文化语境中、针对着人家思想文化传统中的某个具体的思想、理念、学说所做的一种辨析和反思。正因为它有很强的针对性,它也就有具体而有限的适用范围,因而也就不能原封不动地搬用到我们这样一个完全不同的文化环境中。即使要用,至少也必须根据我们的国情,按照我们自己的文化传统所产生的需要,对它做一番从里到外的变通,试着让它在我们这样一个文化语境中扎根,为越来越多的人接受。在这里,我特别想强调的是"我们的国情"和"我们的需要"。这也就是今天我们经常说的"本土化"的过程。只有逐渐实现了"本土化",这一外来理念所萌发的枝芽,才能在一个新的异己环境中真正具有生命力,才能最终开花结果。而此前那些所谓的理论,对于我们来说,十之八九都只能停留在认识价值的层面,而没有实用的价值。我们这里所要讨论的"现代主义",就基本上也属于这样一种情况。

然而,我们不少从事文艺理论研究的学者却并不这样认为。1991年在一次讨论"后现代主义"的会上,我提议应该先考察一下人家讲的"后现代"是什么意思,而不要急于把中国现时社会套上"后现代"的标签,不想却招来了所谓"用外语优势垄断话语权"的批评。而"现代主义"也一样,在不少人眼中,它就好像是一个现成的思想库,从它的理论体系,到具体的理念、观点和创作方法,你随时都可以拈手取来,取来就用。记得在80年代的中期,刘再复炮制了他所谓的"文学主体论",随即就有人跟风应和,认定现代西方文艺理论"已经由再现论和认识论转向表现论和表情说、欲望说",并据此认定人家是如何地重视文艺的主体性;而反观我们自己,这位作者则认为我们现行的文艺理论"仍然停留于西方古典文论的传统上,既不符合时代要求,又扔掉了中国文艺理论的传统"。因此,这位论者得出结论说:"文艺主体性的问题正是旧理论体系的突破口和新理论体系的支撑点。"①当时,我刚从国外进修回来,看到这样的对国外现状的描述当然愈发觉得摸不着头脑,于是我撰写了《文学本体论与文学批评的方法论——关于西方当代文学批评理论的两点思考》一文,其中的第二点就是对"主流更迭说"的质疑,批评那种"把文学批评的发展看作是一种思潮代替另一种思潮的更迭式嬗变"的思维定式。我在文中指出:

> 人文科学的发展与自然科学有一点很大的区别:它不是以一种新的、比较正确的学说去取代一种旧的、被证明是错误的学说,而是一种思想认识的沉淀、深化、不断吸收新的营养、不断扬弃更新的过程;它不是采取一种线性的更迭的形式,而是一种类似发酵式的变化。新的批评观念的种籽,不是天上掉下来的,它往往早已存在于人类思想沉淀的丰厚的土壤之中。已经灭绝的生物不会重新复活,然而,思想的种籽,哪怕被埋没的时间再久,一旦遇到合适的气候和环境,它总能复苏再生,萌芽,生长,开花,结果,它的种籽又会飘散到别处,再生根发芽……②

我对"主流更迭"说法的质疑,其实也并不是不承认一个时期有一个时期的主要倾向,而只是想强调,我们所谓的某种批评流派退出了批评论坛的中心,指的是这种批评的理论框架、认识走向、应用范围和局限都已有了明确的定论,他的合理的内核已经被现存意识形态所吸收,成为现行的价值观念,或新的价值观的借鉴,而绝不是说,这种批评理论和方法已

---

① 杨春时:《论文艺的充分主体性和超越性》,《文学评论》,1986年第4期。
② 拙文《文学本体论与文学批评的方法论——关于西方当代文学批评理论的两点思考》,载《外国文学评论》,1987年第3期,第3—9页,引文见第8页。此文第二部分"对'主流更迭'说质疑"在《新华文摘》上转载。

经寿终正寝,被新的批评理论分方法淘汰和取代。那位先生的问题还不仅仅在于用一种非此即彼、二元对立的认识定式来看待西方的现代文学理论现状,他头脑中所认定的对立面其实也是成问题的。把对于表现主体的强调看成是西方现代文论开始的,认为我们现行的文艺理论仍然停留在西方古典文论的传统上,这些说法本身其实就有欠斟酌。了解西方文论传统的人都知道,摹仿说和表现说从来都是西方审美传统的双翼,现在人人都耳熟能详的"镜与灯",则正是对"再现"(representation)和"表现"(expression)两种表现手法的最形象的比喻。M. H. 艾布拉姆斯的《镜与灯》是对西方浪漫主义文学传统的梳理,而在这部堪称当代西方文论的经典之作中,"再现"作为浪漫主义传统的核心理念,则被一直追溯到公元一世纪初的朗吉努斯(Longinus)。

而令人哑然失笑的是,对"文学主体论"进行严厉批判的另一方,似乎也犯着同样的错误——他们"有枣没枣打三竿",硬要把一个"文学主体论"记在西方"现代主义"的账上,一会儿认定这种"文学主体论"是"西方现代派的中国杂烩";一会儿又说它是"立足于西方现代主义某一派别"的立场,对马克思主义反映论和革命现实主义进行批评;还有人则找到了"文学主体论"与什么"主体性实践哲学"的联系,而这种"主体性实践哲学"据说又是"受到了卢卡奇的启发";再有人则用一个"或"字,把这种"主体性实践哲学"变成了"人类本体论哲学",并说这种哲学是80年代开始侵袭我思想界的"新人文主义思潮"的代表,而同属这一思潮的,据说还有"主体论本体论、实践一元论本体论、新感性本体论"等等的变种。这么多的"主义",居然能够像玩扑克牌接龙一样,用等号把它们一个个地连成一串。① 且不说这种更换标签式的批判("××主义就是十足的○○主义!")究竟能收到怎样的效果,殊不知,经过这样的一番称谓置换之后,已经和最初他们想打板子的"现代主义"越来越脱钩,连不上了。

即以"人类本体论哲学"为例,这一理论想来应该与德国哲学家迈克斯·谢勒(Max Scheler,1874—1928)有关,此人从批判康德的形式主义伦理学起家,曾提出过一套以人的目的和意志为基础的伦理学,晚年在其《人在宇宙中的地位》(1928)等著作中,又试图建立一种强调生命冲动和精神本质的哲学人类学。不过,《不列颠百科全书》对他的介绍则认为,他提出的"人—上帝—世界是在绝对时间内一种自我生成的宇宙(进化)过程"的论点,有"近似浮夸"之嫌。谢勒为什么会被认为是西方现代派思潮

---

① 《关于哲学思想史问题系列讨论会第二次会议纪要》,《文艺报》1991年9月14日。

的理论依托？或许是因为我们周围的一些现代派的鼓吹者嘴里老是含着"生命冲动"的话头,使人觉得凡属于现代派的作家,个个都有一种生命崇拜情结,因而一定是受了谢勒的影响。可是在我的印象里,西方文学中的"现代主义"似乎与谢勒是不搭界的。但是,学术上的事情,你见过的说有,这好说；你没见过的,说没有,那可是很容易会出错闹笑话的。于是我只好把我认为关于西方现代主义思想史方面最权威的著作都找来,美国的 R.艾尔曼和 C.菲德尔森主编的《现代传统：现代文学的背景》(1965),英国的 M.布雷德伯里和 J.麦克法兰主编的《现代主义：1890—1930》(1976)。前者将近 1000 页,搜集了介入西方现代主义运动的所有代表性人物的代表性论著,按九大问题(进一步细分为 44 个小问题)分类,详细展示了西方所谓的"现代主义"传统是如何建构形成的；后者也快有 700 页,是 21 位专治西方近现代文学史的学者所撰写的专论汇编：该书的上编是总论性质的,从现代主义的命名、文化思想背景、地理分布到进一步细分的各种文学运动——象征主义、颓废派和印象主义；意象主义和漩涡派；意大利的未来主义、俄国未来主义、德国表现主义、达达主义和超现实主义等等；下编则是从不同的文类——诗歌、小说和戏剧对现代主义详论。我的确很想看到谢勒的名字在什么地方出现,那样就可以证明他对于"现代主义"运动还有所贡献的,即使谈不上贡献,至少也可说明他与这一思潮有点相关性吧。然而遗憾的是,谢勒的名字终究没有看到。经过这样一番调查,我这才趋向于认为他与"现代主义"真的毫无干系了,但心里仍不免有点担心,生怕因为自己的无知而犯下武断的错误,所以还是期待着未来什么时候能看到"现代主义"与谢勒挂钩的佐证。

走笔至此,或许有人要反驳我了——照你这么说,难道西方"现代主义"就真的一点也没有介入我国新时期的文化意识形态的论争吗？我当然没有这样的意思。实际上,我们都还记得,在上个世纪的 80 年代中期,朦胧诗在我们的文坛上大受追捧,而标榜"非理性"、"潜意识"的各种"新潮小说"、"实验小说",则几乎是铺天盖地,一时间,弗洛伊德无疑成了"作家的作家",而"非理性"、"潜意识"等等则成了衡量一个诗人或作家入时与否的试石。可以毫不夸张地说,当时的朦胧诗和实验小说在图书市场所占的比例,比今天纯文学所占的市场份额要大得多了去了！而就在这些"实验性"的创作活动的背后,毫无疑问都可以看到西方"现代主义"的各种理念、观点、命题以及具体的创作技巧和手法的影子。但即使这样,我们仍必须公允地说,从事这些写作实验的诗人和作家中的大多数人,其实都有一个真诚的信念,他们相信自己是在用文学创作与世界接轨,在用自己的灵感去点燃那能够融入世界文学星空的美丽焰火,或假手现代派作家和现代派文学,将西方启蒙运动的理念引入中国,使中国尽快地在"现代性"方面实现与世界的接轨与沟通。那么,这当中是不是有人真的想利用西方"现代主义"所天然具有的"反传统"、"反道德"、"反理性"的价值取向和审美取向,在我们的意识形态领域中刮起一股所谓的将"现代化"等同于"西方化"的逆风呢?即便有吧,但这是否应该怪罪于"现代主义"的思潮或"现代派"的文学呢?其实,意识形态领域中的不同思潮、理论、观点的对立和交锋,在任何社会、任何时候都存在,而在这个问题上,争论看似由"现代主义"引起,而实际上即使没有现代主义,那也会有别的什么主义冒出,充当那争论的由头的。

有意思的是,在这一类争论中,我们却总是习惯于这样一种思维定式:凡出现争论,似乎总是"正确的"一方战胜"错误的"另一方,可吊诡的是,谁是"正确的"一方,谁又是"错误的"一方,则往往是在争论的一开始就早已确定了。

当然,我们也不必否认,其中也确有一些人,则真的是想要利用西方"现代主义"所天然具有的"反传统"、"反道德"、"反理性"的价值取向和审美取向,在我们的意识形态领域中刮起一股将"现代化"等同于"西方化"的逆风。然而,要说西方"现代主义"思潮和理论是否真的对中国新时期意识形态产生了所谓负面的影响,这个问题就非常复杂了。我们过去对某些错误思潮及其各种衍生理论进行批判,或许是必要的,但实际的效果又怎么样呢?马克思曾经说过:"批判的武器当然不能代替武器的批判,物质力量只能用物质力量来摧毁;但是理论一经掌握群众,也会变成物质力量。理论只要说服人,就能掌握群众;而理论只要彻底,就能说服人。所谓彻底,就是抓住事物的根本。"①请注意,马克思在这里强调的是,一种理论必须"彻底",必须"抓住事物的根本",它才能"说服人",才能最终"掌握群众"。然而,回顾当年我们所经历过的这一场场的论争,恕我直言,我们除了对当时意识形态交锋的激烈程度还可以有所感触之外,在文艺理论的学理层面上,则恐怕已经找不到多少我们今天仍会觉得富有启迪意义的东西了。因为当时的那些争论,讨论的主要是政治问题——走什么道路,坚持什么路线,就文艺理论本身而言,则讨论得非常粗泛,大多是流于穿靴戴帽、标语口号式的你来我往。对于这一段历史,所有的过来人其实心里都是很清楚的。时至今日,也已没有翻老账的必要。所以在

---

① 马克思:"《黑格尔法哲学批判》导言",《马克思恩格斯选集》(第一卷),北京:人民出版社,1972年,第9页。

1. 引论：重新审视"现代主义"

这里，我们不妨换一个提问的方式，或许反倒能开启一个新的思路，对当时那些争论的必要性得出一点新的认识。

二、"现代主义"在中国的认识轨迹：一点历史的回顾

上个世纪 80 年代的论争中还有一个不太正常的现象，也应引起我们的反思。在如何对待西方"现代主义"和"现代派"文学问题上，其实早在 70 年代末，外国文学研究界就已率先开始了对极"左"思潮的清算。1978 年 11 月 25 日至 12 月 6 日，中国社会科学院外国文学研究所在广州召开全国外国文学研究工作规划会议，参加会议的来自全国各地七十多个单位的一百四十多名代表，都是各研究单位、高等院校、编辑出版部门从事和主管外国文学研究的专业工作者和负责同志，我国外国文学界的许多老前辈和知名人士也出席了这次会议；时任中国社会科学院副院长的周扬、梅益等同志到会做了重要讲话。在这次会议及随后召开的一系列全国性的外国文学学术研讨会上，西方现代主义和现代派文学不仅是最热门的话题之一，而且，外国文学界已有相当一批学者认为，在这个问题上的突破，能对整个外国文学研究领域的思想解放产生重大的影响。外国文学研究的前辈学者杨周翰、王佐良、卞之琳、朱虹、柳鸣九、袁可嘉、李文俊等，对这一问题发表了非常中肯的拨乱反正的意见，深得外国文学学界同仁的赞同。① 然而，令人奇怪且非常遗憾的是，在当时国内文艺理论界的大论争中，这些真正懂行者的正确意见非但得不到任何一方的采纳，而且在后来编撰的一些总结这一时期学术思潮的史料文献中，关于现代主

---

① 在那次全国外国文学研究工作规划会议上，杨周翰、柳鸣九等四同志作了大会重点发言。杨周翰的发言题目是《如何提高外国文学史编写的质量》，其中多处涉及如何正确评价西方现代主义作家问题，而柳鸣九专门就"西方现当代资产阶级文学评价的几个问题"发表意见，其中不仅谈到几个现代派最重要代表（卡夫卡、萨特、贝克特等）如何"继承了资产阶级民主主义和人道主义的传统，对资本主义现实持批判态度，因此具有一定的进步性"；而且从总体上阐述了正确认识现代派作家"反传统"、"反现实主义"的必要性。他指出，现代派作家在创作上的突破也有其"可取的方面和因素"。他认为，"文艺创作方法是发展的，不是一成不变的，因而不能把现实主义创作方法看成是永恒的、唯一的"。所以，他指出，我们在对现当代资产阶级文学中的大量糟粕进行批判的同时，也应该肯定其中可取的东西。而在在这方面，我们还应该进一步解放思想。这次会议之后，外国文学界许多学者纷纷对"现代主义"和现代派文学发表看法，其中引起重大反响的有：卞之琳发表的《分与合之间：关于西方现代文学和"现代主义"文学》，王佐良发表的《从文学史的角度看西方现代派》和《谈谈西方现代派文学》，朱虹发表的《对西方现当代文学评价问题的几点意见》，袁可嘉发表的《略论西方现代派文学》，李文俊发表的《对评价西方现代文学的几点看法》以及黄嘉德发表的《要正确评价西方现代文学》等，他们都从解放思想、实事求是的大前提出发，把对于西方"现代主义"和现代派文学的研究提到一个新的认识层面。

义问题的认识盲点仍被一遍又一遍地重复着。① 在后者连篇累牍的叙述中,几乎从来不提外国文学学者在突破"四人帮"的思想禁锢后所提出的新的看法和主张,而是把当时外国文学界对于现代主义问题的热烈讨论,有意无意地放逐到了中国主流意识形态对立面的位置上。这样的史料记述只能给人以大谬之极的一个印象,好像是一些搞外国文学的好事者把这股现代主义的祸水引进了国门,而且在历次的论战中,又是这些人在起着推波助澜、火上浇油的负面作用。

事情不就很奇怪了吗?当直接从事外国文学的研究、特别是直接研究西方现代主义和现代派文学的学者纷纷认为有拨乱反正的必要,而且刚刚开始对以往偏颇的认识进行严肃的清理的时候,中国的文学理论界在涉及这个问题的争论时,却对问题的性质早已有了不由分说的定论。那么,我们不禁要问:对"现代主义"的这样一个先入之见究竟是从何而来的呢?

要对这个问题做出回答,我们必须做一点历史的回顾——回顾一下这股"现代主义"之风当初起于青萍之末时的状况,看看它如何萌生,如何变成一个引人注目的问题,如何得到命名,又如何形成一股潮流这样一个过程。为此,我们就得翻阅一下各个时期出版的文学史,特别是某些具有意识形态权威性的文学史,看一看历代的学者如何界说和评价这一文学思潮和文学现象,而这一过程其实也就是"现代主义"被逐渐吸纳到意识形态话语层面的过程。

笔者手头有一本上海书店根据商务印书馆 1937 年版影印的《英国文学史纲》,著者金东雷。金氏自 1932 年春动笔,到 1934 年冬付梓,书中涉及文学史料的年代下限为 30 年代初,因此这部文学史纲基本上可看作是抗战之前中国学界对西洋文学的了解、认识和评价。②

---

① 例如,吉林教育出版社 1996 年 12 月出版的由钟优民、夏芒主编的《中国新时期学术思潮》。

② 抗日战争爆发后,中国国情发生的剧变,对国家的意识形态产生了巨大的影响。八年抗战期间,民族主义高涨,文学为抗日民族救亡呐喊呼号,势所必然。抗战胜利后不久,中国人民在中国共产党的领导下又经历了三年的解放战争,新中国的建立,标志着中国新民主主义革命的胜利。随着国家政权的改变,社会经济和上层建筑领域中的一系列社会主义性质的革命一浪高过一浪地在中国大地上展开。直到 20 世纪的 70 年代末"文化大革命"的结束,意识形态领域基本上是无产阶级的、革命的、民族主义的、为社会主义和工农大众服务这样一个主调:从建国初期的"向社会主义营垒的一边倒",到冷战时期与西方帝国主义势力的针锋相对,发展到 60 年代反帝、反修双拳出击和以"文化大革命"为主要形式的无产阶级专政下继续革命……在这样一个中西方紧张关系的大背景下,对于被认定为资本主义腐朽、没落阶段的"现代主义"和"现代派"文学,一直保持一种无情批判的高压态势,便也是很容易理解的一件事了。而由于这样一个原因,这本《英国文学史纲》在今天看来,它在对待一战前西方的各文学流派方面,反倒比我们解放后出版的任何一部西方文学史都显得宽容、温和得多。

该书的第 12 章为"现代文学",但这里的"现代"仅仅只是时代分期意义上的"当代"之谓——"维多利亚时代(Victoria Age)以后,接着就是'现代'",尚未有今日所谓"现代主义"的涵义。作者在论述这一时期的文学大势时,强调了两类文学的走势:一类为所谓的普罗列塔利亚("无产阶级"的音译)文学,简称"普罗文学";另一类为"颓废派文学"。关于后者,作者指出了这类文学的五大特点——"反科学、崇拜个人、偏重技巧、无感觉(非功利性)和恶魔主义(取材于人生的黑暗和丑恶作为美的所在)",但他并没有指名道姓地对具体的作家进行分析。我们从作者对当时文坛主流倾向的以上把握不难看出,在当时的文坛大气候中,"现代主义"显然还没有作为一个专门的问题在文学批评界提出,而"现代派"也尚未成为专指某一类作家的集合名词。

但是,这并不是说今天被纳入"现代主义"作家在当时就没有引起注意。其实,按今天的眼光看,作者当时对所谓"颓废派文学"的界说,便完全可以适用于今天所谓的"现代派文学"。譬如,论及所谓的"颓废派文学"的时代特征,史纲认为它是"资本主义的文明发达到极点,一般布尔乔亚阶级的生活专在个人享乐上发展,沉醉于醇酒妇人之中,否定人生的一切责任"而产生出的文学,若把这段话沿用到对今日所谓的现代派的分析上,那又有什么不可以的呢?

尽管《文学史纲》没有使用"现代主义"、"现代派"这样一些专门术语,对于像詹姆斯·乔伊斯和弗吉尼亚·伍尔夫这样的现代派作家的代表也只字未提——这些都表现出作者在文学视野上的褊狭和知识上的欠缺,但是作者还是注意到了无法纳入维多利亚文学传统的另类作家劳伦斯。为此,作者专门辟出一类"心理分析小说",视为"现代文学"的一种倾向,并特别指出了弗洛伊德精神分析学对这一派文学的影响。作者说,这一派小说家"大都根据茀洛特(即弗洛伊德)的学说,以心理兴味做对象,去观察和描写各种的事物。潜意识的研究是这个学说的中心,男女的性欲关系,也是以这个学说最惹人注目的一点,劳伦斯(D. H. Lawrence)便是这派小说家中的杰出者之一"。此外,作者还注意到尼采对这一时期作家的影响,认为在所有对当代英国作家发生影响的外来思想家中,"以德国尼采(Friedrich Nietzsche)的势力算是最大"。[①]

但是,在 30 年代的中国,后被称之为"现代主义"的这股思潮及其一些代表作家的作品,其实早已经开始受到一批中国从事外国文学研究的

---

① 金东雷:《英国文学史纲》,上海书店据商务印书馆 1937 年版影印,1991 年,第 436 页。

学者的关注,并经由他们翻译,这些作品逐步被介绍到中国的文坛。例如,现代派最重要的诗人之一艾略特,他的名字最早在中国的文艺刊物上出现是在1923年8月,但直到1936年12月,他的代表作《荒原》一诗,才由赵萝蕤第一次全文翻译,并作了详尽的注解,次年由上海新诗社刊行。现代派另一位代表人物乔伊斯也是在20年代初被茅盾、徐志摩等介绍到中国。① 《尤利西斯》中译本的两位译者萧乾和文洁若夫妇,也都是在上个世纪的三四十年代接触到乔伊斯、劳伦斯、伍尔夫等这批现代派小说家和诗人的。萧乾在该译本的序言中回忆说,他1939年在英国买到的是奥德塞出版社的两卷本《尤利西斯》(1935年8月版),1942年,他赴剑桥读研究生,研究的课题是英国心理小说,尽管他本人对福斯特更有兴趣,但由于他的导师对亨利·詹姆斯、伍尔夫这些现代派作家比较偏爱,他只好不得已而从之,乔伊斯也一并成为他阅读的重点。此时,《尤利西斯》的索引和注释本都还没有出,阅读的困难可想而知。萧乾在回忆这一段与现代派文学的最初遭遇时不无感慨地说,在那个"整个世界都卷入战火纷飞的岁月里,我却躲在剑桥王家学院一间14世纪的书房里,研究起乔伊斯的这本意识流小说《尤利西斯》来了"。1944年,联军诺曼底登陆反攻开始,读了半本《芬尼根守灵夜》的萧乾在剑桥的象牙塔里终于待不下去,他丢下了学位和乔伊斯,重操就业,当随军记者去了。②

萧乾先生的个人经历其实也正是"现代主义"思潮在当时中国的命运的缩影。从30年代陆续被引进的现代主义思潮确实已开始涌动,若假以时日,对于这一思潮和文学流派的研究本可以很快得到展开和深化,但就在这个时候,抗日战争爆发了。中国国情的这一不以人的意志为转移的突变,使得五四以来方兴未艾的新文化运动发生了转向。当中华民族到了最危急的关头,文学理所当然要发出最强烈的救亡吼声,中国文坛对于西方文学的引进和借鉴无疑也要有方向上的调整。"现代主义"问题顿时变得那么渺小,那么无足轻重,以至把它暂时地搁置起来,那也是完全可以理解的。然而,当这个话题重新被提起之时,那已是三十年之后的60年代。

这时候,不仅是整个社会制度发生了根本的变化,整个社会意识形态语境也发生了根本的变化。在上层建筑是社会经济基础的反映这样

---

① 参见沈雁冰:《英文坛与美文坛》(二),载《小说月报》第13卷11号(1922年);《徐志摩全集·康桥西野暮色》,顾永棣编注,学林出版社,1992年。

② 萧乾:《叛逆·开拓·创新——序〈尤利西斯〉中译本》,见詹姆斯·乔伊斯著,萧乾、文洁若译《尤利西斯》(上),南京:译林出版社,1994年,第3—4页。

一个大的认识前提之下,作为西方文学传统最新发展的"现代主义",便理所当然地被视为资本主义没落、腐朽、垂死阶段——帝国主义阶段的文化对应物而受到了最严厉的批判。文学批评话语突然发生断裂,完全由政治批判话语所代替。可是,在过去"左"祸横流的年代里,大多数人却不得不违心地指鹿为马。因此在当时所编撰的西方文学史中,客观文学现象(流派、作家、作品)与文学史的表述总是相互矛盾的——当时流行的做法就是"把历史上进步的作家说得比原来更加进步,把一些不那么进步的作家宁可说成反动"。① 欧美"现代派"作家就属于这样一批"不那么进步、但宁可说成反动"的作家。如果你不愿意违背自己的学术良心,那就只好缄口回避,或虚晃一枪,以交差塞责。由我国老一辈学者杨周翰先生等在"文革"前编写、"文革"后修订、作为我国高等院校欧洲文学史课程教科书的《欧洲文学史》,即采取了后一种办法。② 杨先生后来曾多次谈到,我国解放后学术界所出现的这种种问题,其源头都可以追溯到前苏联的极"左"思潮的影响。在文学史编写方面,在对待包括欧美现代派作家在内的西方文学传统的评价方面,从基本的认识框架,到评价作家和作品时的依据,到许多具体的批评理念,我们基本上是"亦步亦趋",照搬照抄,即使在60年代中苏关系破裂后,这种情况也并没有发生根本变化。相反,前苏联的社会意识形态在60年代以后反倒是出现了某种程度的松动。1964年12月,苏联高尔基世界文学研究所、苏联作家协会举行了一次关于西方现代文学和现实主义问题的讨论会,苏联当时的许多文艺理论权威和学者都与会做了报告和发言,会后出版了《现实主义的迫切问题和现代主义》一书。收入该文集的许多论文尽管还不能完全摆脱教条主义式的思维方法和偏见,然而在对西方现代主义思潮和现代派文学的总体认识上,却也开始摒弃以往那种一味在政治上开展大批判的做法,对于一些现代派作家的分析,也明显可以看出研究者的一种求真务实的愿望。可是在当时两国关系日益紧张的情况下,我们当然已不可能对前苏联学界的这一学术

---

① 杨周翰:《关于提高外国文学史编写质量的几个问题》,此文是作者1978年11月在广州全国外国文学研究工作规划会议上的发言,原载《外国文学研究集刊》第2辑,1980年,1982年修改后收入作者的论文集《攻玉集》,北京大学出版社,1983年,第2页。

② 由杨周翰、吴达元、赵萝蕤主编的《欧洲文学史》(上、下卷)的下限为第二次世界大战结束,然而"现代主义"和现代派文学的代表作家如乔伊斯、伍尔夫、劳伦斯等竟告阙如;第一次世界大战前的英国文学提到了王尔德,仅作为唯美派的代表。而由柳鸣九先生主编的《法国文学史》,收笔于19世纪末、20世纪初,其中也引人注目地回避了"现代主义"的话题,法国现代派意识流大师普鲁斯特也只字未提。

动向再作介绍。① 所以,直到 80 年代,由前苏联学者阿尼克斯特撰写的一部早已过了景的《英国文学史纲》,仍被我们奉为正统马克思主义文艺史观的代表作而一再印刷出版。

这里把《英国文学史纲》单独提出,只是就如何认识和评价当代西方文学这一具体问题而言。如果涉及从整个意识形态的高度来认识和把握当代资本主义文化问题,那么,真正有话语影响力的,除了在当时特定的历史环境下公开出版的那本《马克思、恩格斯、列宁、斯大林论文艺》之外,还有一个人就是卢卡奇。他对当代资本主义文化的研究和批判,他所撰写的大量论著,是对马克思主义文艺理论与时俱进的发展的重要贡献。但由于国际共运史上的一些复杂情况,我们长期以来一直对他持所谓"一分为二"或全盘否定的态度,然而实际上,他在论述当代资本主义文化问题时的高屋建瓴的理论视野,博大精深的知识积累和犀利独到的批评分析,对我们许多理论工作者都产生了极其深刻的影响。80 年代初,由中国社会科学院外国文学研究所编译的一套两卷本的《卢卡奇文学论文集》曾印行 23.5 万套,其影响之大,可见一斑。由于卢卡奇对西方"现代主义"思潮和现代派文学的批判已成为"现代主义"整个话语建构的重要组成,我将另辟专章对卢卡奇的思想进行讨论。

阿尼克斯特的这部《英国文学史纲》是 1956 年问世的,其中译本于 1959 年出版。前苏联科学院高尔基世界文学研究所其实还编撰了一部三卷本《英国文学史》,阿尼克斯特在自己的《史纲》"前言"中,曾对这套英国文学史作过一点介绍——第一卷写到 16 世纪,尚未收入莎士比亚;第二卷涵盖了英国浪漫主义和现实主义;我们的人民文学出版社曾组织翻译了这套英国文学史的第三卷,从维多利亚时代的晚期开始,论述到 1955 年。阿尼克斯特在谈到他这部《史纲》与三卷本《文学史》的差别时,只自谦地承认不如后者有"那么包罗万象的丰富材料",他因"限于篇幅,不得不对某些描述现象的篇幅割爱"。不言而喻,《史纲》与《文学史》在基本观点上是一脉相承、不分轩轾的。② 我们在上文已经提到,我国学者在

---

① 1983 年,程代熙延请杨宗建、卢永茂、唐素云等选译了该文集中的一部分论文,另取名《论现代派文学》,但此书译成正式出版时已是 1986—1987 年,当时国内关于现代主义的论争高潮已过,因此这一文集中的观点实际上没有发挥太大的影响。

② 但是,由于这部《英国文学史》的篇幅比《史纲》大得多,因而它在对两次大战之间的现代派作家的批判时,由于多少还提供了一些与作品内容有关的材料,所以还不像《史纲》那样横不吝地尽扣帽子,一点道理也不讲。但这样一来,它误导的影响就更大了。因为在那个时代,它所批判的那些现代派的作品,国内基本上是没有译本的,而看不到作品的中国文学理论界就只好听任它爱怎么说就怎么说了。

1. 引论：重新审视"现代主义"

正式编写的西方文学史中没有对西方现代主义思潮和现代派文学做过定评，因而以阿尼克斯特为代表的前苏联学者的观点，于是便理所当然地填补了这一话语空缺，长期以来成为我们在这一学术问题上的一个主导性的看法。高尔基世界文学研究所编写的那套《英国文学史》，1983年出版中译本时，一次印刷就是2万套；阿尼克斯特的《英国文学史纲》，其中译本于1959年出版时，印了5千册，而1980年5月再次印刷时，印数也达到了2万册。而值得注意的是，这次印刷是在打倒了"四人帮"、召开了以"拨乱反正"为主题的全国外国文学研究工作规划会议之后。所以，这一事实就充分说明，尽管当时思想上的拨乱反正已经开始起步，但这种拨乱反正要真正渗透到主流意识形态话语的层面，使我们长期以来习以为常的一些主导性的认识和说法发生改变，那还需要一段相当长时间的努力，因为说到底，这种改变最终还要取决于它在学术上得到认可。

由于阿尼克斯特的《英国文学史纲》在很长一个时期内都一直是高等院校文学专业的主要参考教材，现在，我们就以它为例，对其中所涉及"现代主义"思潮和"现代派"作家作品的论述，做一点审视和分析。其实也只要把这些具体的论述摘选出来，读者自然就会明白，我们长期以来所一直虔信不疑的那些对西方"现代主义"的判断语究竟是从哪里搬来的了。

《史纲》的第七章和第八章涵盖了19世纪后半期和20世纪。在第七章的五个小节中，第一节是概述；第二节讨论19世纪后半期的现实主义小说，主要评述了乔治·爱略特、梅瑞狄斯、勃特勒和哈代；第三节讨论这一时期的诗歌；第四节专门辟出一节讨论所谓的"新浪漫主义"，其中包括史蒂文生和威廉·莫里斯；第五节则选了王尔德一人作为颓废主义的代表。第八章没有具体分节，但有一个长达四页左右的"帝国主义时期的英国"和两页多一点的"文学的一般特征"，作为该章的导读，接下来是对吉卜林、高尔斯华绥、威尔斯、萧伯纳等四位作家的评述，然后，在"现代文学"的小标题下，囊括了包括詹姆斯·乔伊斯、劳伦斯、艾略特、赫胥黎、曼斯菲尔德、福斯特等现代派作家在内的十几位进步的和不进步的、颓废的和批判现实主义的各类作家。

从以上入选的作家这些人本身的文学地位来说，似乎没有太大的问题，然而一看对这些作家和诗人进行评判的认识框架，则不对了。翻开第八章的20世纪文学导读，入眼第一句就是："英国现代文学是在帝国主义统治的条件下发展起来的。"这一章的前两段加上空白也不足三百字，但它把资本主义从17世纪开始的对外掠夺到19世纪末实现垄断资本的转换，做了一个笼统的概括，然后得出结论说，"垄断资本的时代是整个资本主义制度腐朽的时代。它在一切社会和文化生活的领域内带来了反动";①"吉卜林是英国资产阶级的帝国主义思想体系的最重要的表达者。但是,属于这一派的不仅是那些露骨地表现反动政治观点的作家。同时也有颓废派艺术的代表者,他们老是宣传颓废的人生观,创造了非常悲观的反人民的作品。这种文学通过不同形式来维护垂死的资本主义……"②要知道,这是把握整个英国现代文学的一个总纲。在这样一个大帽子底下,英国的整个一部现代文学,就完全成了帝国主义制度的产物,由于帝国主义时代是一个反动、腐朽、没落的时代,所以,在阿尼克斯特看来,西方现代文学只需"反动"两个字即可概括并勾销。

于是,阿尼克斯特对1918年至1955年的英国现代文学及其代表作家做出了这样的描述:

> 在20世纪,特别是在第二次世界大战以后,英国文学中原有的颓废倾向得到新的刺激而活跃起来。这是帝国主义时代资产阶级文化瓦解的整个局面所促成的。③
> ……
> 20世纪颓废文学的典型代表是爱尔兰的詹姆斯·乔伊斯(James Joyce, 1882—1941)④
> ……
> 20世纪资产阶级文化的没落也在劳伦斯(David Herbert Lawrence, 1885—1930)的创作上打下了烙印。⑤
> ……
> 当代反动文学的领袖是艾略特(Thomas Stearns Eliot, 1888—),他原为美国人,于1927年加入英国籍。在美国他以颓废的诗歌开始了他的文学活动……⑥
> (如果说赫胥黎早期的小说具有一定的现实主义因素,那么,)他创作中的颓废倾向从30年代后半期开始就变本加厉了……赫胥黎在第二次世界大战期间加入美国籍以后,他的创作的反动倾向更加厉害了……⑦

---

① 阿尼克斯特:《英国文学史纲》,北京:人民文学出版社,1980年,第527页。
② 同上,第530—531页。
③④ 同上,第619页。
⑤ 同上,第621页。
⑥ 同上,第622页。
⑦ 同上,第624—625页。

1. 引论：重新审视"现代主义"

很明显，阿尼克斯特这种对西方文学、特别是对西方现代文学的批判，其实也正是我们上个世纪 80 年代之前的主流意识形态话语。虽然，我们的一些作为正式教材的外国文学史，采取收笔于 20 世纪初、从而多少回避了对"现代主义"问题的明确表态，但我们的学术刊物上所发表的大凡涉及"现代主义"的论文，其基调则无一不与阿尼克斯特大同小异。上海辞书出版社于 1979 年出版的《辞海》（修订稿），尽管已经过打倒"四人帮"之后的"拨乱反正"，然而它的"现代主义"词条下仍赫然写着：

> 19 世纪下半叶以后资产阶级文学艺术各种颓废主义、形式主义的流派与倾向（立方主义、未来主义、达达主义、超现实主义、抽象主义等）的总称。其哲学基础是反动的唯我论，其特点是违反传统的现实主义方法，标新立异，宣扬革新，但总不免流于破坏文艺固有的形式，否定艺术创作的基本规律。①

而作为"现代主义"一个分支的"表现主义"，其定义为：

> 20 世纪初流行于德国、奥国、北欧和俄国，以绘画、音乐、诗歌、戏剧为主的资产阶级文学艺术流派。该派艺术家对资本主义黑暗现实有盲目的反抗情绪；认为主观是唯一真实，否定现实世界的客观性，标榜艺术的无目的性，强调表现自我感受和主观感情，以过分夸张的形体和色彩满足官能的刺激，是帝国主义时期资产阶级意识形态腐朽没落的反映。②

把《辞海》当年的条目释义与阿尼克斯特的评语一对照，结论便很清楚了：直到上个世纪的 80 年代初，我们对西方现代主义的评价基本上是沿袭了前苏联的一套政治批判话语。这种政治批判的最大的毛病或可称之为一种宏观和微观两方面的决定论。所谓"宏观的决定论"，指的是在文学与外部社会的关系上，把一个国家、民族、时代的文学都看成是那个国家或社会的经济基础、生产关系和阶级关系的反映；它总要把某一个作家或诗人落实到隶属于某一个阶级，继而把他的作品看成是他所属那个阶级的意识形态的反映；而更为简单化的是，这样的一种宏观的决定论和反映论，它同时又已经包含着、甚至径直就被当做是对作品的价值评

---

① 《辞海》（修订稿·文学分册），上海辞书出版社，1979 年，第 25 页。但在 1980 年正式出版的《辞海》（1979 年版）中，删掉了"其哲学基础是反动的唯我论"一句。

② 同上，第 25 页。

判——只要某个作家被划入了"资产阶级"的范畴,那么他的作品从其内在品质上说就已经与我格格不入,我即使承认它还有某种价值,那也只是从一只烂得差不多的苹果上挖下或许还能吃上一口的部分。所谓的"微观的决定论",则指的是在考察一部具体的作品时,认定"内容决定形式",而所谓的"内容",又只是评论者认定的这部作品所告诉我们的关于阶级压迫和社会不平的道理。基于这样的宏观和微观的双重决定论,对一部作品的总体评价,基本上就只能取决于它的"认识价值"和"教育意义"。而对于持这样一种思维定式的人来说,他对文学作品的期待与他对一份社会调查报告、一次社会鼓动讲座的期待其实是一样的。

阿尼克斯特对西方现代主义文学就抱有这样的期待。他在下了乔伊斯是"20世纪颓废文学的典型代表"的结论之后,对乔伊斯的主要作品是这样评点的:

关于乔伊斯的早期作品《都柏林人》,阿尼克斯特一笔带过:"乔伊斯是作为一个描写城市底层生活习俗的作家出现的,他的创作方法接近自然主义。"从这句话里,我们除了模模糊糊地知道这部短篇小说集描写了"城市底层生活习俗"以外,一无所得,而所谓"创作方法接近自然主义"一语,在当时的语境中不啻是一个明确的意识形态警告,其隐含的意思就是"着重描写现实生活的非本质的个别现象和琐碎细节,追求事物的外在真实,反对典型化,因而不能反映生活的本质,甚至歪曲生活"。①

关于乔伊斯开始转向现代主义而创作的《青年艺术家的肖像》,阿尼克斯特的介绍和评论稍微详细了一些,称此书"显示了乔伊斯的新的创作方法。这一方法后来在其他作品里得到了发展";说主人公有作者本人的影子,他"看见周围的庸人们的毫无意义的生活,心里感到压抑。他过分倔强地把注意力集中在现实的阴暗面上"。接着,阿尼克斯特终于说了"乔伊斯用内心独白的方式表达了主人公的思想和感觉"这样一句准确到位的评语。

但在评介《尤利西斯》时,阿尼克斯特又显示出他敏锐的阶级嗅觉,执意突出勃路姆是一个"有产者",他对书中三个主要人物的定性描述——勃路姆是"厚颜无耻",莫莉是"耽于肉欲"和"犹豫不决",而斯蒂文·德达路斯则是"焦急不安的知识分子",为的是引出"他们……陷于无法解决的矛盾,把力量无目的地、无结果地浪费在混乱生活中"这样一个结论。关于该书的主旨,阿尼克斯特评价说:

---

① 《辞海》(修订稿·文学分册),第23—24页。

1. 引论:重新审视"现代主义"

乔伊斯断定资产阶级文明已经走到绝境,但同时他却找不到出路。他对饱食终日,洋洋得意的小市民的全部憎恨表现在勃路姆的形象上。然而,斯蒂文·德达路斯也决不是作为正面人物出现的,因为他没有力量与那种使人陷入庸俗泥潭的生活制度作斗争。

关于该小说的创作方法,阿尼克斯特说:

> 乔伊斯的创作方法把自然主义原则弄到近乎荒谬的极端程度。小说中琐屑细碎的描写竟到了破坏生活现象的真实比例的地步。读者很难捉摸到小说的许多篇幅所讲的到底是指些什么——乔伊斯就是走进了这样的详情细节的迷宫……而事实上,乔伊斯暴露出,资产阶级颓废的世界观已经不能理解和解释现实了。
>
> ……必须特别指出乔伊斯的极端的自我中心主义,这表现在作者不仅不关心他所写的是否可以了解,而且故意使叙述复杂化。尽管《尤利西斯》有些篇幅无情的暴露了资产阶级社会里人们的思想感情,并且从社会心理学的观点来说,是具有一定的兴趣的,但是整个说来,这一作品证明了资产阶级思想的瓦解,以及随之而来的艺术形式的腐朽。①

我们之所以要如此详细地引征阿尼克斯特的评断,是因为这番评断提供了那个时代的主流意识形态在对待"现代主义"问题上的一个标准的话语版本。换句话说,即在处理"现代主义"的思潮、流派、作家和作品的时候,哪些话是必须说的,哪些问题又是绝对不能碰的,大到批评的基本立场和观点,小到一些具体提法上的把握,阿尼克斯特都给我们作了恰到好处的示范。例如,必须要把"现代主义"与资本主义腐朽没落的帝国主义历史阶段联系起来,必须联系作家的资产阶级立场和价值取向,如果说这些作家表示出某种不满的情绪,发了一点牢骚,那一定是对资本主义现状的不满,如果说他表现出某种困惑,那必须说他是在寻找出路,但是又找不到,等等。术语的使用也都有特定的内涵和褒贬等级。譬如,对一个作家冠以"现实主义"的头衔,那便是对他最高的肯定,"浪漫主义"对资本主义的批判就等而次之,但这里又有"积极"和"消极"之分,一旦定性为"消极浪漫主义",如果说还有某种可以肯定的价值,那也只能是"废物利用"而已。"自然主义",正如上面所说,已是"现实主义"的蜕化,它只关注

---

① 上述有关乔伊斯几部小说的评论及引文,参见阿尼克斯特:《英国文学史纲》,第619—621页。

生活的琐碎细节,完全忽略事物的本质,甚至是对现实的歪曲;再等而下之也许就是"颓废主义"了。当然,这种等级也不是明文规定的,而是人们从阅读经验中获得的潜规则。

有一些术语,译成中文后已经远不是西文本来的意思。例如"现实主义",西文中的本义强调的是"写实",所以主要指写作手法上的特点,而中文中的"现实主义"已不仅仅是写作手法,它更代表了一种创作原则。"颓废主义"也一样,这个术语原本来自西方,在英语中,"颓废"(decadence)一词仅表示"减退、消退、衰退"(fall away, decline)的意思,如罗马帝国或古罗马文学的最后阶段,其本身基本上不带有褒贬的价值取向,与"堕落"(degeneration)一词的意思还是有所不同的,后者才有对低下品质和道德做出选择的意思。具体到文学艺术方面,"颓废"是19世纪末叶的一股流行思潮,一些人沉湎于一种被渐渐销蚀的美,或对于往昔天真时代、对于已然不在的青春韶华的一种追怀和向往。这种思潮又被称之为"世纪末"风气。这种"对已然沉沦没落的情绪的追怀——书写一种'沉沦之美'",其实主要是文学范畴内的定义,所以多与唯美主义相吻合,然而被引申到政治、道德的范畴后,则被认为是一种鼓吹反动理念的思潮。在英国,"颓废派"的突出代表就是王尔德,在法国,其代表人物为象征派的艺术家和诗人。但英法两国的颓废派中都有一些人在道德品行上表现得放荡不羁,致使这一词语的涵义大大扩展,以至将"愤世嫉俗"、"风流倜傥"、"玩世不恭"等等一并包括在内。然而,在阿尼克斯特们的语汇中,"颓废主义"一词的词义又大大地向前迈进了一步,它不仅完全成了一个贬义的价值判断词,而且还成了资产阶级反动、腐朽、没落情趣的代名词。在对现代主义思潮和现代派作家进行批判的时候,好像一定要在某个地方把这个"颓废主义"的标签给他贴上,这一批判才算功德圆满。像王尔德这样的颓废派作家,因早有定论,自不待言。而像艾略特这样的现代派诗人,大概因为在《普鲁弗洛克的情歌》中写了普鲁弗洛克的落魄相,于是也必须要把他钉在"颓废"的耻辱柱上,在阿尼克斯特对艾略特的批判中,"颓废文人"的帽子当然也就摘不下来了。对于劳伦斯那就更不用说了,此人露骨地描绘人物的性生活,歌颂人的原始本能,迎合具有颓废情绪的知识分子的口味,腐朽没落当是毫无疑问的;《史纲》不仅点出其工人家庭出身,以影射他对无产阶级的背叛,而且还将劳伦斯于1923年发表的小说《袋鼠》中所涉及的澳大利亚激进政治派别斗争,阐释为作家本人"表现出法西斯的倾向"。也许只有这样,才符合阿尼克斯特关于颓废派文学"以不同的形式来维护垂死的资本主义"的判断。

三、重返原点:对"现代主义"的再审视

然而,说来也奇怪,曾经是如此不可一世的这样一种主流意识形态话语,竟不知什么时候却无声无息地消失了。它消失得那样彻底,以至今天若再有人把这一套批评话语搬出来,听者反倒要惊诧这世上竟还有过如此是非颠倒的怪论。今天我们回顾这一段历史的时候,或许仍会不由自主地强调这一变化是由于怎样的一种努力而实现的,例如,会说这一变化是因为当时某个出版社出版了那套书,发挥了怎样的作用等等,然而,如果真的去审视一下对当时那些出版物所做的介绍,我倒宁愿相信"时势比人强"这句老话。过去人们常说:"真理越辩越明。"可是,在大多数情况下,我觉得这只不过是现行意识形态的一种自我辩护词。辩论充其量只能使辩论的双方或多方把各自的观点陈述一番而已。认识真正发生改变或有所提高,更多的是要靠辩论者自己的悟性。"现代主义"是因为辩论而弄清楚的吗?显然不是。我们所看到的,只是这个外来的理念随着时间的推移而变得不那么可怖了,原先以为它有多么大的意识形态的颠覆性,后来发现并不是这么回事,现行意识形态完全可以将它包容收编,所以心里头就踏实了。邓拓过去有一句很有名的话:"放下即实地!"许多的事情其实都是我们自己跟自己过不去——死死抓住了一个什么东西,以为自己是悬在半空而不敢放下,其实事情很简单,只要一松手就行——你本来就稳稳当当站在实地上,没有任何的危险。

就这样,没有任何的预告,变化竟然就真的出现了。在 2002 年 1 月出版的《辞海》(1999 年版)中,关于"现代主义"的释义,不仅字数从过去的 133 字增加到了 540 字,更为重要的是一改过去那种意识形态批判的口吻,变成了比较求真务实的客观介绍和评价。释义把这一思潮的"基本倾向"比较准确地界定为:"反映现代西方社会中个人与社会、个人与他人、人与自然、个人与自我之间的畸形的异化关系,以及由此产生的精神创伤、变态心理、悲观情绪和虚无意识。"这句话基本上采用了袁可嘉先生为《外国现代派作品选》撰写的"前言"中对现代主义的界定,①也正是这样一句话,把过去将它视为反映论对立面的定性彻底颠倒了过来。接下来,词条的释义客观地指出了尼采、柏格森、弗洛伊德和卡尔·容格等非理性主义哲学思潮对其产生的重大影响,并指出"这些学说的共同点是反对理性的压抑,重视直觉与潜意识活动的作用,要求深入精

---

① 参见袁可嘉:《外国现代派作品选·前言》,上海文艺出版社,1980 年,第 5 页。

神意识的奥秘,而不满足于浮面的描述"。深入到精神意识的层面,不满足于浮面的描述,这都是对现代主义文学艺术的相当正面的肯定。释义还进一步强调,现代派作品对"表现方法(技巧)和表现形式"格外重视,现代派作家所致力发掘的"主要不是客观世界,而是内心世界",他们"追求梦境和神秘抽象的瞬间世界的描述,技巧上广泛采用暗示、隐喻、象征、联想、意象、通感和思想知觉化的方法,以开掘人物内心奥秘,表现人物意识的流动;布局谋篇往往颠倒转换时空顺序,采用把毫不相干的事件组成齐头并进的多层次的结构方式"。而尤其值得赞许的是,释义还客观地指出了现代主义的承继关系及其自身的局限:"现代主义以反传统的姿态出现,其实与自然主义、浪漫主义传统存在承传关系。……它具有反映现实的一面,又常常把具体社会问题抽象为普遍永恒的人性问题而得出悲观的结论。"

  对于从事欧美文学的研究、特别是对近现代欧美文学比较熟悉的人来说,看到这样的关于现代主义的界定和介绍,应该说肯定是会觉得文从字顺、理所当然的。然而,对于没有这种知识背景的人来说,这一界定和释义似乎就纯粹成了一个话语上的改口。譬如,过去说"现代主义"是"资本主义腐朽没落阶段的产物",是"帝国主义时代反动文化的集中体现",把它看成与我们所推崇的现实主义文学格格不入的异己和另类,而现在呢,则首先承认它也有反映现实的一个基本面——承认它反映了"现代西方社会中个人与社会、个人与他人、人与自然、个人与自我之间的畸形的异化关系,以及由此产生的精神创伤、变态心理、悲观情绪和虚无意识";过去把现代派作家对内心世界的刻画和表现都看成是一种颓废、阴暗、消极心理的发泄,现在呢,则认为他们是深入到精神意识领域,旨在发掘内心世界的奥秘,是一种"不满足于浮面的描述",而他们在创作技巧上采用"暗示、隐喻、象征、联想、意象、通感"等手法,又无疑是对此前传统创作手法的一种丰富。

  但是,人们不禁会产生一个疑问:这样一个从被主流意识形态全盘否定拒斥到被主流意识形态接纳包容的转变过程,照理说是较长一个时期的研究和争论的结果——通过大量的研究和探讨,人们才有可能在学理上达成比较一致的认识,才可能最后形成一种话语上的改口。而反观我们的这一改口,它发生得似乎太快了,缺乏一个学理上的辨析过程,许多原本是不可或缺的东西还没有见到,人们就不约而同地奔向了下一个课题。十年前,从事英国小说研究的黄梅对这一变化曾这样回顾说:

1. 引论：重新审视"现代主义"

十余年前，"现代主义"一词在好奇的、骚动的中国文化人和青年们那里代表着顶新潮、顶尖端的货色，而如今"后现代主义"之类已经批量问世，就大大地失去了轰动效应。"文化大革命"结束以后，我们的文化引进更新换代之快世界上恐怕也是屈指可数的。仿佛闸门猛然洞开，多年累积的水一齐涌入，从欣喜地迎回十载睽违的西方古典作品，到大张旗鼓地介绍现代派，到快速跟踪最新"主义"和最新发展，我们几乎是在不停嘴地囫囵吞枣。不过，正因为有了这一段利弊参半的快跑前进，我们才能在较短时间内实现与世界文化的某种同步（即比较地了解人家当前在想什么，说什么），才能在今天和今后有可能比较冷静、比较客观地回首现代主义文化现象。而这一距离感是能够看到全景，能够取得比较恰当的认识前提之一。①

这的确就是我们在文学观念变化上的实际经历——"不停嘴地囫囵吞枣"。我们基本上没有做多少理论的研究和学理上的考量，就径直把人家的结论端将过来，充当了我们认识和评价的依据。比方说，我们可以从许多国外出版的百科全书或文学知识备考一类的综合性辞书中很容易得到这样一些结论。而这样一来，其实又成了我所谓的"话语的平移"那样一种状况。从话语的层面看，你好像是和外部世界接轨同步了，然而在你的实际认识上却是一片接一片的空白，因为你对自己的所使用的话语并没有多少知识和学理的支撑。譬如，按照现在的说法，尼采、柏格森、弗洛伊德和卡尔·容格等非理性主义哲学都对现代主义产生了重大的影响。那么，我们就应该了解这些人的具体哲学影响表现在哪些方面。这就需要我们做进一步的研究和探讨，真正得到资料和学理上的论证。否则，把这些人的名字与现代主义联系在一起，与我们上文所谈到的将迈克斯·谢勒的所谓"人类本体论哲学"和现代主义胡乱联系在一起，岂不就没有了本质的区别。而反过来说，当有人硬要把一个"人类本体论哲学"和现代主义捆绑在一起进行批判的时候，我们之所以不能理直气壮地站出来质疑，也是因为我们对现代主义的学理沿革缺乏深入研究和辨析的缘故。

看来，我们今天是着实需要对现代主义重新做一番考量和辨析了。然而，这种考量和辨析却并不完全是从补课的意义上说的。其实，由于时

---

① 黄梅：《回顾现代英国小说》，见《现代主义浪潮下：英国小说研究 1914—1945》，北京：中国社会科学出版社，1995 年，第 1 页。

间的推移,文学思潮发生了变迁,尤其是后现代主义思潮突如其来地出现,使得现代主义话语本身又产生了一些变化。比方说,有些问题当年刚刚被提出时的确曾引起过很大的争议,因为它表现出非常明显的离经叛道性、意识形态的颠覆性,可是,随着现代主义的逐渐被接受,现代派的许多作品被接受,有些甚至还被供奉为艺术的经典,这些争议也就慢慢地平复下来,人们对它们的态度也由激烈的抵制变为可以接受、甚至可以欣赏了。例如上个世纪 30 年代时,著名文艺理论家卢卡奇曾经对现代主义文艺作过非常激烈而尖锐的批判,然而西方文论界过去把卢卡奇作为斯大林主义的代表,我们在六七十年代把卢卡奇作为修正主义的代表,因而都对卢卡奇采取了否定的态度,可是,现在东西方的文学理论界似乎都承认了卢卡奇马克思主义文艺理论家的地位,甚至把他对现代主义文学的批评视为一家之言。那么当年他对现代派所做的评价,今天是否有重新认识的必要呢?

再者,现代主义现在被奉为西方文学经典,其理由之一是它对当代资本主义进行了"批判",然而当年的左翼和马克思主义对现代主义的批判,却又是因为它在道德上的"堕落",认为它是腐朽没落的资本主义的代表;然而,当道德滑坡问题今天已成为日益受到关注的社会问题的时候,我们能否或者"以成败论英雄",因为现代主义成了正宗而一俊遮百丑,阻止对它再进行道德上的分析,甚至径自认为它在道德上就无懈可击了;或者,因为世风日下而痛心疾首,于是就简单地再把现代派拖出来鞭尸示众,以期收到警世劝善的效果呢?

而更值得注意的是,人们的认识也在不断发生变化,上个世纪 90 年代起出现的一些新认识其实已经涉及到对现代主义的重新估价问题。例如英国的著名文学批评家特里·伊格尔顿教授在 1994 年时即率先提出:现代主义潮流对于英伦三岛的本土文学来说仅仅是擦边而过,并没有形成 20 世纪英国文学的主流。世纪之交英国出现的那一阵现代主义文学的繁荣景象,基本上仅限于文学移民和流亡作家——从亨利·詹姆斯和约瑟夫·康拉德到 T.S.艾略特和埃兹拉·庞德。这些离开了自己的本土而旅居英国的文人骚客为英国人写下了大多数的现代派作品,但吸引他们来到英国的却正是英国式的文明传统和文化氛围,这种传统和氛围与他们本国"不那么文明"或政治上动乱不已的状况形成强烈的反差。伊格尔顿认为,在这样的背景下,他们所创造的现代派艺术往往是一种保守的精英文化——在美学上是激进的,而在政治上是反动的,这是一种与他们的大多数欧陆同行们相反的特征。伊格尔顿还指出,艺术上的现实主

1. 引论：重新审视"现代主义"

义传统和哲学上的经验主义传统在英伦本土文化中根深蒂固，英国人在日常的价值观方面则坚定地崇尚常识和良知，这种气候和土壤对于超现实主义诗人布勒东、未来派诗人马雅可夫斯基这样的先锋派显然是不太合适的。而英国比较稳定的政治条件对种种激进的乌托邦倾向也不是一种鼓励。所以，土生土长的英国现代派作家都与大英帝国的这种"小英格兰主义"（Little Englandism）发生龃龉——D.H 劳伦斯很快找到了机会，离开了英格兰，而弗吉尼亚·伍尔夫则一向对现行的体制侧目相视，持冷眼旁观、讽刺揶揄的态度。①

然而，伊格尔顿提出的要对现代主义文学重新估价问题，在当时正热火朝天的后现代人文反思的声浪中似乎并没有激起太大的反响。不过，话也得说回来，后现代文学史家毕竟将一个封闭的文学典律打开了，他们把眼光更多地投向一些原先被排斥、被压抑的作家和作品。所以当又一个十年过去的时候，我们看见，学界对文学传统和文学潮流的看法真的出现了一些明显的变化。2004 年 9 月，《牛津英国文学史》的第 10 卷《1910—1940：现代运动》出版，该卷主编克里斯·鲍尔迪克（Chris Baldick，1954— ）显然是吸收了这些年学界的研究成果，在他所撰写的引言中就明确地对现代主义的定位作出了重大的改动。过去学界在论及"现代主义"思潮时，强调的是它与传统的"断裂"，强调它的"推陈出新"，②而现在，鲍尔迪克显然更强调"现代主义"的其来有自，不仅与早先的浪漫主义有关，而且，它作为一个文学流派，则更与 19 世纪末的唯美主义思潮有着传承的关系；过去论及现代主义时，往往将它看成是一个时代的主宰，然而鲍尔迪克现在则指出，真正被划入"现代主义"的像乔伊斯、伍尔夫那样的实验小说家，像 T.S. 艾略特那样的诗人，其实只是一股代表少数人的潮流（a minority current），他们的读者只不过数百人（a few hundred people），而那时候，H.G. 威尔斯、阿诺德·本涅特的小说或约翰·梅斯菲尔德的诗歌集，其销售量都达到数以万计。事情之所以会颠倒，这些少数的实验派作家之所以会被当作主流，那完全是因为庞德、艾略特、伍尔夫等持续不断地发宣言、发文章、进行批评重构的结果。而后来的文学史家、文学批评家又接过他们的衣钵，将所谓"现代主义"的标签再贴回到他们的那些作品上，而且让人觉得他们之间都有着一个共同的革命目的，他

---

① 参见英国《泰晤士报文学增刊》（*Times Literary Supplement*）1994 年 7 月 17 日。
② 例如，见 Malcolm Bradbury and James McFarlane, eds. *Modernism 1890—1930*, Harmondsworth: Penguin, 1976. 该著第一章就是一篇用所谓"文化地震学"的观点看待现代主义的专论，强调"现代主义"与过往文学传统的彻底决裂。

们与那些法国的画家、俄国的电影人、舞蹈艺术家、意大利的雕塑家以及奥地利的作曲家都有一脉相承的联系。鲍尔迪克进而指出,其实是这样一种表述方式,把一些更得到青睐的文学创新者与另一些运用了比较传统一点的语言和传统一点的文学形式的作家截然地划分开来。而如果我们暂时撇开这样一种分类,那么就会发现,像多萝西·理查森或 D. H. 劳伦斯这样的"现代主义"的小说家,实际上更接近于像 E. M. 福斯特或 A. 本涅特这样的"传统的"小说家,而不像斯特拉文斯基、毕加索或达利这样的现代派艺术家。①

由此可见,现代主义的问题不仅是一个值得再思考、再认识的问题,而且这些年来,学界对这个问题的认识也的确在发生着变化。对于这个问题作进一步的深入研究,不仅有助于我们对那个时代的文学,对一些具体的作家和文学流派有一个更准确的认识和把握,而且,我们还应该看到,也正是在 20 世纪之交那个当口,整个西方社会在基本实现了工业化、城市化之后又进入了一个新的历史转型期,各种社会矛盾和冲突在上层建筑意识形态领域又在进一步地凸显和深化。现代主义运动中涌现出的那些代表作家,个个都是当时思想界的风云人物。他们当时提出的种种领风气之先的激进观点,以及今天我们又重新对他们做出历史的评价,无疑将构成西方现代思想史研究的一项极其重要的内容。

在这里,笔者不禁想起了马克思在《路易·波拿巴的雾月十八日》一文中说过的一段话:

> ……19 世纪的革命这样的无产阶级革命,则经常自己批判自己,往往在前进中停下脚步,返回到仿佛已经完成的事情上去,以便重新开始把这些事情再做一遍;它们十分无情地嘲笑自己的初次企图的不彻底性、弱点和不适当的地方;它们把敌人打倒在地,好像只是为了要让敌人从土地里吸取新的力量并且更加强壮地在它们面前挺立起来一样;它们在自己无限宏伟的目标面前,再三往后退却,一直到形成无路可退的情况为止,那时生活本身会大声喊道:
>
> 这里是罗陀斯,就在这里跳跃吧!

---

① 参见 Chris Baldick, Introduction, in *The Oxford English Literary History Volume 10*:*1910—1940*:*The Modern Movement*, Oxford University Press, 2004;北京:外语教学与研究出版社、牛津大学出版社,2007 年,第 3—4 页。

1. 引论：重新审视"现代主义"

这里有玫瑰花，就在这里跳舞吧！①

马克思这里说的一次又一次的批判，当然是指政治和社会层面的革命，但它何尝又不是指人类为了获得正确的思想而必须一再进行的反省和自我批判！为此，就让我们把一个看似被合上了的问题重新打开，返回到罗陀斯，返回到仿佛已经完成了的事情上，把这件事情重新做一遍吧。

---

① 马克思：《路易·波拿巴的雾月十八日》，《马克思恩格斯选集》第一卷，人民出版社，1972年，第607页。

Ⅱ. 卢卡奇与"现代主义"

1971年6月7日,20世纪最为重要却又最具争议的马克思主义理论家卢卡奇病逝。对他一生的总体评价将牵涉到战后国际共运的许多重大问题,我们显然无法在这里作详细的讨论。我们关注的重点,将主要集中在他对西方现代主义所作的批评方面。从某种意义上说,正是他对于西方文学的直接而卓有见识的批评,反倒使他在今天的西方文艺理论领域中成为真正有影响的少数马克思主义学者之一。如果说法国的萨特认为他是当代一位非常重要的哲学家,或因为两人有意识形态背景方面的沟通,那么,德国当代文坛巨匠托马斯·曼(Thomas Mann)认为他是他那一代人中最重要的文学批评家,则或许更能说明,他的思想理论影响力已的确不再局限于东方意识形态营垒的内部了。他的《历史小说》(*Historical Novel*,1936—38)、《欧洲现实主义研究》(*Studies in European Realism*,1948)、《历史与阶级意识》(*History and Class Consciousness*,1923)等,均被全文译成英语,于上个世纪六七十年代在美英出版——当然也不可否认的是,此时适逢这些国家中对马克思主义的兴趣日渐上升,因而这些著作格外受到了西方文学理论界的重视。英国和美国的著名批评家,如 R. 韦勒克(René Wellek)、欧文·豪(Irving Howe)、阿尔弗雷德·卡津(Alfred Kazin)、赫伯特·里德(Herbert Read)、乔治·斯坦纳(George Steiner)、爱德华·赛义德(Edward W. Said)、罗伊·帕斯卡尔(Roy Pascal)等,都推崇卢卡奇为20世纪前半期最重要的一位马克思主义哲学家和文学批评家。韦勒克甚至还把他与瓦莱里、克罗奇、英伽登并列,作为20世纪上半期西方的"四大批评家"之一。为此,戴维·洛奇(David Lodge)、H. 亚当斯(Hazard Adams)和 L. 塞尔(Leroy Searle)等主编的几部作为英美大学文科必读书的当代西方文论选本,其中都选录了卢卡奇的论著,这些选本使英美理论界对卢卡奇的思想有了更具体的了解。

卢卡奇出生于布达佩斯一个被同化了的匈牙利犹太人家庭,父亲是一家大信托公司的董事,1901年被封为贵族。富裕的家境使他从小受到极好的教育,他在德语和匈牙利语两种语言环境中长大,并且很早又研习了法文和英文，多种外语的语言优势使他能领受到当时欧洲的各种最新思潮——新康德主义，浪漫主义的生机论等等。1905年，他留学德国，成为著名的大学者狄尔泰和席美尔的学生，他后来又到了海德堡，并成为马克斯·韦伯学术圈中的一员。在十几年的留学生涯中，他阅读了古希腊以来的西方文学和哲学经典，尤其对黑格尔、陀思妥耶夫斯基、韦伯等人的思想做过仔细的研讨，他通过席美尔和韦伯认识到马克思的重要性后，对马克思、恩格斯的著作，特别是对《资本论》的第一卷，进行了深入的研究。这种钻研使他确信马克思主义一些基本观点的正确性，如剩余价值的学说，把历史看作是阶级斗争史的观点等。不过他又承认，与当时许多资产阶级知识分子一样，这种影响只限于经济学，特别是只限于"社会学"方面。他认为唯物主义的哲学在认识论方面已完全过时，他当时的阶级地位和世界观使他对新康德主义关于"意识内在性"的学说非常投契。这是他在世界观和认识论方面的基本出发点。他曾在自传中分析了自己当时思想上的矛盾：一方面，他对极端主观的唯心主义怀有一定的疑虑，他觉得自己无法把现实问题简单地当作内在的意识范畴，而另一方面，这种怀疑也并没有使他立刻就接受了唯物主义的结论。相反，他倒是更加接近于当时流行的某种非理性主义和相对主义的认识方式，甚至某种神秘主义的方式。① 使他成名的论著《灵魂与形式》（*The Soul and the Forms*, 1911），就是他这一时期逐步确立自己的世界观和认识论过程的记录。

　　文学对卢卡奇世界观、人生观的形成产生了极大的影响。他在一份"自传对话录"②中提到，他没有怎么接触匈牙利的古典文学，而只是受了世界文学、首先是德国哲学的影响。他第一次受到书的影响是读了《伊利亚特》的匈牙利文译本和美国作家詹姆斯·F.库珀的《最后一个莫希干人》。他说，这两部书，尤其是后者，使他对父亲以成功作为行为正确的标准这样一种价值观产生了怀疑。他的父亲是一个很崇拜英国的人，因而他从小有机会读了如查尔斯·兰姆的《莎士比亚故事集》这一类的书，他也读了马克·吐温的《汤姆·索耶》和《哈克贝利·芬》，读了斯宾诺莎反宗教的以及有关宗教伦理故事一类的文学作品，这些书都给他留下了深刻的印象，帮助他树立生活的理想。

　　从1906年起，卢卡奇开始在《星期三》、《西方》等杂志上发表自己的

---

① 参见杜章智编，李渚青、莫立知译：《卢卡奇自传》，北京：社会科学文献出版社，1986年，第210—211页。

② 该"对话录"由维泽尔·伊丽莎白和沃尔西·伊什特万整理，收入上书《卢卡奇自传》，第51—205页。

文字,他在柏林写出了一本论戏剧的专论的初稿。他的第一部系统的文学专论《小说理论》(*The Theory of the Novel*,1916)是在第一次世界大战期间写的,先在《美学和一般艺术科学杂志》发表,战后才出书。他后来曾不止一次地说过,这本书只是一部"过渡性的作品",他并不把这本书看作他一生著作的组成部分。尽管书中包含了一些正确的看法,但卢卡奇认为,从整体上看,该书将托尔斯泰和陀思妥耶夫斯基作为世界文学中革命小说顶峰的立论是错误的。① 然而,尽管如此,从书中所表现出的他对西方文学经典的熟稔,我们仍可以明确无误地察觉到他与后来对他进行批判的苏共意识形态领导人在知识结构上是多么的不同。

在这个问题上,似乎还有必要再作一点说明,这就是东、西方的理论界之间以及各自的内部在对于如何把握卢卡奇的基本思想倾向方面向来都存在着很大的分歧和争议,而卢卡奇本人在一个相当长的时期内又不断地进行自我批判,根据形势的需要,他不断地对自己以往的著述作今是昨非的解释,这就愈加使问题变得复杂化了。然而,究其原因,这一切其实大都是由于此一时、彼一时现实政治斗争的需要和意识形态的分歧所造成的。人们为在现实政治斗争中达到某个目的而把卢卡奇描画出各种不同的脸谱,各自强调他不同的侧面,以说明论辩者本人此时此刻的立场和观点。例如,五六十年代时,卢卡奇被指责为"修正主义者",这显然是因为当时国际共产主义运动内部的矛盾和争论所致;而 60 年代以后,西方文艺理论界对卢卡奇日渐发生兴趣,则主要又是因为伴随着西方社会矛盾的发展和资本主义机制本身的自我调适,马克思主义作为一种理论学说在西方思想理论界所处的地位也发生变化,左翼社会势力和思想倾向有明显上升的缘故。而到了现在,随着思想意识形态所关注的重点的转移,过去所争论的一些问题的当下性都已在很大程度上自行消解了。在这种情况下,我们也就有可能在今天的新的理论层面上对卢卡奇的思想重新进行审视。我们在这一章的一开始提出,我们完全有可能把关注点集中到卢卡奇与现代主义文学运动的关系上,其原因就在于此。

一、对"现代主义"思潮的意识形态批评

卢卡奇对于西方现代主义思潮的意识形态批评,其实只占他整个文艺理论和美学著作的很小一部分,然而,今天重新阅读他的这一部分论战性的文字,我们却仍然会为他所表现出的敏锐的政治嗅觉、深邃的哲学思

---

① 《卢卡奇自传》,第 80—81 页。

11. 卢卡奇与"现代主义"

辨以及比大多数左翼批评家都要高明得多的文学修养所折服。作为一位马克思主义的文艺理论家,他把文学艺术看成是无产阶级革命意识形态的组成部分,要求文艺服务于无产阶级革命事业的大局,这是完全可以理解的。然而他与同时代几乎所有的马克思主义文艺理论家不同的是,他对马克思主义的文艺学、美学原理总是有自己独特的,甚至可以说是创造性的理解。这种创造性首先体现在他从不满足于教条主义地坚持这些原则,而是要让这些原则与文学艺术创作的内在规律有机地结合起来。也正是因为这一缘故,他对于西方现代主义的批评,不仅为当代马克思主义文艺理论的发展做出了重要的贡献,而且也成了整个现代主义研究中至为重要、无法绕过的一家之言。在今天看来,尤其是对他就恩格斯的现实主义"典型"论所作的阐发——即对所谓"人的完整性"和文艺创作的"潜在可能性"所作的一系列的论述,我们仍能从中感受到那高屋建瓴的理论气势和敏锐犀利的思辨锋芒,而这些论述即使在当下的语境中依然对我们有诸多的启示。

众所周知,早在1859年,马克思和恩格斯曾分别致信斐·拉萨尔,对他的《弗兰茨·冯·济金根》一剧进行了深入的分析和探讨,其中即已涉及文学创作如何反映现实的问题,马克思主义的现实主义文学观的发生或许就应该追溯到此。后来,恩格斯在致玛·哈克奈斯的信中,首次为作为文艺创作原则和审美判断标准的"现实主义"做出明确的界定。他说:

> 据我看来,现实主义的意思是,除细节的真实外,还要真实地再现典型环境中的典型人物。①

恩格斯在这里所说的"典型",当然不同于毫无个性的"类型",他此前在致敏·考茨基的信中即曾强调,

> 每个人都是典型,但同时又是一定的单个人,正如老黑格尔所说的,是一个"这个"……②

恩格斯的这些论述后来都成了"现实主义"的经典,成了所有马克思主义文艺理论家都不断重复的一条原则。然而,我们在这里所要强调的,则是卢卡奇在这一马克思主义文艺理论经典形成的过程中所做出的贡献。他不仅把恩格斯提出的有关"现实主义"的原初思想作了更为具体的阐发,

---

① 恩格斯:《致玛·哈克奈斯》,见《马克思恩格斯选集》第四卷,北京:人民出版社,1972年,第462页。

② 恩格斯:《致敏·考茨基》,同上书,第453页。

而且还从理论和实践相结合的高度作了进一步的深化和发展。① 东西方不少批评家过去都有意无意地强调,卢卡奇在认识论方面、尤其在对于自然辩证法的认识上与恩格斯存在着某种分歧,② 然而,在"现实主义"的问题上,我们则完全有把握地说,卢卡奇一贯是恩格斯这一理论原则最坚定的捍卫者。

早在1935年,卢卡奇就撰写过一篇长文,全面论述"作为文艺理论家和文艺批评家"的恩格斯,其中详细阐述了"伟大的现实主义"的全部内涵,而"伟大的"这一修饰语则为卢卡奇本人所加。按卢卡奇当时的理解,恩格斯之所以强调"现实主义",乃出于他对于无产阶级应该继承一个什么样的文化遗产问题的考虑。无产阶级要摧毁现代资本主义社会并创造一个新的社会,而这个新社会则预示着将会出现一个伟大的文化的发展。在这个问题上,辩证唯物主义者必须清楚地了解过去每一种伟大的文学现象与经济现象和它得以产生的阶级基础之间的联系。但是,认识以往文学发展的伟大面貌是一件非常复杂的事情。我们必须具备用以判断其价值的一个标准。在恩格斯看来,文学是客观现实的一种反映,古代伟大的现实主义者的不朽创造力,则正是建立在这一点上。卢卡奇说,恩格斯以巴尔扎克为例子,明确有力地陈述了产生"伟大的现实主义"的这一复杂而又明白的辩证过程——巴尔扎克为什么会违反他自己的阶级同情和政治偏见,看到他心爱的贵族们灭亡的必然性呢?对此,恩格斯有精辟的解释:这恰恰是"现实主义的最伟大的胜利之一,是老巴尔扎克最重大的特点之一"③。经过卢卡奇的阐释,恩格斯关于"现实主义"的思想被梳

---

① 卢卡奇对于现实主义的论述很多,早在30年代,除了他的《论历史小说》(1936—1938)这一重要的专著外,他在关于表现主义问题的争论中又专门撰写了《表现主义的伟大和衰亡》、《问题在于现实主义》和《现实主义辩》等重要论文,这些文章后来汇集起来,于1948年出版了《欧洲现实主义研究》的论文集,并出版了英文版,这样,他关于现实主义、现代主义等文艺问题的论述,便真正代表了一种马克思主义的观点而进入到西方学界,并与西方学界的各种批评理论形成了真正意义上的交锋。匈牙利事件前后,卢卡奇的政治身份发生很大的变化,而60年代以后,随着国际形势的变化,他在西方备受推崇的同时,在苏联和东欧各国也渐渐恢复了马克思主义文艺理论家的名誉。其间,卢卡奇对自己的思想和美学理论又作了新的清理和重述。所以,在笔者看来,对卢卡奇文艺学、美学思想的研究,其实已没有必要再过多纠缠于他早年的那些著述,而主要应该以他的后期著述为准。例如在"现实主义"问题上,笔者就是以他1948年发表的《欧洲现实主义研究》英文版序言为界,把他此后的著述视为他在现实主义问题上所持的基本立场和观点。

② 关于这一点,可参见张伯霖等编译的《关于卢卡奇哲学、美学思想论文选译》,北京:中国社会科学出版社,1985年。

③ 卢卡奇:《作为文艺理论家和文艺批评家的弗利德里希·恩格斯》,见《卢卡契文学论文集》(一),北京:中国社会科学出版社,1980年,第26—27页。

11. 卢卡奇与"现代主义"

理成形,上升为一个重要的马克思主义文艺理论原则。

然而,卢卡奇本人深厚的理论功底和学识使他从不满足于简单地重复马克思主义的字句和结论。在"现实主义"问题上,卢卡奇则从理论和文学创作实践两方面继续进行深入的研究,并阐发出他个人的一系列极为重要的见解。在《欧洲现实主义研究》英文版的序言中,他首先提出了"现实主义"的基本关注是"人的完整性"这样一个重要的观点:

> 现实主义主要的美学问题就是充分表现人的完整的个性。……只要我们接受人的完整性这个概念,把它当作人类必须解决的社会和历史的任务;只要我们认为描写这一过程的最重要的转折点以及影响这个过程的一切丰富的因素是艺术的天职;只要美学赋予艺术以探索者和向导者的作用,那么,生活的内容就可以有系统地分成比较重要与比较不重要的范围,分成阐明典型和照亮途径的范围与依然处在黑暗中的范围。只有在那时,人们才会看清楚,任何关于纯粹生物学过程的描写——可能是性行为,也可能是悲痛和苦恼,无论写得如何详尽或是从文学观点来看写得如何周全——结果都会将人的社会的、历史的和道德的本质降低为同一水平,而且,这种描写不是达到说明人的冲突的复杂性和全面性这个主要艺术表现的手段,反而成为它的障碍。①

显然,卢卡奇这一观点的提出,有他当时所面对的文学论争这一特定历史背景方面的原因:他试图对当时已经越来越成气候的"现代派"——以左拉为代表的自然主义派和以乔伊斯为代表的心理分析派——提出严肃的批评,并试图揭示这些现代主义流派在艺术品位上所存在的与生俱来的根本缺陷。他提出"人的完整性"后,"完整的人性"便成了"人"的完美理想。以此作为衡量一部作品文学品位高低的标准,这对于现代派文学来说,的确有某种"一剑封喉"的效应——"自然主义者猥亵的生物学主义……使人的完整的个性的真正图画变成畸形";而"心理分析家那种一丝不苟地探索人的心灵以及把人变成一团混乱的思想的做法,也一定会破坏用文学表现人的完整的个性的一切可能性"。据此,卢卡奇得出结论说:"乔伊斯式的漫无边际的联想正如厄普顿·辛克莱的冷静安排的全好和全坏的定型一样,都不能创造出活生生的人。"②

---

① 卢卡奇:《〈欧洲现实主义研究〉英文版序》,见《卢卡契文学论文集》(二),北京:中国社会科学出版社,1985年,第49页。
② 同上书,第50页。

毋庸讳言,卢卡奇的确真诚地相信,所有现代派文学在表现"人的完整性"方面是不能与"现实主义"文学相比的。但我们是不是也可以追问一句,所谓"人的完整的个性"或"人的完整性"究竟又是一个什么样的概念呢?这个问题卢卡奇似乎从来没有考虑过,也许他认为这根本就是一个不证自明的真理。可是,如果真的对这一概念进行一点考问,我们或许就会发现,卢卡奇赖以安身立命的这个所谓的"人的完整性",恐怕也只是一个中空的、最终并不能得到确切界定的乌托邦假设。他上面这段论述中的一连三个"只要",而尤其是第一个——"只要我们接受人的完整性这个概念,⋯⋯那么,⋯⋯",便充分地说明:这一概念仅仅是他的一个主观假设,是一个假定的认识前提,而不是经过充分论证的结果。在同一篇序言里的某个地方,卢卡奇还曾提到"无产阶级人道主义的目的就是恢复人的完整的个性",既然是"恢复",那就意味着在人类历史的某个阶段曾经存在过这种"人的完整性",而这一次的"人的完整性",虽然还是语焉不详,我们却可以从文章的上下文中多少领会到一点他的所指。

　　卢卡奇在文中反复强调说,"马克思主义者在美学或别的领域中都是古典遗产的小心翼翼的守护者",这种遗产是"包含在那些把人描写成整个社会中的一个整体的伟大艺术当中"的;而马克思主义的历史哲学则要"把人当作一个整体来进行分析,并且把人类的进化史也当作一个整体,它力求揭露那支配着一切人类关系的潜在的法则",等等。很明显,在卢卡奇心目中,"人的完整性"的确在人类的某个历史阶段曾经存在过——因此我们从人类的"古典遗产"中可以找到它,这样,无产阶级人道主义的任务,就是要使这样一种"人的完整性"得到"恢复"。这里需要指出的是,卢卡奇的这样一种理想的假设,其实在他的青年时代就已经牢牢地确立了。深受德国古典文化传统影响的青年卢卡奇,在他最早的一部阐发自己人生理想和文学观的专论《小说理论》(1914—1915)中,曾这样把古希腊史诗时代看做是人类理想社会的样板:

　　　　在那幸福的年代里,星空就是人们能走的和即将要走的路的地图,在星光朗照之下,道路清晰可辨。那时的一切既令人感到新奇,又让人觉得熟悉,既险象环生,却又为他们所掌握。世界虽然广阔无垠,却是他们自己的家园,因为心灵(Seele)深处燃烧的火焰和头上璀璨之星辰拥有共同的本性。尽管世界与自我,星光与火焰虽然彼此不太相同,但却不会永远地形同路人,因为火焰是所有星光的心灵,而所有的火焰也都披上了星光的霓裳。所以,心灵的每个行动都

是富有深意的,在这二元性中也都是完满的……①

而立之年的卢卡奇满怀激情地讴歌那个时代,这不仅因为那个时代是一个有机和谐的时代,更因为那个时代的人与自然、与自身都保持着一种不可复得的完整性。在卢卡奇看来,古希腊的史诗蜕变为悲剧,进而又演化为柏拉图哲学的过程,不啻又是一个"人的完整性"逐渐退化、逐渐丧失的过程,一个意义(本质)与生活原本为内在统一的状态逐渐分裂为对立状态的"异化"过程。当时的卢卡奇真诚地希望,作为现代文学主要形式的小说,仍能像以往的史诗那样,承担起调和物质与精神、生活与本质的关系,实现原先那种意义与生活不可分割的乌托邦理想。② 我们知道,卢卡奇在真正投身于革命运动、加入了共产党之后,似乎在口头上对《小说理论》一直保持着一种非常低调的评价,他认为书中"将托尔斯泰和陀思妥耶夫斯基看成是世界文学中革命小说的顶峰"是错误的;认为这本书"还停留在资产阶级文学的框框内";是他"由主观唯心主义向客观唯心主义的过渡",而且是在他思想发生危机时的产物;他甚至不想把这本书看作他一生著作的组成部分,等等。③ 然而,我们现在看到,他在而立之年确立的这样一个充满浪漫精神和怀旧情绪的理想,其实直到他年逾花甲之后也未曾放弃。他不但一如既往地珍藏着这一理想,而且这一乌托邦的假设还成了他对"现代主义"思潮和现代派作家展开意识形态批判的一个最重要的认识出发点。

二、关于"内容"和"形式"的探讨

然而,与同时代的其他马克思主义文艺理论家和批评家所不同,甚或可说卢卡奇要比他们明显高出一筹的是,他对于现代主义思潮和现代派作家的批评,从来不是那种仅仅局限于意识形态层面关于作品内容的批评,而是很善于深入到"形式"这个往往被视为"资产阶级—现代派"所把持的领域,与他的批评对象展开直接的交锋。在上一节中我们看到,卢卡奇的确非常看重意识形态的批评,这是毋庸置疑的。在衡量和判断一部作品的价值时,他首先考察的是这部作品的内容和意识形态倾向,这对于

---

① Georg Lukács, *The Theory of the Novel*, The MIT Press, 1971, p. 29. 译文参见张亮、吴勇立译:《卢卡奇早期文选》,南京大学出版社,2004年,第3—4页。

② 对于卢卡奇的这一时期的思想发展过程,美国的马克思主义批评家詹明信有非常详细而精辟的分析。可参看 Fredric Jameson, *Marxism and Form*, Princeton University Press, 1971, pp. 169 - 173.

③ 《卢卡奇自传》,第81、212页。

他而言就是一条基本的原则。正如他在《现代主义的意识形态》一文中所说的:"必须尽量避免资产阶级—现代派批评家们通常惯用的那种探讨方法,即过分地关注形式的标准,关注作品的风格和技巧问题。它表面上要对'现代'和'传统'进行严格的区分……而实际上,它根本无法确定具有决定意义的形式问题,也根本看不见它们内在的辩证关系。"①但是,我们又必须注意,尽管卢卡奇在这里指出了现代派批评家的形式至上的倾向,却并不等于说他本人就一定跳到了另一个极端,对于文学形式就完全不问不顾了。恰恰相反,卢卡奇对于现代小说的形式问题给予了特别的关注,他在对现代主义思潮和现代派作品进行批判的时候,比同时代的任何马克思主义批评家都更加重视文学的形式问题。也正因为如此,他的批评才形成了与西方的现代派的真正意义上的对话,他的批评论述才会被当代西方批评所接受,被看做是当代西方文艺理论和现代主义研究的一家之言。

我们在上一章中曾分析过阿尼克斯特对西方现代主义的口诛笔伐,那完全是一副站在高山上扔石头打人的架势。而卢卡奇对于现代派的作家是如何分析的呢?就在这篇《现代主义的意识形态》的文章中,他以"内心独白"手法为例,将乔伊斯的《尤利西斯》中布鲁姆和莫莉的两次"独白"与托马斯·曼的《绿蒂在魏玛》中歌德的清晨"独白"进行比较。他认为,尽管两位作者采用了相同的风格技巧,但是这两部作品却区别显著,不可混为一谈。对于乔伊斯来说,意识流技巧不仅仅是一种风格技巧,它本身又是决定小说的整个叙述模式的一个"结构原则",而对于托马斯·曼来说,"内心独白"则仅仅是一种技巧手法,作者采用这种手法为的是探索歌德的内心世界,他——

> 深入到歌德个性的核心之中,深入到他和他的过去、现在甚至未来经验之间的复杂关系之中,联想之流看来无拘无束,构思却极为严谨:它是一个精心打造的叙述序列,逐渐探入歌德的个性内核。每一个人,每一个事件在意识流中出现和消失,但在整个格局中都有其特定的位置和分量。

卢卡奇说,托马斯·曼使用的这种手法固然新颖,然而他的创作原则却仍

---

① Georg Lukás, "The Ideology of Modernism," in David Lodge, ed., *20th Century Literary Criticism: A Reader*, London and New York: Longman, 1972, p. 474. 这里需要说明的是,此文的标题并非卢卡奇本人所定,而是 David Lodge 从卢卡奇著述英译本 *The Meaning of Contemporary Realism* (1963)中所作的节选。

然没有跳出传统史诗的窠臼。那么,关于乔伊斯呢,请注意卢卡奇是这样说的:

> 鉴于乔伊斯的艺术抱负和无可争辩的文学才华,把他对记录感觉材料的过分关注和对人物思想感情的相对忽略视为艺术上的失败,那就太荒唐了。乔伊斯所做的这一切都是与他的艺术意图相一致的,而且可以说,通过运用这些技巧,他圆满地实现了自己的这些意图。

但是,卢卡奇接着说:

> 乔伊斯的意图与托马斯·曼的意图却截然相反。感觉和回忆素材始终在交替回闪着的格局,它们那充满了张力——却又是漫无目的、毫无方向的——力场,形成了一种静态的史诗结构,它反映了作者认为事物基本上都是静止的这样一种信念。①

在这里,卢卡奇对乔伊斯和托马斯·曼进行了细致的比较,要知道,没有高深的文学修养,没有对文学文本的熟稔,那是根本不可能做出这样的比较,更不可能提出这样的真知灼见的。那么。在进行了这番比较之后,卢卡奇给我们以什么样的一个结论呢?他说:

> 在考察以上我所提到的两个文学派别时,这两种对立的世界观——一种是动态的、发展的,另一种静止的,处于感觉状态的——便显得至关重要了。②

结论竟是如此之简单!我们没有看见他同时代那些马克思主义文艺理论家们所惯用的那种一味上纲上线的敲打,仅仅一笔"两种对立的世界观"而已。但卢卡奇并没有就此而停止对问题的深入考察。他在对文学作品的形式问题进行考察之后,仍然又回到了作品的内容上,回到作品内容所反映的"写什么人"的问题上。他说:

> 我们所关注的差别,不是形式主义意义上的风格"技巧"的差别。重要的是一部作品中所表现的对于世界的看法,是意识形态或 weltanschauung(世界观)。正是作家表达这一对世界看法的努力,构成

---

① 以上三段引文均见"The Ideology of Modernism," in *20th Century Literary Criticism*, p. 475.

② Ibid., p. 475.

了他的"写作意图",决定了他在作品中采用什么样的风格。从这个意义上说,风格问题就不再属于形式的范畴。相反,它是植根于内容的,是特定内容的特定形式。①

看来,问题还是明确的:"内容"与"形式"在卢卡奇这里,仍然是"内容决定形式";说到底,文学的根本问题仍然是探讨"人"的问题。而且卢卡奇发现,正是在如何看待"人"这个根本问题上,暴露出了"现代主义"与"现实主义"这两种创作形式、亦即"两种对立的世界观"的分野:一切伟大的现实主义文学,都把"人"看成是一种社会性的存在,用亚里士多德的话说,一种"zoon politikon"(社会动物),他们的个人存在是不能与社会、历史环境脱离的,他们的个性,他们作为人而存在的意义,都与造就他们的环境紧密联系在一起;可是在现代派的文学作品中,情况则全然相反——现代派作家把人看作是本性孤独、不合群、无法同他人交往的,因而他们的作品中,主人公要么是限定在个人经验的范围之内,要么则是没有任何个人的历史。总之一句话,人的社会性被彻底地抹煞掉了。卢卡奇说,海德格尔所谓"人是被抛入尘世间"之说,抑或是对现代派作家所谓"人的本体意义上的孤独性"的一个最好的注释。②

但是,我们同时仍必须看到,卢卡奇在对现实主义和现代主义作品的内容进行分析和批判的时候,又始终不脱离对这一内容的表现形式的探讨。

再者,从卢卡奇理论关注的发展轨迹来看,这里还有一个关注的重点逐步转移、认识逐步深化的过程。他早年更多关注的是如何使伟大的现实主义这一主线得到确立,为此,他就所谓"人的完整个性"进行了详细的讨论,后来,他越来越关注如何使现实主义能成为既有理论彻底性又便于实际操作,并能对作家的世界观与其创作方法之间关系给予有效解释的一套批评话语。这样,更多涉及文学创作形式的"典型性"问题,就成了他在一个较长时期内的关注点。他在最初论述恩格斯的文艺思想时,还没有把恩格斯所谓的"再现典型环境中的典型人物"看成是"现实主义"的理论构成,在讨论"自然主义和形式主义"的《叙述与描写》(1936)一文中,他似乎也还没有把"典型性"当作一个问题。直到后来,在他撰写的一系列关于历史小说的论文中,他终于才开始使用"典型"这个字眼,而且越来越发现这个问题的重要性。如果要讨论文学创作究竟如何摹拟现实,"典型

---

① "The Ideology of Modernism," in 20th Century Literary Criticism, pp. 475–476.
② Ibid., p. 476.

性"就成了一个绝对不可回避的问题。① 于是,他在此后发表的《论历史小说》的系列论文(1936—1938)中,对"典型性"(typicality)和文学创作中的"典型化"(typification)的问题进行了全面的探讨和阐述。他明确提出,现实主义作品中的人物正是由于其"典型性"而不同于其他类型的文学人物,而"典型"则是比其自身、比他们本人孤立的命运具有更大代表性和包容性、因而就更具有普遍意义的人物形象。他们既是具体的个体存在,同时又与某种更带有普遍性或更带有集体性的人类本质有关。经过这么一个过程之后,他在《欧洲现实主义研究》英文版的序言中才用最明确的语言指出:

> 现实主义文学的主要范畴和标准乃是典型,这是将人物和环境两者中间的一般和特殊加以有机的结合的一种特别的综合。使典型成为典型的并不是它的一般的性质,也不是它的纯粹个别的本性(无论想象得如何深刻);使典型成为典型的乃是它身上一切人和社会所不可缺少的决定因素都是在它们最高的发展水平上,在它们潜在的可能性彻底的暴露中,在它们那些使人和时代的顶峰和界限具体化的极端的全面表现中呈现出来。②

在这段话中,卢卡奇不仅用准确精练的语言把恩格斯早先分散的叙述做了理论的归纳和提粹,而且还做了适当的发挥,即:"典型"之所以成为典型,乃是因为人物和环境两者之间有一种别样的"一般"与"特殊"的有机结合。但是,这究竟是怎样一种别样的"特别的综合"呢?卢卡奇在这里却还是没有来得及展开,因此仍多少给人以语焉不详的感觉。

50年代中期,他终于腾出手来对现实主义和现代主义之区别进行了一点专门的研究,这一次,他仍然是从文学形式的选择和把握切入,并试图在形而上的哲学层面上来探讨两类不同作家何以会对文学表现形式做出不同的取舍。他这一次的探讨非常详尽透彻,其中包括对于恩格斯所谓"典型"必须具有独特性、必须是"这一个"的思想所做的全面引申和发展。他的这一研究形成了三篇论文,后来束为一集,取名为《当代现实主义的意义》(1963),而《现代主义的意识形态》即为其中的一篇。

在这篇论文中,卢卡奇或可说很聪明地提出了一个所谓"潜在可能性"(potentiality)的中介概念,说它是"中介",是因为他借助这一概念,厘

---

① 参见卢卡奇:《马克思和意识形态的衰落问题》,《卢卡契文学论文集》(一),第224、231、242—244、247页等多处。
② 《卢卡契文学论文集》(二),第48页。

清了现实主义和现代主义两类作家不同的创作理念和不同的创作方法。他把这种"潜在可能性"又进一步分为"抽象"和"具体"两种(后者被视为等同于黑格尔所谓的"真实的"可能性),这两种相互对立,相互作用的可能性,都共存于生活之中。接着,卢卡奇解释说,关于一个人的性格发展过程,你总是可以想象出无数的可能性,然而,只有很小比例的可能性能够实现。而在他看来,现代派犯了一种主观主义的毛病,他们往往把想象的可能性当成了复杂的生活实际,于是在忧郁和狂喜之间来回摇摆而不得所终。当这些可能性无法实现时,他们就从忧郁转变为愤世嫉俗。

问题还不止于此。卢卡奇接着又追问说,这些潜在可能性究竟在多大程度上能变成具体而真实的呢?然而,现代派作家似乎是不考虑这个问题的,非但不考虑,他们还设法将这种本来就已是主观想象的现实进一步主观化,使之在他们的作品中愈发显出"人为性"(arbitrary)的色彩。这使我们不禁想起平日里经常听到的一些所谓"现实主义文学是外向的,现代主义文学是内省的"这一类说法,而所谓"现代主义文学是内省的",看来并不仅仅是对现代主义文学的一种外在的描述。因为在卢卡奇看来,这不啻是现代派作家刻意为之的结果。卢卡奇说,他们——就像福克纳在一段评论中所说的——会"异口同声地争执,渐而面红耳赤,情绪激动,先将一个空想说成是一种可能性,接着又把它说成是或然性,最后则成了无以辩驳的事实,人们在把自己的意愿诉诸语言文字时往往就是这样"。卢卡奇认为,现代派作家则正是这种把自己的主观想象当成实际现实的人。所以,他们想象的种种可能性,这些可能性的形态模式,其唤起情绪的强度以及所隐含的言外之意等,除了反映他们自己的思想状况以外,并不能再现客观的现实。

因此,在卢卡奇看来,那些"抽象的"潜在可能性——那些主观的大脑活动,无论其多么高渺深远,其实并不决定人的个性发展。真正的决定性因素,是人后天获得的能力和素质,是那些外在和内在因素,或促进、或阻碍了人的个性发展。那么,文学是不是只要把生活中存在的、能够转变为现实的那些"具体的"可能性反映出来就可以了呢?那也不是。卢卡奇认为,现实主义的文学必须真实地反映生活的全貌,因为它要反映处于种种极端状况下的人,所以它应该把"抽象的"、"具体的"、"想象的"和"真实的"各种可能性统统都反映出来。但只要人物的具体可能性得到了表现,那么,那些抽象的可能性基本上就不再会显得是真实的了。

卢卡奇还指出,由于抽象的可能性完全存在于主观领域,只有具体的可能性才涉及人物的主观思想与客观现实之间的互动,因此,后者的文学表现,就应该去描写和表现生活在一个可感可触的世界中的真实人物。只有写出了人物与环境之间的互动,才能将一个特定人物的具体的潜在可能性从无以数计的糟糕的抽象可能性中分离出来,使那个潜在的可能性成为对"这样一个人、在这样一种特定的环境中"起决定作用的、真实而具体的可能性。这样,我们就又回到了"典型性"和"典型化"的问题。显然,审慎的选择和描述,对典型人物个性的再现有至关重要的意义。而现代派作家恰恰就是在这一点上存在着致命的缺陷。他们对人物性格的刻画既适合于这一个人,又适合于另一个人;他们竭力要凸显人物的主观世界而牺牲了客观的现实和环境因素,结果,这些人物的主观世界反而变得贫乏空虚,犹如艾略特所描写的"空心人"——"不成形的形状,没有色的色彩,/瘫痪了的力量,没有动作的姿势"。①

三、对卢卡奇决定论文艺观的再审视

当我们对卢卡奇的思想作如上梳理的时候,似乎总有一种不太能说得清楚的矛盾心理在伴随着。一方面,卢卡奇的所有这些思想,对于我们来说,是那么的熟悉,他对马克思主义文艺理论的一些原则性的问题,阐述得那么独到准确,他对现代主义思潮和现代派作品的批评,尽管也有一些在今天看来比较过激的成分,但总体说来,他的分析最大的一个特点就是讲理——讲学理,讲道理,讲情理。即使你不同意它,它仍不失其激励你思考的作用。但是,另一方面,我们又隐隐约约地觉得,他的这些论述,尤其是我们所熟悉的他那整个的认识框架,则在不以人的意志为转移地逐渐离我们远去。我们就好像是在乘着一叶扁舟顺流而下,尽管承载舟船的流水依旧,而两岸的景色却早已不复是原先的模样。卢卡奇的那个时代决定了他整个思想的历史性,而当时代发生了变化以后,我们显然应该对他的思想重新作一番审视——或许还有读者想接着这个话头说——看一看他的思想中还有哪些成分对我们有可资借鉴的作用。然而,这些却不是笔者的意思。笔者此刻真正想说的是:我们不妨来看一看对他的哪些思想观点可以重新进行思考和认识。今天,我们其实已不必太看重历史上的某种学说、某种观点的所谓的"正确性"了。因为在笔者看来,任何一种学说或观点,其正确与否,都是有条件的,都要取决于它当时所处的特定的环境和语境。即使当时是正确的,今天也未必就对我有用;而当时的一个或许是次要的、不太受重视的问题,倒反而说不定会对我们今天

---

① 此上诸段引文均出自"The Ideology of Modernism," pp. 474 - 479.

所面对的某个问题产生一定的启发。因此,笔者认为,我们现在更需要关注的是新的阐释,新的阐释就意味着新的认识。人类的思想认识就是在不断的新的阐释中向前发展的。

譬如说,对现代主义的总体把握问题。现在谁都不会否认,我们再也没有必要把现代主义看成是洪水猛兽了。今天我们重温当年那些对现代主义的激烈批判,吃惊之余,更多的是对自己当年的偏执报以莞尔一笑。那么,我们能否因此而庆幸自己比过去更加聪明了呢?其实也大可不必。因为这种认识的改变,更多的是时势使然。回想当年,苏维埃政权刚刚出现时,面对的是帝国主义和各种政治敌对势力的全面包围,在这种情势下,思想意识形态上的紧张,乃至在思想文化上似乎总是处于一种临战的状态,那也是可以理解的。于是像现代主义这样一个原本是文化艺术上的思潮,便也硬是要和"帝国主义"、"腐朽没落"这些概念拉扯到一起。在这种问题上卢卡奇也不可能例外,他就曾这样告诉我们说,现代主义流派的产生,需要"从帝国主义时期的经济、社会结构及阶级斗争的角度来看"方可理解,①可是这中间到底是怎样一种因果关系,他自己从一开始就没能讲清楚。

在卢卡奇以及后来的萨特等马克思主义者的文艺理论中,有一个很重要的理念,即所谓的"同一性"或"完整性"(totality)。在他们看来,生产力决定生产关系,经济基础决定上层建筑和意识形态,作为上层建筑和意识形态一部分的文学艺术和经济、政治等具有某种无需证明的同一性,因而对于文学艺术,他们就会有意无意地用一种政治经济决定论的观点来加以解释。从这个意义上说,"同一性"、"完整性"的理念就能起一种意识形态的包容作用。而这样的一种认识取向,其实直到今天仍旧有相当多的人是缺乏自省而继续沿用的。然而,同样是这个被译作"同一性"或"完整性"的"totality",在今天的西方文论语境下却有与上述理解大相径庭的别样的意义。关于这一点,笔者将在收入此论文集中讨论哈贝马斯的一文中做专门的讨论。

上文已述,我们今天已不再把现代主义视为洪水猛兽。而这一切之所以会发生,主要则是因为人们现在更趋于把现代主义看成是一种文学艺术,把文学艺术看成是一个相对独立的范畴,承认了它具有自己独特的规律性的缘故。那么,这样的一种认识,又究竟是如何形成的呢?说来也简单,那就是随着改革开放的深入,过去长期肆虐的极"左"思潮得到了清

---

① 《卢卡契文学论文集》(二),第19页。

11. 卢卡奇与"现代主义"

算,而与此同时,国外关于"现代"和"文化现代性"等理念在国内学界逐步得到了普及,于是人们的观念在不知不觉之中也就改变过来了。当然,如果真的要仔细地考察一番,则可以发现,这里面既有历史的演进从而推出了一些新的理念,也有我们自己的关注点发生了变化和位移的缘故。

我们知道,在欧洲历史上,"现代"作为一个时间的概念,大约是在公元 5 世纪左右出现的,它最初主要是用来划分基督教与罗马异教时代的区别。但后来,随着使用的频繁,它逐渐变成了表示对于一个新的时代的意识——把当下的时代看作是从过去的"旧"向未来的"新"的一个过渡。启蒙运动以后,古代对于后来时代的精神上的影响日渐式微,而身为"现代"则越来越变成了一种对于未来的"信念",即相信随着科学的发展,知识的进步,人类社会和道德也将随之进步,变得越来越好。再者,"现代"的意识还和欧洲浪漫主义思潮有关。而到了 19 世纪,这一思想逐渐发展成一种激进的、把"现代"与"传统"截然对立、试图摆脱过往一切束缚的现代意识。按照哈贝马斯的说法,这种审美现代性的特点则表现为一种"先锋派"(the avant-garde)的时代意识,一种面向未来、要去占领一切未知领域的进击,一种对于当下、对于一切新异事物的赞颂。在这个意义上,他认为,"我们今天仍属于这样一种审美现代性的同代人。"①

哈贝马斯认为,文化现代性的概念则在很大程度上可以追溯到马克斯·韦伯。在韦伯看来,原本统一的由宗教和形而上学形成的生活世界(Ger Lebenswelt)发生了分裂,这一生活世界中的存在理性(substantive reason)分化成为科学、道德和艺术三个各自独立的范畴,这一分化则标志着文化现代性的肇始。而从 18 世纪开始,启蒙运动的思想家们将从旧世界观中所继承的问题——真理性、规范性和公正性、本真性和审美性等,重新分派到相应的各个领域,并使获得各自的合法性,它们于是分别被当作"知识"、"正义和道德"以及"情趣"等问题来对待,而这样产生出的科学话语、道德理论和法律知识以及艺术的创作和批评等,又被进一步体制化,某一个文化领域与某一个文化专业对应起来,使所遇到的问题能得到相关专家的关注和处理。而这样一种对于文化传统的专门化的处理,又将文化本身的内在结构推到前台,呈现为认知—工具性、道德—实用性以及审美—表述性等不同的理性认知层面,每一类别都由学有专长的专门人才分管,这些专门家似乎比一般人显得更加在行,他们的表述也更具有逻辑性,久而久之,专门家的文化与一般大众的文化之间便拉开了距

---

① Jurgen Habermas, "Modernity versus Postmodernity," *New German Critique*, No. 22 (Winter, 1981)3 - 14, pp. 3 - 4.

离,产生了分野。①

文化现代性的这一凸现过程,使得文学艺术成了一个相对独立自律的范畴,这当然不仅仅是一个学科分化的问题。而更为重要的是,从认识论的意义上说,它使过去一直主宰着人们认知活动的理性"同一性"产生了松动和分裂。人们在对分门别类的亚文化分支进行思考的时候,便不再满足于从同一个意识形态大框架中引出的简单结论,而越来越多地诉诸该文化亚属的专业理论和认识。譬如在讨论现代主义这样一个主要是文学艺术问题的时候,当然也就会更多地从文学艺术自身的范畴和角度来思考;论及现代主义何以产生,无疑也就会更多地从文学艺术本身去找原因,而不再贸然地将它看成是帝国主义或资本主义政治经济学的产物。当然,我们也必须指出,强调文学艺术的相对独立性,并不是要绝然否定文学艺术本身的意识形态性,那样做其实也是不对的。因为就文学本身而言,它又不仅仅是一个单一的审美问题。文学一旦落实为具体的作品,它就要同时发挥其认知、训诲和审美这三位一体的功能,而这样就又涉及到了文学艺术的意识形态性问题了。但这样说,仅仅是就文学艺术的功能和效应而言,它并不能对某种文艺思潮何以会产生做出解释,这是两个性质不同的问题,我们只要思考一下还是很容易明白这个道理的。

但是,在卢卡奇那个时代的文艺理论中,这个"同一性"或"完整性"的概念,则是一个非常有用的概念,基于这样一个假设,人们在从事文学批评的时候,就可以把一部作品看成是一个有机的整体,批评家即可顺理成章地从中寻找出一个宏大统一的意义,并以此对作品的各个层面作出他认为再合理不过的解释。然而,也就是在卢卡奇生命的最后几年,西方文论界曾一度占据着主导地位的结构主义思潮却很快被后结构主义、亦即解构主义的思潮所取代了。即使在西方马克思主义理论流派的内部,像路易·阿尔都塞(Louis Althussser)、皮埃尔·马歇雷(Pierre Macherey)这样的文艺理论家,也逐渐对"大一统"的认识感到厌倦,纷纷加入了所谓"向一切同一性(totality)开战"②的潮流。在这股后结构主义思潮的冲击下,一切所谓的"宏大叙述"都受到了质疑,卢卡奇的所谓"人的完整性"这一典型的"同一性"理念,当然也毫无疑问地要被重新审视。因为在阿尔都塞或者是马歇雷看来,基于同样的因果逻辑,我们不也完全可以在同样的一部作品中找到与所谓"人的完整性"全然相反的无数个"断裂性"

---

① 关于这一问题的论述可参见"Modernity versus Postmodernity," p. 8.

② C. f. Jean-François Lyotard, *The Postmodern Condition*:*A Report on Knowledge*, trans. by Geoff Bennington and Brian Massumi, University of Minnesota Press, 1984, p. 82.

(rifts and discontinuities)吗？试看罗朗·巴特(Roland Barthes)不就是在他的《S/Z》中,将巴尔扎克的一部中篇小说《萨拉辛》切割为长短不一的561个语义单位,然后再逐一评注发挥,连缀成章的吗？巴特洋洋洒洒的评注文字,篇幅不仅达到正文的六倍以上,而且,更为重要的是——它彻底击碎了所谓的"完整性"——无论是"人的完整性"还是"文本的完整性",统统都不复存在。阿尔都塞和马歇雷这些西方马克思主义者接下来是对文化生产过程的探索,他们适逢其时地接过了"多元性"的理念,对文化素材进行新的重构和整合。这时候,在他们当中,我们再也看不见所谓"同一性"、"人的完整性"等这种"大一统"的话语,相反,我们看到的是"断裂性"、"异质性"、"不可通约性",看到的是各种携带了文化元素的残片,它们需要再一次被整合到一起,然而这一次,它们被纳入了另一个表现差异和矛盾的结构之中。

　　文化现代性的凸显使得文学艺术成为独立自律的范畴,同时也使社会对文学艺术的关注发生变化。而西方结构主义、后结构主义的流行将现实主义与现代主义的争论引领到一个新的层面,将原先被置于隐性层面的问题推到了显性层面,例如,关于叙述、关于历史性的问题等等。从认识哲学的角度说,福柯、德里达、利奥塔以及德勒兹等一批后结构主义理论家把现实主义看成是早期摹仿说哲学理念中的一种价值观,他们重又返回到柏拉图对"再现"的意识形态效应的攻击,来对现实主义与现代主义之争重新给予审视。这样一来,早先争论过的问题——主要在政治和意识形态方面——重又被挪移到认识论的层面,呈现出新的、形而上学的或反形而上学的意义。而从具体的文学批评角度说,正如法国著名作家兼批评家菲利普·索莱尔(Philippe Sollers)所说的:"今天,基本的问题已不再是作家和作品的问题,而是写作和阅读的问题。"①经过这样一个转向,文学批评从原先对于文本所指涉的那个客观的外部世界的关注,转移到对于文本本身和对于阅读行为的关注。不仅我们这里讨论的文学是这样,整个人文学科恐怕也是这样——关注的对象转移到了我们要进行解码或进行阐释的文本本身。这是一种对于所谓"文本性"(textuality)的关注,而不再是过去我们所试图了解的所谓"现实"、"存在物"或"物性"等等。而在这样一个新的认识框架中,卢卡奇当年在文学论争中已经做了结论的一些问题,显然就有了将它们重新打开、重新认识的可能。

---

①　转引自 Jonathan Culler, *Structuralist Poetics: Structuralism, Linguistics, and the Study of Literature*, Cornell University Press, 1975, p. 131.

卢卡奇于 1936 年曾写过一篇名为《叙述与描写》的论文,①讨论自然主义和形式主义问题。众所周知,在西方文学批评中,一般都不把自然主义与现实主义作严格的区分,除非在突出前者强调人的生物本能或生理遗传对其行为的决定性影响时,才会作出特别的选择。从美学理念上说,自然主义作家其实也非常强调忠于生活现实,但他们在反映现实的同时却执意要回避对人物的行为作出道德的评判。再一点就是,在西方的文学批评语汇中,现实主义通常只是对一种写作手法和特点的命名,因此并不被认为是自然主义的对立面。然而,这一切在卢卡奇看来,这样一种混淆显然是对现实主义的原则性的亵渎,因此他认为绝对有必要对二者进行严格的区分,唯有这样才能保证现实主义的理论纯洁性。而所有这些大概也就是他撰写那篇长文的初衷。应该说,他的这篇文章本身还是写得非常大气的,而且也非常学者化,即使在今天读来,文中所不经意流露出的博学和犀利透彻的思辨仍让人不得不由衷地佩服,当然,由于时过境迁的原因,我们很可能会对其中那些过于武断的结论有所保留。

在卢卡奇看来,自然主义作家与现实主义作家似乎是壁垒分明、针锋相对的两类人,左拉是前者的代表,巴尔扎克则是后者的代表。前一类作家还可包括福楼拜,而后一类还可包括司汤达、狄更斯、托尔斯泰。为了说明这两类作家甚至在具体的写作方法上也是大相径庭的,卢卡奇分别为两类作家的写作方法也作了界定。左拉、福楼拜拿手的是"描写"(description),而巴尔扎克、托尔斯泰等擅长的则是"叙述"(narration)。他进而以左拉和托尔斯泰曾在各自小说中都涉及的一个赛马情节为例,又对"描写"和"叙述"的基本特点作了界定:作家在"描写"时是从旁观者的角度进行的,而"叙述"则是从参与者的角度来叙述的。这两者究竟又有什么不同呢?卢卡奇说,前者的精妙无比的"描写"在小说中"只是一种'穿插'",它同整个情节只有很松懈的联系,同主题的联系更加松懈;而后者呢,作者不是在描写一个"事件",而是在"叙述人的命运",托尔斯泰把具体事件的偶然性扬弃进了人物命运的必然性之中。②

"描写"和"叙述"的这样一种区分看上去很工整,两种方法——前一种显然属于"自然主义",而后一种则属于"现实主义"——的确泾渭分明,

---

① 其英文本"Narrative or Description?"可参见 A. D. Kahn ed., *Writer and Critic*, New York: Grosset & Dunlap, 1970. 其中文译本见《卢卡契文学论文集》,北京:中国社会科学出版社,1980 年。

② 卢卡奇:《叙述与描写——为讨论自然主义和形式主义而作》,见《卢卡契文学论文集》,中国社会科学出版社,1980 年,第 38—40 页。

11. 卢卡奇与"现代主义"

而且容不得你深思质疑。且不说这种仅仅是建立在一个赛马情节上的分类会让人产生挂一漏万的担心,问题更在于这种分类本身。要把"描写"和"叙述"这两个本来就是"你中有我、我中有你"的相互绞合的一般概念,硬是当作外延界定明确的类别划分,并用它们来分扯出两类被认为是审美情趣迥异的作家;仅仅把左拉在《娜娜》中对某个剧院的描写与巴尔扎克在《幻灭》中对某个剧院的描写比较了一下,就得出前者只关心具体的事件,而后者才"表现了资本主义制度下的剧院的命运"的结论;仅仅把司各特在《清教徒》的第一章中对苏格兰的一次民众节日上的军事检阅的描写与福楼拜在《包法利夫人》中对于农产品展览和给农民授奖的描写比较了一下,就得出结论说,前者展现了一部伟大历史戏剧,而后者只描写了一个为鲁道夫和爱玛·包法利的爱情场面提供的"舞台";并认为该小说中的"人物仅仅只是旁观者,……他们变成了一幅图画的颜色点子,而这幅图画所获得意义,并非来自所叙述的事件之内在的人的重要性,……而是借助于讲求形式上的因素,人工地制造出来的";而且,"在福楼拜和左拉的作品中,人物本身只是一些偶然事件的多少有点关系的旁观者",等等,①所有这一切,是不是太有点以偏概全的味道?

但是在卢卡奇的眼中,小说家一旦落入某某主义的分类,似乎就都会按照某个一定之规来写作了(顺便说一句,这也是今天在我们的评论中经常看到的):现实主义的巴尔扎克、托尔斯泰便自然会事事紧扣人物的命运,而左拉、福楼拜则又都沉溺于偶然性的具体事件的描写之中。然而,实际情况怎么会如此简单呢?我们在阅读小说时想必都有这样的经验:我们都会期待着小说去创造出一个世界。其实这可以说是主宰小说的一个基本的程式。所以,作家在写作小说时也总是会遵循这样一个规则,即必须让人在阅读小说时,从中窥见一种社会形态的模式,窥见具体的个性,个人与社会的关系等。为此,乔纳森·卡勒在《结构主义诗学》中对小说的阅读和意义阐释过程有这样的论述:

> 如果说主宰小说的基本程式是读者的期待,他们通过与文本的接触,将窥见到一个小说所产生或指喻的世界,那么,就应该有这样一种可能,文本中至少可以找到一些成分,它们的功能就在于满足读者的这种期待,肯定虚构的再现或摹仿的倾向。在最基本的层次上,这一功能是由一些权且可以称之为描述性沉积物的成分实现的:这些语言单元在文本中的作用首先就是指示某具体的现实(细小的动

---

① 《卢卡契文学论文集》,第44页。

作,无足轻重的物件,多余的对话)。①

卡勒在这里对小说阅读及意义阐释过程的描述显然比卢卡奇要实在得多了。其实我们都知道,读者阅读小说所领悟到的意义,是与读者自身的生活经验,与其所受过的文学训练及从中获得的阐释能力有关的。随着现代主义文学的普及,读者阐释意义的能力会变得越来越老练,现在恐怕再也不会像过去那样,简单地把小说看成是清澈透底,其意义一眼即可洞穿的文本了。小说中的文字描述,哪怕最不起作用的语言单元,其实也有其存在的理由,它即使被剥夺了任何其他的功能,却至少能产生一种罗朗·巴特所谓的"真实效应"(l'effet de réel)。再者,卢卡奇所谓的"描写"与"叙述"的区别,一旦落实到讨论具体的作家和作品,其区别也就只能是相对的了。即使是他所认为的现实主义作家的典范,如在巴尔扎克的作品中,难道就统统都是与人物的命运相关的"叙述"、而没有让人难以捉摸的"描写"了吗?以我们所熟悉的《高老头》为例,在小说的一开篇,就是长达数页(约5000字)的叙述者对伏盖公寓夹叙夹议的描述,在这一番描述之后,住在这公寓中的几位房客以及小说的主要人物高老头才逐一登场。而这一番对于公寓的历史、公寓周边环境以及公寓本身的描写,真可谓是细到了不能再细的地步:

> 公寓的屋子是伏盖太太的产业,坐落在圣·日内维新街下段,正当地面从一个斜坡向弩箭街低下去的地方。坡度陡峭,马匹很少上下,因此挤在华·特·葛拉斯军医院和先贤祠之间的那些小街道格外清净。两座大建筑罩下一片黄黄的色调,改变了周围的气息;穹隆阴沉严肃,使一切都黯淡无光。街面上石板干燥,阳沟内没有污泥,没有水,沿着墙根生满了草。一到这个地方,连最没有心事的人也会像所有过路人一样无端端的不快活。一辆车子的声音在此简直是件大事;屋子死沉沉的,墙垣全带几分牢狱气息。一个迷路的巴黎人在这一带只看见这些公寓或者私塾,苦难或者烦恼,垂死的老人或是想作乐而不得不用功的青年。
>
> ……
>
> 公寓侧面靠街,前面靠小花园,屋子跟圣·日内维新街成直角。屋子正面和小园之间有条中间微凹的小石子路,大约宽两公尺;前面

---

① Jonathan Culler, *Structuralist Poetics: Structuralism, Linguistics, and the Study of Literature*, Cornell University Press, 1975, p. 189; pp. 192-193.

11. 卢卡奇与"现代主义"

有一条平行的砂子铺的小路,两旁有风吕草,夹竹桃和石榴树,种在蓝白二色的大陶盆内。小路靠街的一头有扇小门,上面钉了一块招牌,写着:伏盖宿舍;下面还有一行:本店兼包客饭,男女宾客,一律欢迎。临街的栅门上装着一个声音刺耳的门铃。白天你在栅门上张望,可以看到小路那一头的墙上,画着一个模仿青色大理石的神龛,大概是本区画家的手笔。神龛内画着一个爱神像:浑身斑驳的釉彩,一般喜欢象征的鉴赏家可能认做爱情病的标记,那是在邻近的街坊上就可以医治的。神像座子上模糊的铭文,令人想起雕像的年代,伏尔泰在一七七七年上回到巴黎大受欢迎的年代。

……

四层楼外加阁楼的屋子用的材料是粗沙石,粉的那种黄颜色差不多使巴黎所有的屋子不堪入目。每层楼上开着五扇窗子,全是小块的玻璃;细木条子的遮阳撑起来高高低低,参差不一。屋子侧面有两扇窗,楼下的两扇装有铁栅和铁丝网。正屋之后是一个二十尺宽的院子:猪啊,鸭啊,兔子啊,和和气气的混在一块儿;院子底上有所堆木柴的棚子。棚子和厨房的后窗之间挂着一口凉橱,下面淌着洗碗池流出来的脏水。靠圣·日内维新街有扇小门,厨娘为了避免瘟疫不得不冲洗院子的时候,就把垃圾打这扇门里扫到街上。①

这样纯粹的"描写"段落还可以引出很多。这不禁使我们想起卡勒在讨论"叙述契合"时所举的一个例子——那是福楼拜对布瓦尔和佩居谢的乡间别墅的一段描写,可以用它与巴尔扎克上述的"描述"做一个比较:

（他俩的）正前方是一片田野,右首有一间谷草棚,还有一座教堂的尖顶,左首则是一片白杨树。纵横交错的两条小径,形成一个十字,把菜园划分为四块。菜畦里整整齐齐栽种着各色蔬菜,但这儿那儿却又冒出几株矮小的柏树或经过整枝的果树。菜园的一侧有一条藤蔓覆顶的走道,通向一座凉亭;另一侧,又有一堵墙,支撑着一棚瓜果;菜园的后部是一道竹篱,一扇门通向庭院。院墙外有一片果园;凉亭后面是个灌木丛,竹篱外有一条羊肠小径。②

卡勒用福楼拜的这段描写为例拟说明这样一种现象,即细节的描写

---

① 巴尔扎克:《欧也妮·葛朗台,高老头》,北京:人民文学出版社,1980年,第188—189页。
② 转引自 Culler, *Structuralist Poetics*, pp. 260-261.

会导致"主题的失落"(thematic emptiness)。我们看到,福楼拜在这段描写中使用了许多简单的数字,"一片"田野,"一间"草棚,"两条"小径,"一道"竹篱,等等,看似具体,但这样的具体却只是文本本身营构的世界,它实际上反而会起到一种与现实间离的效果,让读者陷入纯粹的语言修辞层面。而如果把巴尔扎克的描写与福楼拜比较一下,被卢卡奇视为现实主义样板的巴尔扎克的描写其实与福楼拜的描写实在是半斤八两,我们很难说前者的描写就一定能为主题意义增色多少。

实际上,正如语言学家班汶尼斯特(Emile Benveniste)所说,小说文本其实存在着两个不同但又互补的系统:一个是"故事"系统(l'histoire),另一个是"话语"系统(discours)。① 在"故事"的层面,文本有一个文本以外的指涉对象,那是小说要对我们讲述的人和事,然而,小说还有一个纯粹的修辞话语的层面。它不仅赋予所讲述的人事以某种独特的话语形态,而且,由于讲述同一个故事可以采用无数不同的话语形态,因此从这个意义上说,小说的话语形态可以在一定程度上脱离"故事"而存在,可以有自己相对的独立性。而按照罗朗·巴特的划分,阅读释义的过程更加复杂,不是两个,而是五个,甚至还可分为更多的层次。如果接受了这样一种认识,我们就会懂得,卢卡奇其实只看到"故事"、亦即小说所指涉的现实世界的层面,就划定了自然主义和现实主义的区别。然而从话语形式的层面说,这两类作家和作品则实在是无法截然区分的。

四、当代西方文论对卢卡奇的收编

美国著名批评家爱德华·赛义德在他生前的最后一部论文集《反思流亡》(*Reflections on Exile and Other Essays*, 2002)的前言中,曾就卢卡奇在西方现代文论中的地位和影响发表了这样一番评论:

> 回顾过去,20世纪初西方批评的一个很重要的倾向就是把读者从经验引开,并把他们推向形式和形式主义。这一倾向所要防范的似乎是一种"直接性"(immediacy),防范那些尚未得到表现的直接经验,那种只能囫囵个地反映的经验或作为可复制的、被教条式地断言为"事实"的东西。"如果那些是事实的话,"卢卡奇曾对这种直接可感知的现实鄙夷不屑地说,"那事实就太糟了。"这一思路其实就是《历史与阶级意识》一书的主旨,此书恐怕比20世纪初任何一部论著

---

① Jonathan Culler, *Structuralist Poetics*, p. 197.

11．卢卡奇与"现代主义"

都称得上是后来那些令人惊异的批评的奠基之作。从这部讨论"物化"(reification)、讨论资产阶级思想的二律背反(antinomies)的重要著作中，引申出了至今对阿多诺、本雅明、布洛赫、霍克海默和哈贝马斯的著作仍至为重要的许多思想，而颇有意思的是，所有这些人都在德国经历过法西斯的统治，他们都在自己的著作中对它筑起了一道理论的和形式的屏障。在法国，卢卡奇不仅激励了吕西安·戈尔德曼(Lucien Goldmann)成为他杰出的追随者，而且也激起了路易·阿尔都塞的无比敌意，在我看来，后者的许多著作都可被读作是他毕生所从事的一项工程：即与卢卡奇以及他的黑格尔主义前辈，被称作是人道主义的青年马克思对着干并最终要把他们打败的这样一项工程；但阿尔都塞从事这项工作时并不是让卢卡奇重新返回到"直接性"，而是让理论和理论家离"现实"更远。在美国，詹明信(Fredric Jameson)受到卢卡奇的巨大影响，尤其在他的《马克思主义和形式》，他颇具影响的《语言的牢房》以及《政治无意识》等著作中，更为突出。①

赛义德的这番评论，足以说明卢卡奇在当代西方文论中占有相当重要的地位。首先，卢卡奇关于"现实主义"的别具一格的论述，触及到了当代文论的一个最为重要、也最具争议的问题，这个问题最初被表述为文学对现实的反映，基于这样的假设，我们可以径直将文学视为客观现实的再现，直接进入社会现实和社会意识形态的讨论；然而，后来当结构主义语言学介入之后，关注点则转到了作为中介的语言系统一侧，亦即赛义德上面所说的阿尔都塞的努力，它使理论和理论家们的关注点越来越远离现实。其次，卢卡奇对欧美的一批第一流的思想家、理论家产生了影响，赛义德在这里列举的都是当代西方思想界最具影响的大家，这一事实本身更说明了卢卡奇在当代文论中的重要性；第三，与上一点有着直接的关系，卢卡奇既产生了正面的、直接的影响，但也许更为重要的是，他更是从反面引发了一系列的思想论争，而正是这些论争产生了当代西方文论的一些极为重要的论述。

然而，赛义德的这段评述也勾勒出了卢卡奇是如何被吸纳进当代西方文论传统的过程，对于这个过程，赛义德在他于上个世纪80年代初撰写的一篇重要论文《理论的旅行》(Traveling Theory)中，则有更为详细的

---

① Edward W. Said, *Reflections on Exile and Other Essays*, Harvard University Press, 2002, pp. xvii – xviii.

描述。在那篇文章中,赛义德的本意是以卢卡奇为例来说明任何一种理论在其传播的过程中必然要发生变异这样一个道理,然而,他的论述则从侧面反映了卢卡奇的理论在被吸纳到当代西方文论传统的过程中,逐渐失去了它原先的战斗锋芒,"从一种激进的、反叛性的敌对意识变成了一种可通融的、关于对应和类同的意识"。①

对于当代西方、特别是一批具有左翼倾向的文论家而言,卢卡奇对他们触动最大的一点仍是他关于"物化"问题的论述。在《历史与阶级意识》中,卢卡奇对在以商品拜物教为主宰的时代中对社会的方方面面都产生了重大影响的"物化"现象作了极其透彻的分析。按照詹明信的说法,尽管这一套理论不是纯文学理论,然而,由于它所论述的是有关认识论这一重要的问题,这就为新马克思主义关于知识的理论打下了一个基础。②卢卡奇指出,在迄今为止所有的经济制度中,资本主义是表达得最清晰、量化得最仔细的。它把自己所主宰的人和劳动中一切人性的、流动的、程序的、有机的以及相互联系的统统都变成了毫不相干的、"异化的"客体、物件和无生命的单子。在这样一种制度下,时间失去了它质量上的、流动可变的性质,凝冻成刻板划定的、充斥着可计量之"物"的统一体,变成了空间;而工人的物化了的、机械地客体化了的"工作表现",则完全与他的整个人格脱离开来。在这样一个物化的社会中,包括人在内的一切,都变成了可计量的,都有其自身的市场价值的物件。人的主体性越来越与那个不可阻挡地分裂下去的现代工业社会相脱离,日渐龟缩到一种消极被动的、纯个人化的沉思之中。他进而分析了一个人的阶级归属——归属于资产阶级或无产阶级——对他在认识外部世界时会有什么样有利的影响或不利的局限。他认为,现代资产阶级的思想已处于一种进退两难、几近瘫痪的窘境;现代科学已沦为一种仅仅是搜集事实的活动;而现代理性的各种认识形式则也不再能应对物质世界所出现的种种反常现象。卢卡奇将所有这一切都纳入一个主客体关系的范畴,那么,主客体之间能否在某个时候达成妥协而使"物化"得到消除呢?在他看来,这种可能性当然是有的,但那只是在某个遥远的未来,只有当消极被动、沉思性的意识转变成积极的、批判性的阶级意识的时候,这一未来的可能性方可实现。赛义德在他的文章中强调指出,尽管撰写此书时的卢卡奇还只是一个青年哲学家,他的论述语言充满着形而上学的抽象思辨,但我们却不要忘记,

---

① 此文被收入 Edward W. Said, *The World, the Text and the Critic*, Harvard University Press, 1983, p. 236.

② Fredric Jameson, *Marxism and Form*, Princeton University Press, 1971, p. 182.

11. 卢卡奇与"现代主义"

他的这一写作堪称是一个政治上的反叛行为,他诉诸理论,对于物化以及物化所依赖的整个资产阶级体系而言,则是一种要将其彻底消灭的示威。因为在卢卡奇看来,理论是由阶级意识产生的,它不是对现实的逃避,而是完全致力于改变现实的无产阶级革命意志的表现。①

但赛义德接着又告诉我们说,卢卡奇的思想在他的学生和追随者吕西安·戈尔德曼的身上则发生了变化。戈尔德曼的《隐藏的上帝》(Le Dieu cache, 1955)是第一部受卢卡奇思想的影响并将其思想运用于学术研究的重要专著。然而就是在这部专著中,卢卡奇的关键术语"阶级意识"(class consciousness)却变成了"世界观"(vision du monde)。在赛义德看来,这是从一种"直接的"(immediate)意识变成了某些有才华作家在其作品中所表现出的一种"集体的"(collective)意识。然而,按照我们的习惯说法,这一变化实际上是抽掉了"意识"的阶级性,变成了一种更为中性、更容易嵌入西方话语的一个概念术语。除了用语上的变化之外,赛义德还敏锐地指出,卢卡奇写作身份是1919年匈牙利革命的亲身参加者,而戈尔德曼则是流亡到法国巴黎大学的一位历史学家,仅就这个意义上说,戈尔德曼对卢卡奇的改写,即已经使理论降格,削弱了它的重要性,将它作了某种程度的驯化,从原先服从于实际革命斗争的需要转变为服从于巴黎博士论文的急迫需要。

新马克思主义理论的接力棒接着又传到了英国剑桥学者雷蒙·威廉姆斯(Raymond Williams)的手中。通过戈尔德曼,威廉姆斯认识到卢卡奇对"物化"的分析的确是一个重要的理论贡献,他承认,就知识而言,"物化"是一种虚拟的客体性(a false objectivity),但它同时却又是一种扭曲变形(a deformation),一种比其他任何东西都更加彻底地渗透到生活和意识之中的扭曲变形;他也承认,卢卡奇关于"同一性"的思想是对这种扭曲变形,亦即对资本主义本身进行批判的有力武器。但是,赛义德注意到,威廉姆斯接下来就将论述的锋芒悄悄地移开,提出了"以更多人道的、政治的和经济的手段来肯定和确立更为人道的社会目的"的想法。赛义德说,卢卡奇坚定的、革命的"同一性"思想,在这一次传递中又再次受到某种程度的驯化。威廉姆斯是剑桥英文系培养的,他在研究方法上接受的是F. R. 利维斯和I. A. 理查兹那一套,由于剑桥不是革命的布达佩斯,书斋中的威廉姆斯不是战斗的卢卡奇——而更重要的是,由于威廉姆斯是一个反思型的批评家,所以他第一眼看到的,则是这个理论本身的局

---

① *The World, the Text and the Critic*, pp. 230 – 234.

限——即使它开始还是一种解放性的思想,但是这种以"同一性"来进行思考的方法,还必须让我们自己成为它的一部分才得以实行,因此,我们所审察的文学作品本身,其实就已经是一种被物化了的意识的产物,因而卢卡奇的"物化"说看上去像是方法论上的突破,然而它仍然很可能成为方法论上的一个陷阱,而尤其是当它被不加批判、不加限定地反复使用的时候,它就很容易变得僵化和简单化。

这样,尽管威廉姆斯从卢卡奇和戈尔德曼那里继承了处理文学与社会关系的一套非常复杂而老到的意识和理念,然而他的理论着力点却发生了明显的位移——从对于文学与社会关系的正面阐释,转移到了对马克思主义关于经济基础和上层建筑、意识形态关系的理论反思。在他看来,任何一种社会体系,无论它登上了何种主宰性的地位,但由于"主宰"这一概念本身就包含有一种局限,它在预设上就只能限于它所欲涵盖的范畴。所以,从定义上说,任何一种主宰体制都不可能穷尽所有的社会经验,因而也就永远存在着其他行为和其他意图的选择可能,而这些行为和意图也许只是一些还没有得到宣示的社会体制或构想。威廉姆斯就是将这样一个思路付诸他的文学批评实践,他所关注的重点于是就不再仅仅是文学对既定社会意识形态的反映,或既定社会意识形态对文学的制约,他更希望发掘的是文学中所可能包含的那些与既定的社会经验和现行意识形态相冲突抵牾的成分,那些在一个社会中刚刚萌生、尚未完全实现或没有被彻底压制住的成分。

赛义德的本意是为了说明一种理论在其旅行过程中发生变化是理所当然的事情,然而,今天的许多人都用所谓"误读"(misreading)或"误释"(misinterpretation)来解释理论在其旅行过程中所发生的变化,他对这种做法颇不以为然。他认为,对于一个认真的批评家来说,把阐释说成是误释、或说借用必然包含着误读等等,是远远不够的,而误读应该是思想和理论在从一种情况转移到另一种情况时所必然发生的历史转变的一部分;理论从来都是对于某个特定的社会或历史情境所作出的反应和回答,而我们的智性条件也是这一特定情境的一部分。所以,对于卢卡奇和戈尔德曼来说,布达佩斯和巴黎分别是他们不可再简约的首要条件,对他们加以限制,给他们施压,赋予他们以各自不同的才智、秉性、情趣和反应。[①] 然而,如果我们变换一个角度,赛义德的这段叙述不啻又向我们展示了卢卡奇的学说是如何被西方文论话语一步一步地吸纳收编的过程,

---

① *The World, the Text and the Critic*, pp. 236 - 237.

从原本具有明确的无产阶级属性的革命学说逐渐变成了一种纯思辨性的文艺学假说,从一种原本与西方资本主义社会完全对立的意识形态逐渐变成了一种反可使该体制得到自我审视、并又不会动摇其基本认识假设的超意识形态。

　　古希腊哲人赫拉克利特说过,"人不能两次踏入同一条河流",因为"踏入同一河流里的人们,流过他们的水是不同的,永远是不同的"。此话常用来喻示客观环境总在不断地变化,为此我们必须不断更新自己的观念,以适应那变化了的客观情势。然而,此话反过来说也未尝不可——由于客观形势在不断地变化,任何一种思想也不可能原封不动地被重复两次。卢卡奇即为我们提供了这样一个生动的例子,卢卡奇所讨论的现代主义则是另一个这样生动的例子。

Ⅲ. 何塞·奥尔特加—加塞特

今天重新审视现代主义思潮和文艺理论,有一位非常重要的理论家毫无疑问将会跃入我们的视野,他就是西班牙的哲学家和文艺批评家何塞·奥尔特加—加塞特(José Ortega y Gasset,1883—1955)。今天重提奥尔特加,而且要为他大书一笔,恐怕还并不仅仅是因为在时间上我们对他忽略得太久,而是因为在如何看待和把握现代主义思潮和文学的问题上,我们经过了很长一个时期的反复摸索才终于形成的一些共识,其实奥尔特加早在上个世纪的 20 年代就已有了全面系统的思考和令人信服的阐述。

奥尔特加出生于马德里的一个报业出版人的家庭,按他自己的说法,他的摇篮就搁在那旋转运动的印刷机之上。他早年曾接受过耶稣教教育,很早就开始在报刊上发表各种短文,1904 年在马德里大学获得哲学博士学位后,又到德国柏林、莱比锡等地游学进修,一度深受康德哲学的影响。1908 年他回到西班牙,从事多项文化教育工作,后又长期担任马德里大学的哲学系主任和形而上学教授(chair of metaphysics),并主编了极有影响的时评刊物《西方杂志》(*Revista de Occidente*)。

但奥尔特加不是那种潜心于书斋学问的理论家。20 世纪的二三十年代是西班牙历史上政治体制更迭、社会矛盾极其错综复杂的年代,奥尔特加坚定地站在共和派一边,投身于反对君主制、反对独裁统治的斗争。在西班牙走向共和期间,他不断地追寻、并总能捕捉住最敏感的社会话题,发表了一次又一次激动人心的演讲,他敏锐而深邃的哲学见解大多是在这样的演讲中表达的。他在演讲中所表现出的号召力,使他当之无愧地成为当时西班牙思想界和知识界的领袖。从 1916 至 1934 年,他陆续出版了八卷本的文集《观察者》(*El espectador*),但这套著作印数有限,收入其中的一些有名的著作主要仍以单行本的形式发行,例如他最有争议的著作《大众的反叛》(1930,英译本 1932)到 60 年代时就印行了 20 版之多。1936 年,西班牙内战爆发,坚持自由主义的立场的奥尔特加,对内战的双方都予以严厉的批评。1939 年,以佛朗哥为首的国家主义派夺取政权,奥尔特加不满于佛朗哥的独裁统治而自动流亡到国外,赴阿根廷、法

III. 何塞·奥尔特加—加塞特

国和葡萄牙等地游历讲学,直到1948年才归国定居。

奥尔特加应算是卢卡奇的同代人,但他们之间并未有过任何实际的交往。我们甚至可以怀疑,卢卡奇是否读到过他的关于现代主义的任何著述。因为不可否认,奥尔特加生前的影响毕竟还只局限于西班牙和拉美世界。而且,正如他最忠实的学生朱利安·马利亚斯所说,奥尔特加属于那种述多著少型的学者,他撰写了大量的演讲稿和文章,但在他生前都没有正式发表。虽然他也曾一再表示,他要抽时间对它们做最后的修改校订,然而遗憾的是,他的注意力总是被这样那样的新的问题所吸引而错过了出版的机会。而他早期的那些论及现代主义问题的论著,如《堂吉诃德沉思录》(1914)、《现代题材》(1923)及《非人性化的艺术及关于小说的理念》(1925)等,基本上都是以西班牙文发表的,其中《非人性化的艺术》后来总算有了英译本,但那已是1948年的事情。所以卢卡奇在探讨现代主义思潮和文学时因受客观条件的限制而未能涉猎,应该说也是情有可原的。

一、《非人性化的艺术》对"现代主义"的独特把握

英国著名文学史家马尔科姆·布雷德伯里和詹姆斯·麦克法兰在其主编的《现代主义》首章中提出,我们之所以将"现代主义"界定为一个"运动",是基于我们从中看到这样一种总的趋势:即文学艺术变得愈来愈成熟老到,愈来愈偏重于形式和风格,强调技巧的展示,而且愈来愈呈现出一种内在的自我怀疑等等。奥尔特加—加塞特对审美趣味越来越精致化的这个过程做了一个精辟的概括,称之为"艺术的非人性化"(dehumanization of art),即是说,文学艺术愈来愈脱离了早先曾主宰浪漫主义和写实主义作品的那些非常人文的因素。[①] 而艺术的这种"非人性化",不仅是指艺术形式方面出现的根本性改造,而且恰如弗兰克·克尔莫德(Frank Kermode)所说,它反映了现代艺术越来越走向极度的混乱(chaos),从而产生了一种"对形式的绝望感"。从这个意义上说,现代主义不仅可以被认为是一种新生的艺术形态,同时也意味着艺术行将遭遇某种"灿烂辉煌的灾难"(magnificent disaster)。因为现代主义的实验性并不仅仅意味着成熟老到、创作的艰难和新颖稀罕,它同时也意味着晦

---

① Malcolm Bradbury and James McFarlane, eds. *Modernism*, Penguin Books, 1976, p. 26.

涩、黑暗、疏远隔绝和分崩离析。①

奥尔特加—加塞特对现代主义的评判正值欧洲现代主义思潮方兴未艾之时，因而他的这番同步性的评判便愈发显示出他敏锐的审美嗅觉和富有前瞻性的理论素养。但遗憾的是，他以西班牙语撰写的这一著作在当时的出版量极小，而且又没有及时得到翻译，所以等到1948年该书英译本问世的时候，有关现代主义的研究早已全面铺开，而他的那些本来很富于前瞻性的观点，此时大多已成为学界的一般性共识。但即便如此，我们今天回过头去重温他当时所做的评述，仍不免为他的先见之明和透彻的分析力所折服。

例如，面对扑面而来的现代主义文学艺术之潮，当时有人曾试图搬出J. M. 居友（Jean Marie Guyau，1854—1888）的观点，提出要从社会学的角度来把握现代派文学艺术。作为哲学社会学家的奥尔特加—加塞特对此当然不会有太大的异议，但是他别具只眼地指出，真正的要害是要看把握现代主义艺术的是哪一种社会本质。他认为，将现代主义艺术与先前的浪漫主义艺术稍作比较就会发现，浪漫主义作为一种社会现象，恰好与眼下的现代主义艺术相反，前者是一种诉诸大众、并能赢得大众的艺术，而在它之前的古典主义艺术则是从来就与大众无缘。他说，"浪漫主义是通俗艺术风格的原型，是民主制度的头生子，由大众抚养长大"；而现代主义艺术则完全相反，它"刻意要站在大众的对立面。它本质上就属于非普及性的（unpopular），甚至可以说是反普及性的（antipopular）"。与浪漫主义艺术不同，这种新出现的现代主义艺术不是人人都会喜欢的那种艺术，它只配极少数有才华的人的胃口。也正因为如此，它势必就会引起了大多数人的愤怒。奥尔特加—加塞特解释说，一部作品你虽然不喜欢，但是你能理解它，这时你就会觉得自己有一种居高临下的优越感，因此你就不会生气；可是如果你不喜欢一部作品的原因是因为你无法理解它，那你就会隐隐觉得受到了羞辱，那就会不由自主地想通过光火发泄来找回自己心理上的平衡。因此，他认为现代主义的艺术势必会"像某种社会动因那样，把大众分成两类"："一类人数极少，由赞同者组成；另一类则人数众多——充满敌意的大多数。"②很明显，在奥尔特加—加塞特看来，要说现代主义思潮和艺术的社会性，那就是它不折不扣是一种本质上与大众

---

① *Modernism*, p. 26.

② José Ortega y Gasset, *The Dehumanization of Art and Other Essays on Art, Culture and Literature*, Princeton University Press, 1948, pp. 3 - 5. 以后出自同一著作的引文将随文注以页码，不另作注。

对立的少数人的艺术。

其次,奥尔特加—加塞特从审美的内在规律切入,对现代主义艺术做了进一步的分说。他指出,人在艺术欣赏的过程中,关注的焦点是需要调节的,这就好比我们隔着玻璃窗看花园,当我们的视觉焦点落在花园中的花草灌木上时,我们是不会注意到玻璃的存在的,玻璃越纯粹透明,我们就越视而不见;可是当我们收回视线,注视这玻璃的时候,窗外的花园就不见了,我们清楚地看到了这窗框上的玻璃。因此,看花园和看玻璃是两种相互排斥的运作。对于具体艺术品的审视也有两种聚焦:你可以关注人物的命运,关注他们的情感活动;你也可以仅仅把它当作一件艺术品看待。而作为艺术的表现对象,它只有在它是不真实的时候才具有艺术性。要欣赏提香的《查尔斯五世》这幅画,我们就必须忘记他是查尔斯五世本人,只把它当作一幅画来看——一个形象,一种虚构。被画的那个人与画他的这幅画是截然两码事;我们所感兴趣的只能是其中的一项。如果是前者,我们与查尔斯五世一起"生活";而如果是后者,我们则是在注视一个艺术的对象(10—11)。

然而,奥尔特加—加塞特说,很多人却不会进行这样的调节。"19世纪的艺术家把审美因素降低到了最小限度,使他们的虚构作品几乎完全由现实所构成。从这个意义上说,19世纪的艺术从总体上说是现实主义的。贝多芬和瓦格纳是现实主义的,夏多布里昂和左拉也是现实主义的。从我们这个时代看去,浪漫主义和自然主义走到了一起,显露出它们的现实主义之根。"(11)

而奥尔特加—加塞特对于现代主义艺术最独特的把握就是他所谓的"非人性化"。在他看来,传统艺术都是着眼于"真"——再现所谓"活过的"现实("lived"reality),都是关注"人的内容"——艺术品所反映的对象必须与我们所看到的实际生活中的人和物相像才行。然而现代艺术家则反其道而行之,"他肆无忌惮地破坏现实,把它人性化的一面砸烂,并对它进行非人性化的处理。我们可以通过想象与传统绘画所画之物进行交流,……然而我们与现代绘画所表现的东西却不可能进行这样的交流。艺术家剥去了艺术品的活的现实层面,实际上是把我们赖以返回现实世界的'桥'和'船'拆除烧毁,把我们留在了一个深奥莫测的世界里,周围的一切都不可理解,这就逼着我们去寻找一些我们完全不习惯的交流的方式。……这是一种新的生活方式,它意味着我们过去那种自发式的生活的终止,它便是我们所说的对于艺术的理解和欣赏。"(21—22)按照这样一个思路,现代派新的艺术灵感实际就是艺术的回归之路。这是一条"追求风格"(Will to Style)之路。而要展示风格,就要让现实变形,使之非现实化;风格就包含了这种非人性化,反之亦然。除非采取非人性化的办法,没有任何其他的办法来呈现风格。(25)

奥尔特加—加塞特的这些观点看似很普通,却深入浅出、且令人信服地揭示了现代主义艺术最基本的形式特点,其中有一些还是长期以来为我们所忽视的重要特点。奥尔特加—加塞特的初衷是要人们认识现代主义艺术、进而接受现代主义的艺术。然而,今天我们再回过头去看他的这些论述,反倒使我们对他不经意所论及的现代主义艺术的社会性和形式特点有了更深的印象。即:尽管现代主义是20世纪的前三四十年里最重要、亦最具影响力的一股思潮或一场"运动",然而,就其产生的实际社会影响和它在整个20世纪西方文学版图上所占的比例来说,它却完全是属于"小众"的一股文艺思潮和运动。

但是,奥尔特加—加塞特的这一观点在英美学界却长期没有得到认同。上个世纪英美出版的所有的文学史几乎都众口一词地强调现代主义是20世纪前期的主潮,甚至直到2006年出版的《牛津英国百科全书》,它的"现代主义"一文的第一句话仍是"在20世纪的前四十年,现代主义主宰了视觉、雕塑、音乐、设计和文学艺术领域的艺术生产,在英国,大约直到英国参与第二次世界大战之时,这一主潮才逐渐让位于后现代主义"①。以一个时代的主导思潮界定这个时代当然没错,在上个世纪60年代出版的《牛津英国文学史》中,负责现代卷的主笔 J. I. M. 斯图尔特(J. I. M. Stewart,1906—1994),就只挑选了哈代、詹姆斯、萧伯纳、康拉德、吉卜林、叶芝、乔伊斯和劳伦斯八位作家作为整个现代英国文学的代表,甚至这套文学史的现代卷也就干脆命名为《八位现代作家》(1963)。这八位作家当然个个都是英国现代文学的巨擘,但是作为一部文学史,能否就仅仅以这八位作家作为体现英国"现代"意识和现代文学的代表,则势必会引起很大的争议。别的不说,伍尔夫、T. S. 艾略特的缺席恐怕就会被相当一批现代文学史家认为是一个难以接受的疏漏。然而再退一步说,即使增加了伍尔夫、艾略特、或者再增加埃兹拉·庞德,作为一部横亘20世纪上半叶的英国文学史,这样一种以点带面的布局是否周全呢?而从文学对于整个社会和读者大众的实际影响考虑,仅仅关注这十来位"先锋"或"前卫"作家诗人,是不是就合适呢?

一旦我们从这样一个角度来思考问题,奥尔特加—加塞特对现代

---

① Kevin J. H. Dettmar, "Modernism," David Scott Kastan, ed. *The Oxford Encyclopedia of British Literature*,上海外语教育出版社,vol. IV, p. 1.

Ⅲ. 何塞·奥尔特加—加塞特

主义艺术定位的意义就显现了。由于现代主义艺术从本质上说是"非普及的",甚至是"反普及的",因此它在相当程度上是与实际的阅读大众无缘,在社会大众层面的影响是非常有限的。所以,作为一部全面反映一个时代文学全景的文学史,在对异军突起的新潮给予强调的同时,显然应该把眼光投向这个时代的文学全局,对真正体现了这一时代的主流和核心价值观的文学给予全面的展示和中肯的分析。而新版的《牛津英国文学史》现代卷《现代运动》(2004)显然是出于这样的考虑而对现代主义作出了新的定位和评价。该卷主笔克里斯·鲍尔迪克(Chris Baldick,1954—)在开篇"引言"中指出,尽管现代主义主宰了1910—1940年那三十来年的文学版图和方向,然而实际上它在当时却仍只算一个少数人的流派。乔伊斯、爱略特、庞德和伍尔夫等这些现代主义先锋派作家和诗人其实只是"一小撮"(a small band)。鲍尔迪克说,如果我们只把眼睛盯在这一小部分人身上,那么我们不仅会忽略了他们同代人的一大块丰富的创作,而且说到底也不可能真正地欣赏这些现代派作家的特点,因为要理解和欣赏他们,就离不开对于他们从中脱身而出的主流文学的了解。①

认识到这一点,我们对现代主义的研究显然就需要做适当的调整。我们对于"现代"文学的介绍和研究,就不能像过去那样将眼光只投向那么少数几个具有明显"先锋"或"前卫"性质、即真正定性为"现代主义"的作家和诗人,而应该将视野扩大,因为在20世纪上半叶的现代文学的大潮中,其实还有相当一批作家和诗人,他们在艺术手法上或许不像上述前卫作家那样专注于极端的实验和创新,但在对于现实社会的透视和反思方面却丝毫也不逊色。因为这个缘故,他们的作品在稳定一个社会主体的核心价值观方面反倒发挥了更为关键的作用。而且,正如鲍尔迪克所说,在上个世纪的40年代以前,所谓"现代主义"这个名词或"现代主义的"这个形容词,是很少被使用的术语,而那个时代留存下的一些文学史所遴选的代表作家不仅包括今天公认的一些著名的现代主义作家,而且还包括了诸如阿·本涅特、H. G. 威尔斯、W. S. 毛姆、约翰·高尔斯华绥、休·沃泼尔、E. M. 福斯特等一批"现实主义"的作家,包括了诸如 H. 贝洛克、R. 格雷夫斯、A. 赫胥黎、N. 考厄德、伊夫林·沃等无法归类的作家。鲍尔迪克说:"现代运动……是一个宽大的教堂,它包容了各种各样

---

① Chris Baldick, "Introduction: Modern Beginnings," *The Modern Movement*, The Oxford English Literary History, vol. 10/ 1910—1940(外语教学与研究出版社/牛津大学出版社, 2007年6月) p. 3.

的形式、技巧、风格和态度,所有这些都有各自的创新价值,都在某种程度上代表了20世纪的创新意识。"①

二、与"民主"针锋相对的《大众的反叛》?

但是近年来,国内学界(主要是哲学、社会学和文化批评理论界),趋于将奥尔特加—加塞特纳入精英主义和保守主义的思想传统。如此的定位显然将他在《大众的反叛》一著中对大众和大众社会的批判视为他的基本的学术立场,这当然也有一定的道理,但是,对于目前所通用的"保守"二字,似有必要做一点解释。就奥尔特加的社会观而言,他认为"社会总是由两部分人——少数精英与大众——所构成的一种动态的平衡:少数精英是指那些具有特殊资质的个人或群体,而大众则是指没有特殊资质的个人之集合体"。②

当代美国著名社会学家、哈佛大学的丹尼尔·贝尔教授(Daniel Bell, 1919—2011)在其《意识形态的终结》(1960年)一著的第一章中介绍说:在当今西方世界,除了马克思主义之外,最有影响的社会理论也许就要算"大众社会"理论了。虽然它没有冠以某个人的名号,没有像把资本主义条件下商品化人际关系的理论归于马克思,或把非理性与无意识理论归于弗洛伊德那样,但是,贝尔认为,这种"大众社会"理论的产生,与一批带有贵族倾向和天主教背景的批评家有着密切的关系,例如,奥尔特加—加塞特(José Ortega y Gasset, 1883—1955)、保罗·蒂利希(Paul Tillich, 1886—1965)、卡尔·雅斯贝斯(Karl Jaspers, 1883—1969)、加布里埃尔·马塞尔(Gabriel Marcel, 1889—1973)、爱弥尔·利德勒(Emil Lederer, 1882—1939)、汉娜·阿伦特(Hannah Arendt, 1906—1975)等。③ 这些人都有一个共通的想法,那就是由于19世纪资本主义工业革命的高速发展,欧美许多发达国家的教育、科技、通讯、交通等都有了突飞猛进的进步,社会物质财富激增,民众的生活水平有了很大的提高,而这一切引出了一个后果:欧美社会进入了一个以"大众的反叛"为标志的时代。然而,贝尔指出,奥尔特加之辈都是一些"贵族批评家",他们对社会自由的

---

① *The Modern Movement*, pp. 4 – 5.

② José Ortega y Gasset, *The Revolt of the Masses*, W. W. Norton & Company, 1932, 1957, p. 13.

③ Daniel Bell, *The End of Ideology*, Harvard University Press, 1988, chap. I, pp. 20 – 38, esp. p. 21, p. 23. 亦可参见中文译本,丹尼尔·贝尔著《意识形态的终结——五十年代政治观念衰微之考察》,张国清译,江苏人民出版社,2001年,第一章,第3—25页。

Ⅲ. 何塞·奥尔特加—加塞特

一般状况并不关注,他们更关注的是个人的自由。在他们看来,大众群体的崛起、并在社会生活的各个方面开始占上风的情况,改变、甚至摧毁了自古以来形成的传统观念和信仰,使得往日养尊处优的贵族精英们风光不再("优越的衰败"),使得他们不再能对人们的意见和趣味产生主导性的影响。于是,对于这批贵族精英来说,"大众"就成了他们向现代社会发泄所有的怨恨的出气筒。"大众"成了一个相当贬义的术语,它可以指一个没有任何明显特征的群体,也可以指"现代文明中的落魄者",也可以指一个机械化、官僚化了的群体,甚至也可以指对社会产生威胁的"暴民"。而按照贝尔的说法,"大众"(mass)和"群众"(masses)这些贬义性的概念,最先都是由奥尔特加—加塞特引介的,在奥尔特加的书中,"人们可以找到他对于'现代性'的所有最猛烈的攻击"①。

贝尔的这番话听来有点吊诡:一方面说奥尔特加的理论对"现代性"发起了"最猛烈的攻击",而另一方面,则又说这种理论是当下仅次于马克思主义的"最有影响的社会理论"。这两种说法似乎有点矛盾,但仔细想来,却又觉得透出点道理。按说这现代化的进程乃大势所趋,"现代性"简直可以说是"前途一片光明"的同义语,然而,为什么恰恰是向现代性发起挑战的看法,反倒愈加影响卓著并发人深省呢?若深想开去,这样的吊诡还真有点普遍性:愈是对大势所趋的潮流唱点反调、提出质疑的,反而愈能比那些诺诺应和之声流传得更加久远。马拉美说,"人总想白里挑黑",大概就是这个原因吧。

显然是为了回击奥尔特加的"攻击",《意识形态的终结》的第一章以醒目的"大众社会的美国:一个批判"作为标题。但这样又使贝尔的立论陷入了一个矛盾,或至少说,他没有讲清楚——究竟是"大众社会"理论从总体上说是一个错误,必须予以批判,还是仅仅是"大众社会理论"不符合美国的情况,因此不能用来对美国社会作出说明和解释?因为按照贝尔自己所说,大概应该是后者。如果是这样,那么人们就要问,至今仍然影响极大的这个"大众社会"理论,它今天还能给我们以什么有益的启示呢?至于贝尔试图以美国为例来对"大众社会"理论进行批判,若细究起来,则又会产生另一个问题。我们都知道,美国其实是一个特殊性很大的国家——从贝尔自己在本书的阐述中其实也可清楚地看到这一点:无论是从它的历史文化传统、公民人口构成、地理环境条件,还是从它的社会结构和政法体制等方面作单一的或通盘的考虑,它与世界上的其他任何国家

---

① 《意识形态的终结》,第 7 页。

几乎都没有什么可比性。要说历史,美国是世界上历史最短的大国,虽说没有沉重的传统包袱,却也造成了它的文化底蕴的浅薄;要说自然条件,美国的地域辽阔、物产丰富,两面临海,无比优越的自然条件使她成为世界上最富裕、恐怕也是最不懂得别人如何过日子的国家;而从意识形态上说,美国作为一个完全由移民组成的国家,从最早的"五月花号"木桅船载着第一批来自欧洲的移民在普利茅斯登陆之时算起,就基本上不存在欧洲民族国家中到处可以感觉到的那种阶级意识。① 凡此种种,贝尔若仅仅以美国为例对欧陆衍生出的"大众社会理论"来进行批判,也就未必能有很大的说服力了。相反,他对于奥尔特加—加塞特等提出的所谓"大众反叛"论的批判性的阐释,反倒会愈发引起了人们的好奇——人们至少不禁要问,这个奥尔特加提出的"大众社会"理论,究竟在哪些方面与美国人所奉行的根本价值观发生了牴牾,居然连贝尔这样本来就已经相当保守的学院派精英也不能见容?

贝尔把奥尔特加划归为"贵族批评家",若从他的"气质"、"知识"和"趣味"上说或许有一定的道理。而就出身血统而言,奥尔特加则与"贵族"根本无缘。

奥尔特加所经历的是西班牙历史上最动乱的年代。阿方索十三世的末期是长达八年的里维拉军事独裁统治;1931年的全国普选迫使王室退位,西班牙成为一个共和国;然而,在共和国政府内部,激进派与保守派之间又剑拔弩张,纷争不已;不久,保守派联合了以佛朗哥为首的国家主义派,在意大利和德国法西斯势力的支持下,纠集全国的保守势力策动政变,引发了内战。在这一系列的社会政局变动中,奥尔特加站在共和派一边,投身于反对君主制、反对独裁统治的斗争。在西班牙走向共和期间,他不断地追寻、不断地捕捉到最敏感的社会话题,发表了一次又一次激动人心的演讲,他的哲学见解大多是在这种即兴的演讲和在大学的巡回讲座中表达的。

有人曾试图把奥尔特加一生的哲学思想划分为四个发展阶段:古典主义的以文学批评为主的阶段(1907—1913);古典主义与透视主义相结合、现世的现象学阶段(1914—1920);摒弃过分的理性主义,部分吸收了

---

① 当年第一批殖民者登岸的普利茅斯,现已辟为美国历史名胜游览地。五月花号停泊在港湾里,船上有专职人员装扮成水手和赴新大陆的殖民者,回答参观者的询问。笔者曾去那里参观,在问及当年殖民者中男女性别比例时,未加斟酌便使用了"lady"(女主人、贵妇)一词,装扮成殖民者的女讲解员立刻敏感而又非常有礼貌地解释说:"我们不是贵妇,我们是朝圣者。"("We're no ladies, we are pilgrims.")对踏上新大陆的这些上帝的选民来说,"lady"显然是一个饱含着上层阶级意味、因此听上去很刺耳的词语。

尼采的生命哲学(1921—27);受海德格尔和狄尔泰的影响,最终又回到了原先那种"历史理性哲学"(1927—1950)。① 这一划分似乎想要强调他的哲学是一个带有很明显的目的论意图的完整体系,但实际情况并非如此,而且他所处的客观条件根本也不允许他这么做。奥尔特加的《什么是哲学》一著的译者曾这样告诉我们:"奥尔特加并不是一个为写书而写书的人……他写了许多长论文,经常为别人的著作写评介,还有许多他自己的演讲,他想把它们整理成书,但都没有来得及付排……人家一直都在催他,让他赶快翻译好了到美国去出版,他虽也应承了,却一直没有真正动手。说得好一点,他也许会在将来的某个时候出版,若搞得不好,那他就会以工作无定为借口而再也不去碰它们了。"②他现存的这些著作,包括已经翻译成英语出版的著作,甚至包括他这部最负盛名的《大众的反叛》,都明显带有一种即兴演讲的特点。

  在奥尔特加之前,当然也有不少思想家、哲学家、社会学家曾对"大众"在整个社会中的地位和作用作过非常精辟的论述。但不可否认,从古希腊的先哲柏拉图、亚里士多德,经由中世纪的马基雅弗利或启蒙时期的孟德斯鸠,一直到19世纪的卡莱尔和尼采,他们所有涉及"群众"的论述,大多是一些他们对以君主和英雄为主体的"统治学"研究的副产品。在他们的研究中,"大众"从来都不可能是主体。法国人勒庞的《乌合之众》或可算作是以"群众"为主体的最早的专论之一,奥尔特加也曾读过此书,并给予高度评价。但《乌合之众》的着力点主要是在"大众心理",而不像奥尔特加那样,把"大众的反叛"作为一个时代标识,对一个正在发生结构转型的社会,以及对这个"大众"社会的文化特征进行批判性的研究。也正是在这个意义上,奥尔特加可算是宣告了"大众社会"正式来临的第一人。③《大众的反叛》正文第一段是这样开始的:

> 不论是好还是坏,当前的欧洲公共生活中已经出现了这样一个极其重要的现象,即大众已全面获取了社会的权力。就其定义而言,

---

① Patrick H. Dust, "Ortega y Gasset," in Michael Groden and Martin Kreiswirth et al eds., *The Johns Hopkins Guide to Literary Theory & Criticism*, The Johns Hopkins University Press, 1997, pp. 717 - 719.

② José Ortega y Gasset, *What is Philosophy?* New York and London: W. W. Norton & Company, 1964, p. 7.

③ 法国的勒庞在1895年出版了《乌合之众》(*Psychologie des foules*),其"导言"的标题就是"群体的时代",但该著的主旨是研究作为一个群体的大众的心理,而不是像奥尔特加这样,把"大众的反叛"作为一个时代特征,来对这一社会进行研究。

"大众"本不应该、亦无能力把握其个人的生存状态,更不用说统治整个社会了。因此,这一事实意味着欧洲正面临着一个空前巨大的危机,它将给人民和国家带来苦难,并导致文明的倒退。这种危机在历史上曾不止一次地发生,其特征和后果早已为人所熟知,并为此而获得命名:我们称之为"大众的反叛"。①

"大众的反叛"作为一个界说术语固然响亮,但肯定会大犯众怒。稍微圆滑一点的人或许就会换一个稍许委婉的说法。但是,奥尔特加就这么脱口而出,无遮无拦,他不仅径直将它作为书名,而且还描绘了一个相当可怕的前景:社会将面临空前巨大的危机,人民和国家将经受苦难,乃至整个人类文明都将发生倒退。而更不能让人容忍的是,奥尔特加毫不掩饰自己的极端精英主义的立场。他在书中明确地宣布,他本人向来就对历史持一种"极端贵族化的解释",认为"人类社会按其本质来说,……就是贵族制的"。② 显然,也就是凭着这些用语留下的话柄,贝尔便认为他抓住了奥尔特加对现代社会的"贵族式"批判的要害。他不仅认为这一理论对现代社会的判断是错误的——它"似乎是对当前社会的有力而真实的描述,是对现代生活性质和情感的精确的反映……但是,它除了给我们留下一个轮廓以外,却从来没有在总体上提供更多的东西……"③而且,贝尔认为,这一理论对现代人的判断也是错误的。所以,尽管奥尔特加声称,他所谓的"大众"指的并不是工人群众,而是指"现代文明的一种低迷状态——这种状况则是因为昔日的精英不再处于主宰地位所造成的",然而,贝尔却说奥尔特加是将"现代趣味统统等同于门外汉的判断",认为现代生活就是"把一切经典都化为空白",而过去的任何东西都"不再允许作为样板或标准";甚至"那著名的文艺复兴时代",也被他认为是"一个庸俗狭隘的乡巴佬时代",等等。所以,贝尔得出结论,奥尔特加的《大众的反叛》是对人文主义、对科学,一句话,是对"所有'现代性'的最猛烈攻击"。④ 那么,贝尔为什么会对奥尔特加如此大动肝火呢?

我们只要把他这一章的文字再接着念上几页,一切也就迎刃而解了。原来,是贝尔自己已先行假定,50年代的美国已经成了一个"大众社

---

① José Ortega y Gasset, *The Revolt of the Masses*, W. W. Norton & Company, Inc. New York, 1960, p. 11.

② Ibid., p. 20.

③ *The End of Ideology*, p. 22.

④ Ibid., p. 23.

会"——他心目中的美国没有封建传统,却有着实用主义精神的文化;在这里,上帝也被看成是一个"劳动者";这里充满着乐观主义和对新生事物的无限渴求,它不断发生着变化,而"大众社会正是这变化的产物——而且它本身又是一个变化"。显然,贝尔对美国这样一个"大众社会"心里充满了自豪。① 然而,奥尔特加以及其后一大批欧陆的思想家,却偏偏有言在先地对"大众社会"一波接一波地加以谴责和批判。这样,在贝尔看来,如果不对"大众社会"这一理念予以彻底正名,那么,不仅美国当下社会的"存在的理由"(raison d'être)会动摇,而且,他自己这本书的全部立论——"意识形态的终结"——也将被釜底抽薪。

可是,读过奥尔特加这本著作的人大概都会同意,在这个问题上,显然是贝尔在自讨没趣,是他把奥尔特加对于现代"大众社会"所作的理念层面的笼统批判,硬套到了自己的头上,而且把它狭隘地理解为具体针对美国的一个攻击。而他这样的一种联系,本身就不合乎逻辑。奥尔特加在《大众的反叛》中的确在一些地方点到了美国,但那都是在谈到生活水平问题时对欧洲与美国所做的一个笼统的比较,在当时的语境下,他并没有、也根本不可能有把美国作为大众社会的典型来批判的意思——如果真的是针对美国这样一个具体的国家,那反而把这本书所提出问题的意义缩小了。"大众社会"对于当时的奥尔特加来说,更多的还是一个理念层面的建构。

但是,贝尔所做的这一番具体的联系,反倒产生了一个意外之功效——它为我们开启了一个思路,或可说给了我们一个理由,让我们干脆就把美国拉出来当一次"大众社会"的典型,这样我们在对奥尔特加当年对"大众社会"的批评重新进行审视的同时,也不妨来看一看他的一套说辞对于今天我们都身在其中的"大众社会",或对于美国这样一个典型的"大众社会"——当然仍然不是针对这个社会本身,而是针对构成这一社会的各种基本的机制和理念,是否依然具有质疑和批判的效力。

三、奥尔特加对"大众社会"和"民主"的"反思"

《大众的反叛》发表那一年,第一次世界大战后的十年繁荣期刚结束,世界经济大萧条则已经开始。按说奥尔特加当时根本不可能预见到人类还将经历第二次世界大战的浩劫,更别说预见战后世界的格局竟会是他书中所描述状况的成倍、成十倍的放大。然而今天我们重读他对于"大

---

① *The End of Ideology*, pp. 37 - 38.

众"和"大众社会"的描述,那难道不都是我们今天所处世界的鲜活写照?"大众"如何崛起,又如何上升到主导的阶层,"大众当道"使社会价值观发生了怎样的变化,"大众"价值观对文明传统将造成什么样的威胁,以及"民主"的机制在"大众社会"中的两难窘境等等,他对所有问题所做的分析,几乎无需作任何的变通,就立刻能嵌入我们今天对于同样问题的讨论。今天再说奥尔特加是多么有先见之明,其实已毫无意义。但我们无法否认一点:当年他提出的问题今天仍然还是问题,而且是我们人人感同身受的问题。你可以不同意他提出的观点,但你却无法回避对他提出的问题进行思考——"民主"的运用和滥用,"个人自由"与"自我约束"如何平衡,"精英主义"与文明的传承,而所有这些问题,既是对现代性的挑战,其实又是现代性本身的内容。人们往往以为,"现代化"只是一个物质建设、科技发展和社会财富积累的过程,然而奥尔特加关注的这些问题,则从社会体制、文化心态和道德修养等无形的方面,触及到了所谓"现代性"的核心。从这个意义上说,奥尔特加的《大众的反叛》在今天的重要性,恐怕就远不止于它提出了怎样一种"大众社会"的理论了,它真正的力量所在,就在于它的这种挑战性——不断激励我们对那些依然具有紧迫性的重大问题重新进行思考。

在奥尔特加看来,"大众"的崛起和"大众社会"的出现,首先与欧洲人口(主要是城市人口)的急剧增长有关:从公元6世纪到1800年,欧洲的人口总数从未超过1.8亿;然而从1800年到第一次大战前的1914年,它竟超过了4.6亿。[①]奥尔特加认为,"大众"以这样一种速度的汇聚,并造成处处人满为患的现象,是19世纪工业革命及城市化发展的结果,这是一个"现代文化"现象。虽说组成"大众"的个人过去也存在,但那时候他们是以小群体的形式散布于世界的各个角落,没有汇聚到一起,那时候他们相互隔绝,老死不相往来。而只是到了20世纪以后,大众则好像突然从天而降似的汇聚起来,形成了一个凝聚体。奥尔特加在谈论这一现象时,始终把它与"我们这个时代"、"现代历史"、"现代文明"等联系在一起,很明显,他是把"大众的崛起"看成现代化社会的一个伴生物,这样,"大众的反叛"当然便成了今天我们所谓的"现代性"的题中之义。

但是,正如今天的一些批评家所指出的,奥尔特加的"大众"定义过于宽泛,成了一个指代不够清楚、甚至还相互矛盾的代码——贝尔在他的批评中就列举了"大众"的五种可能的所指。英国牛津大学的约翰·凯利

[①] *The Revolt of the Masses*, p. 50.

(John Carey,1934—　)教授对1880—1939年的欧美知识分子与大众的关系做过一个专门的研究,他在该专论中则提出,所谓"大众"这个术语只是一种"虚构",一种"语文手段"(linguistic device),其作用是为了"将'大多数人'的人格去除,或将其各种清晰可辨的特征统统抹杀,从而使得使用这一术语的人心里产生一种优越感。"①但凯利的批评对于奥尔特加来说多少有点冤枉——他使用"大众"一词是否有优越感,我们不得而知,可是他所谓的"大众",其所指的确过于宽泛,故而也难辞其咎。不过,奥尔特加似乎对定义问题并不想纠缠,他只是很简单地认为:"社会就是由两部分人——少数精英与大众——构成的一种动态的平衡:少数精英是那些具有特殊资质的个人或群体,而大众则是指没有特殊资质的个人之集合体。"至于为什么少数精英天生就有这种特殊资质,而大众就生来没有这种特殊资质,他并不觉得有必要做出回答和解释。他比较担心的是有人会把"大众"理解为一种政治的或阶级的界定,所以他反复强调说,"大众和少数精英的划分不是一种阶级的或政治的划分,只是两类人的划分";"不可将这种区分与基于阶级出身的'上层'阶级和'下层'阶级的划分混为一谈","……在这两个社会阶级中都存在大众与真正的精英之分,不能把大众简单地或主要地理解为'劳动阶级',大众就是普通人",等等。②

在奥尔特加看来,"大众"与"精英"只是客观的社会存在,纯粹就是一个数量多寡的划分,但是,这里的数量多寡却又变成了一种质量标志,成为他将社会分为两拨人的理由:这两拨人如果说有差别,那只在一点——是否有某种特殊资质。什么特质?奥尔特加说:"一种人对自己提出严格的要求,并赋予自己重大的责任和使命;另一种人则放任自流——尤其是对自己。"③他认为:"在任何一个公共秩序良好的国家里,大众本应该是安分守己、从不自行其是的……因为大众生来就应该是被指导、被影响、被代表、被组织的……它来到这个世界上,不是单靠自己就可以做任何事情的,它必须把自己托付给一个由少数精英组成的更高的权威。"④而当大众不断地聚集,渐渐变得不再顺从,不再尊重和追随少数的社会精英,终于有一天,当它宣称自己有权自行其是的时候,它就要取而

---

① John Carey, *The Intellectuals and the Masses: Pride and Prejudice Among the Literary Intelligentsia*, 1880—1939, Academy Chicago Publishers, 1992, Preface.
② *The Revolt of the Masses*, pp. 13, 15.
③ Ibid., p. 15.
④ Ibid., p. 115.

代之了,于是就出问题了——发生了奥尔特加所谓的大众"猛烈的道德反叛"。

很明显,奥尔特加所谓"大众"与"少数精英"的分野,完全由先天决定。少数人有特殊资质,能严格要求自己,有责任感和使命感,于是就成为精英,大多数人没有,是所以为"大众"。然而,这样划分实际上又等于没有划分。因为所谓"严格"的自我约束,"重大"的责任感和使命感,其实都是相对的变量,自我约束到什么地步算"严格"?多大的责任感、使命感才达到"重大"?都是相对说说而已,根本无法树为将某一个人划入大众或精英的标准。而且,即使按照奥尔特加的划分,"精英"也是因时、因地、因人而变,因为在现实生活中,你又不可能对某人是否有使命感、他的责任感是高是低作出确切的划分。

由于"大众"的定义不清,奥尔特加列举的一系列"大众反叛"现象,是否都应该算在"大众"头上,恐怕就要存疑或大打折扣了。再者,他所说的大众占据了先前只为少数精英人物保留的地方,或艺术审美活动、政府功能、公共事务的政治判断等这些原为少数有资质者所掌握的领域,现在统统都被"大众"占领等等,这些所谓的"大众"取代少数精英的现象,实际上与他所说的现代社会中大众人数剧增,大众的汇聚而造成了"人满为患"等,并没有太大的关系。他所说的这些现象的确都存在,每个现代社会的人对此也有亲身的体会,但他把这些都笼统地归结为"大众的反叛",则还是让人觉得没有说到点子上。为什么这么说呢?上面我们在提到"大众"二字时都特意加了引号,为的就是要说明,这里的"大众"实际上已不再是社会"大众"。因为真正的大众——占人口总数大多数的大众,其实永远都是一个"沉默的大多数"(a silent majority)。马克思在《路易·波拿巴的雾月十八日》中有这样一句经常被人引用的话:"他们不能代表自己,一定要别人来代表他们。"[①]而奥尔特加自己也说过,大众总要将自己托付给某个更高的权威。在他心目中,这个"更高的权威"毫无疑问则应该是他所谓的"少数精英"。然而,现在的麻烦则在于,"大众"居然开始不再把自己托付给这些精英,他们有了新的代言人。奥尔特加把这一切称之为"大众的反叛",然而,从大众向来是无言的这个角度看,何以又不是有人僭取了"大众"的名义?为此,对奥尔特加所谓的"大众的反叛",我们显然可以变换一个角度提问:大众为什么不再把自己托付给你所谓的精英人士,而是托付给了一群"平庸无能的人"?而一批根本不具备特殊资质

---

① 马克思:《路易·波拿巴的雾月十八日》,《马克思恩格斯选集》,北京:人民出版社,1972年,第693页。

僭越者,却又为什么能冒充大众的名义上演一出现代社会的"鸠占鹊巢",占取了原本应属于社会精英们享有的位置?

其实,奥尔特加倒也对这个问题做出了他自己的回答。他说这一切都是因为所谓的"超民主"(hyperdemocracy)所致。应该说奥尔特加这一次基本上还算是找到了问题的症结,他对这一社会疾患所做出的诊断和分析,也算比较准确到位。的确,我们都知道,任何一种形式的民主制度,都必须以人对于自由和自我约束有一种平衡的认识为前提。奥尔特加也注意到了这一点。他说:"在过去,人们在充分享受自由的同时,也对法制约束充满热情,而民主制度需在这两者之间进行调节,个人在遵守这些原则的同时,也必须对自己严加约束……民主和法律——在法律之下的共同生活——是同义词。"然而,在当今现代社会里,这种民主却发展成了"超民主"——"大众变得恣意妄为,无视法律,直接采取行动,把自己的欲望强加于社会。"①说到这里,我们则感到有点不对劲了,奥尔特加这一路上的分析似乎都没有大错,而偏偏就在他开方抓药之时,他却话锋一转,反过来责怪患者说:"这病生在你身上,所以应该由你自己负责。"奥尔特加所表现出的逻辑不就是这样吗?

在他看来,这一切灾难——所谓"欧洲公共生活向蒙昧野蛮的蜕变";所谓"最严格意义上的野蛮",甚至所谓"野蛮人从天而降的入侵"(the vertical invasion of the barbarians),等等,②其根源,一言以蔽之,都是由于大众的堕落所致。奥尔特加对"民主"滑向"超民主"的过程作了这样一个描述:首先,我们不要忘记,"人权"这个概念是少数精英的认识和发现,当然在一开始,它只是少数人的特权。在18世纪的时候,他们开始逐步普及"天赋人权"的思想,在整个19世纪,大众虽开始把这一权利视为崇高的理想,对它表现出越来越大的热情,但还没有真正行使这一权利。而进入20世纪以后,这一理想在欧美民主国家中变成了现实,这一思想深入到每一个人的心中,"人作为一个人而享有无限的主权"这样的思想,"由昔日的一种法学理念变成了一种普通人的心态"。在这样一种情况下,希望充分实现民主的平均主义要求,便把过去所追求的理想转变成了渗透到人的潜意识中的种种认识假设。这样一来,现在的"大众"就不再是过去的"大众"了,它变得什么都想要,什么都敢要,而这一发就不可收拾了。③

---

① *The Revolt of the Masses*, p. 17.
② Ibid., chap. 8, esp. pp. 70-72, p. 53.
③ Ibid., pp. 22-23.

奥尔特加对"人权"和"民主"思想发展过程的描述无疑是正确的。但我们都注意到了,这个理念的构想和普及,则完全是由少数的精英群体去完成和推动的。现在,当大众的人权意识和自主意识被唤醒之后,他们却脱离了精英们原先设想的发展轨道,变得越来越自行其是。那么,这个责任又应该由谁来承担呢?奥尔特加自己不是口口声声地说,精英之所以为精英,乃是因为他们具有特殊的资质,具有责任感、使命感,那么,他们此时此刻面对着这新的情况又该表现出怎样的使命感、责任感呢?

其实,我们都知道,所谓"民主"的最简单的定义,就是把管理民众的权利交给民众自己。但是,"民主"作为一个完整的理念是有其前提和条件的。比方说,民主必须以社会为前提,必须以理性为前提;所谓条件,则包括物质的条件、法制的条件,智力的条件、心理的条件,等等。[①] 当然,对于这些前提和条件的认识也有一个过程,但推行民主的社会精英人士和群体,始终不断地在努力,当然首先是在认识上,同时也在具体机制的落实和完善方面,在不断地努力着。民主制度的建立和扎根,是制度与实行制度的民众之间反复磨合商讨、相互适应的过程,这是一个有机的进化过程,而不是一个简单的移植或嫁接。坦率地说,在这个问题上,大众能够做的事情非常有限。这一过程的不断进展和完善,应该说本应是社会精英的使命和责任。这一使命和责任不仅包括原则的制定,更大量的工作是把制定的原则通过教育的方式,使之在社会大众中得到普及,不仅要让大众都知道,而且要转化为大多数大众的自觉行动。在实现民主的诸多条件中,对公民的教育就是一个很重要的智力条件。民主制度把治理权交给了民众自己,如果要他正确地治理,教育在整个过程中将起一个非常重要的作用。要让民众了解自己的根本利益所在,要让民众了解和掌握反映自己利益的各种材料和信息,做出正确的分析和判断,并运用正确的程序达到自己的目的,等等,所有这些都需要通过教育来实现。而且,这种教育还不仅仅是狭义的实用教育、技术教育、基本的文化教育,它还应该包括广义的人文素质教育,以使至少占多数的社会成员有比较高度的人文教育的陶冶。这实际上是使大众具有基本的认识判断,使民主制度得以正确有效实施的一个非常重要的保证。因为篇幅的有限,我们不

[①] C. f. Carl Cohen, *Democracy*, Athens: University of Georgia Press, 1971, Chapters VIII – XII.

可能在这个问题上作更多的展开，但我们在这里想说的是，奥尔特加显然不应该把社会大众完全置于社会精英的对立面，不应该把大众的"脱轨"看成是大众本性使然。在这个问题上，如果要问责，其实更应该唯社会精英是问。

然而，奥尔特加却把批评的矛头完全指向了"大众"。他这么做，当然也不是完全没有道理。在他看来，是19世纪的工业革命造就了欧美国家庞大的中产阶级队伍，而进入20世纪以后，工人中也有越来越多的人获得了相对稳定的生活。这些人便加入并成为所谓"大众人"的主体。随着自由民主政体和科学技术的发展，人类生活无论在物质的层面还是在社会的层面，都进入了一个新的历史时期。人的生活在这一新时代与以往最大的不同，就是他基本上摆脱了生活的压力——对他来说，未来意味着更加充足、富裕和完美。然而，在奥尔特加看来，身居新时代的"大众人"，却把一切的获得视为当然。他们从未考虑过，新世界之所以诞生，首先是因为一些天分极高的个人所付出的努力，为此，奥尔特加说大众像"被宠坏的孩子"一样，不但不对造福者心存感激，反而是听任其生命的欲望无限地膨胀。他们为所欲为，毫无节制，不知义务为何物。奥尔特加认为，最令他反感的就是他们滋生了一种唯我独尊，从来不考虑和顾及他人、尤其是不相信别人会比自己优秀这样一种荒谬无比的心态。① 在对"大众人"进行这番剖析和批判的同时，奥尔特加又为贵族时代的一去不复返扼腕长叹。他认为"贵族"本是一个令人鼓舞的字眼，但它在日常语言里被曲解和滥用了。他说，"贵族"并不仅仅意味着世袭的"高贵血统"，还应是"勤奋努力"和"卓越"的同义语。奥尔特加于是对"贵族"重新定义，认为它更应该是"一种不懈努力的生活，把不断超越自我、不断迈向新的目标作为自己的一种责任和义务"②。

奥尔特加其实也看到了"大众人"首先是在智识方面的缺陷。但是他认为，大众的这种"智性的闭塞"(intellectual hermetism)是冥顽不化、无可救药的，因为大众有一种与生俱来的"自我封闭"的机制，他总是自以为完满无缺，从来不怀疑自己，总以为自己是最明智的，他对自己的愚蠢永远是怡然自得，安之若素。所以他认为"愚顽之人终生愚顽，无路可逃"。而"大众的反叛"，说到底就起因于大众人的这种"心灵的闭塞"。③

---

① *The Revolt of the Masses*, chapter VI, esp. pp. 55 – 60.
② Ibid., p. 65.
③ Ibid., pp. 68 – 70.

四、奥尔特加—加塞特与尼采、勒庞

奥尔特加这种把大众视为文明堕落的根由、并要大众对此负责的态度,其实并不完全是他个人的一种偏激之见。这似乎可以从两个方面作进一步的说明。一方面,他表现出的这种无遮无拦的精英主义,在上个世纪之交的欧洲知识分子当中,是一种相当普遍的思潮,而另一方面,我们在下面还将作详细的分析,他们这一批人基本上都属于现代主义文学营垒中的知识精英,他们之所以不约而同地都把"大众"作为批判的靶子,恐怕更多是因为这样就找到了一个名正言顺的借口,可更加有效地张扬他们独步天下、不与任何人有染的个性主义。在这个问题上,我们前面提到的约翰·凯利,在他的《知识分子与大众:1880—1939年文坛的傲慢与偏见》一书中就提出不少可供我们进一步思考的看法。

通常谈及上个世纪之交的精英主义,人们往往都会把尼采挑出作为这股思潮的主要代表。然而,凯利指出,我们其实更应该看到这股思潮在当时的普遍性。他认为,我们甚或更应该把尼采看作"大众文化最早的一个产物"——不是顺应大众文化的产物,而是如叶芝所说,是"抵制正在蔓延的庸俗民主的一股制动力"。① 说到尼采,人们当然会想起他的《查拉斯图拉如是说》(1883),想起他的代言人——那天马行空般的超人查拉斯图拉,想起查拉斯图拉那口若悬河般的对大众的训斥和教诲。在查拉斯图拉眼中,"大众"只是蝼蚁般的一群"贱众"、"比任何猿猴还像猿猴";他们"饮泉水,便将泉水毒化";他们的"灵魂贫乏、污秽,充斥着可怜的自满";在他看来,"大众"就像那太多太多秋末仍长悬在树枝上的酸果,他希望刮起一阵飓风,将"这树上的已腐烂已虫伤的一切"统统扫落在地!②

像尼采这样可划入极端憎恶人类的思想和言论,当然只是极少数甚或是个别的案例。但在当时欧洲现代主义文艺的先驱者中,与尼采产生思想共鸣的,却又不在少数。早在1872年,福楼拜就表示,他坚信"群氓、大众和草民都可鄙之极,你永远也别指望他们能有所造就";而在查拉斯图拉下山之前,易卜生就发表了他的《人民公敌》(1882),剧中那正直的主人公反被宣布为"人民公敌",成为世上最孤立的人。③ 还有今天已不大

---

① John Carey, *The Intellectuals and the Masses*: *Pride and Prejudice Among the Literary Intelligentsia*, 1880—1939, Academy Chicago Publishers, 1992, p. 4.

② 参见尼采《查拉斯图拉如是说》,尹溟译,北京:文化艺术出版社,1987年8月,第一部,第4、6、84、114、116页等多处。

③ *The Intellectuals and the Masses*, p. 5.

III. 何塞·奥尔特加—加塞特

提及、但也是现代主义文学先驱的挪威小说家兼剧作家克努特·汉姆生,①此人对托马斯·曼、赫尔曼·黑塞和安德鲁·纪德等现代派文学大家都曾产生过不小的影响,而就是这位汉姆生,他曾让笔下的主人公疾声厉号,希望世界再出现像恺撒大帝那样的令大众恐怖的统治者。②

但不言而喻,这种情绪的背后则又隐含着一种对大众的莫名恐惧。当敌视与恐惧这两种情感纠结在一起后,法国的勒庞(Gustave Le Bon, 1841—1931)便从一个相反的方向,对大众将深埋于潜意识中的暴力喷发出来时的后果,作了淋漓尽致的展示和分析。他的一本《乌合之众》(The Crowd, 1895),到1925年为止,法文版印了26次,英文版印了16次,被翻译成包括阿拉伯语、土耳其语、印地语以及日语在内的13种文字,其影响之大可见一斑。而对勒庞一书大为激赏的知识精英中,就有奥尔特加—加塞特。③ 在《乌合之众》的导言中,勒庞留下了这样的忠告:"群众势力的出现很可能标志着西方文明的最后一个阶段,它可能倒退到那些混乱的无政府时期","……当文明赖以建立的道德因素失去威力时,它的最终解体总是由无意识的野蛮群体完成的,他们被不无道理地称为野蛮人"。④ 我们不知道奥尔特加在读到这些文字时会作何想,但我们可以完全有把握地说,他已经在《大众的反叛》中充分表达了他与勒庞的一种"选择性亲和"(elective affinity)。

按照凯利的说法,在奥尔特加的同代人中,包括叶芝、萧伯纳、劳伦斯、E. M. 福斯特、T. S. 艾略特、弗吉尼亚·伍尔夫、H. G. 威尔斯等这些我们所熟悉的现代主义文学大师在内的许多知识精英,都对尼采的超人形象,对他呼唤英雄而贬斥大众的精英主义表示过程度不等的赞同。然

---

① 当年鲁迅曾对汉姆生有过一些介绍和评价。他除了在1925年和1927年的两篇文章中简短地提及他读过的汉姆生的一篇小说之外,还在1929年3月24日出版的《朝花》周刊第11期上发表了一篇两千字左右的杂感,题目为《哈谟生的几句话》,其中主要谈了几点对哈谟生的有限的了解:一是提到日本将他算作左翼的作家,但他觉得哈谟生"贵族的处所却不少",第二,说到哈谟生在俄国的影响很深,但鲁迅本人对他作品读的很少。但鲁迅读过日本片山正雄的《哈谟生传》,对其中有关托尔斯泰与伊孛生(易卜生)的比较有点想法,便抽空翻译了出来,介绍给国人。他说哈对托尔斯泰的批评犹如"在中国的一切革命底和遵命底的批评家的暗疮上开刀",而对伊孛生的批评则划清了"革命文学和革命、革命文学家与革命家"之间的区别。也许因为这一点,鲁迅倒也不反对将哈谟生划为"左翼"。最后,鲁迅为哈谟生的作品在国内介绍不多而感到"可惜"。(见《鲁迅全集》第七卷,人民文学出版社,1981年,第328—334页。)
② *The Intellectuals and the Masses*, pp. 4-5.
③ Ibid., pp. 4, 26.
④ 参见古斯塔夫·勒庞:《乌合之众》,冯克利译,北京:中央编译出版社,2004年,第5页。

而,凯利有一点是不能让人同意的,那就是他把出自这些知识精英笔下的一切文字,不论是自己的书信,还是与某个朋友的谈话,还是小说中的某个人物,还是从某一首诗歌中摘出的诗行,他都不论具体的语境,不论讲话人的场合,当然更不论其中是否包含文学性的修辞,都一律算作作者本人的观点。而更不能让人同意的是,他把所有这些所谓的"证据"都上纲上线,与30年代日渐抬头的法西斯纳粹思潮有意无意地挂钩,于是,人们毛骨悚然地看到,H. G. 威尔斯、叶芝、D. H. 劳伦斯等,似乎都在某个场合表示过,希望用战争、瘟疫、甚至毒气室或爆炸原子弹的方式,将这个世上的大众彻底灭绝,而萧伯纳、乔伊斯、E. M. 福斯特、弗吉尼亚·伍尔夫、T. S. 艾略特等,也因为曾经对尼采表示过程度不等的赞同,因而被认为是在心灵上都和希特勒法西斯主义有某种沟通。

关于世纪之交的欧洲文学精英是否都与法西斯主义沆瀣一气,已超出本文的讨论范围,我们在这里也不可能用大量篇幅来为上述这些作家诗人正名。但就奥尔特加而言,他却不像凯利所说的那样,有滑向法西斯主义的倾向。对于当时正在抬头的法西斯主义,他不仅是有所警惕,而且是坚决地划清界限。历史地说,法西斯主义在当时还只是一股思潮,其反人类的面目还没有像30年代后期那样昭然若揭,所以在当时欧洲的一些国家中,特别是在当时陷入动乱的西班牙,这股思潮的确还有不可小视的迷惑力和影响力。然而,奥尔特加已敏感地意识到,这股思潮蕴含着极大的危险性。他在《大众的反叛》中反复强调说,当大众情绪被煽动起来的时候,就非常容易被法西斯主义、工团主义之类的极端思潮所利用,追新求异的大众会受到蒙骗,误将"蛮不讲理"、"无理之理"当作标新立异,甚至,还会诉诸暴力,采取"直接的行动",那就将酿成人类的浩劫。在《大众的反叛》的第十三章中,奥尔特加对已经被法西斯势力抓过去的"国家主义"口号进行了批判,揭露了墨索里尼"一切为了国家;国家之外一无所有;任何东西都不能反对国家"的叫嚣的欺骗性,对大众将受到法西斯分子利用的可能性发出了明确的警告。①

但凯利有一点说得很对,他多次强调所谓的"大众"只是一个想象的构建物。借助这样一个术语,它取代了人类生活中本来无法把握的"汇聚"、"充盈"、"多元"等集合性的概念。不仅如此,它还可以不断被其他人为的集合性概念随意地替换。我们在《大众的反叛》中看到,不仅"大众"、"群众"、"民众"、"公众"可以互换,它的所指还可以转换为"大众人"、"现

---

① *The Intellectuals and the Masses*, pp. 73, 122.

代人"、"新型人",甚至还可指代他心目中那些只有技术却没有人文素养、因而仍然停留在野蛮状态的技术人员——物理学家、化学家、生物学家、医生、工程师等等。说到底,奥尔特加是要把他自己或像他那样的哲学家剔除在外,而所有其他的人,则都被他划入所谓"大众"的范畴。凯利说,像奥尔特加这样对大众不断进行改写和再造,是20世纪初知识精英普遍采用的做法。他们所要达到的目的只有一个,那就是把知识精英和大众分隔对立,从而使知识精英能够通过语言的方式来对大众实行控制。①但是,笔者则认为,这句话的前一半不错,而后一半的结论恐怕有点问题,对于这些知识精英们来说,他们即使采取这样的做法,也并没有要对大众加以控制的意思。而且情况或许正好相反,他们是要把自己从任何可能与大众有染的地方择出来,自觉自愿地选择一条与社会大众分道扬镳的不归路。关于这一点,奥尔特加早在他《非人性化的艺术》中,就有颇为独到的分说。他认为现代派艺术家并不像一般所理解的那样,似乎要通过对他们艺术品的讲解来进行普及,使它们为大众所接受。他说,恰恰相反,现代艺术从来就是为大众所反对,因为它在本质上是不能普及,甚至是反对普及的。与在《大众的反叛》中所表达的观点一样,他认为人从来就分为两类:极少数的精英和大多数的大众,艺术品位问题也不例外。分类完全因禀性所致,无理可讲。所以,对极少数现代先驱者来说,他们是天生的独行者,此乃本性使然。为忠实于自己独特的个性,他们绝对不会与大众同行,也不屑于去赢得大众、控制大众。

与大多数所谓"公共知识分子"一样,奥尔特加认为自己应该充任社会的良心、承载起为社会思考的责任。他对社会各种重要问题都有特殊的敏感,但他仍属于那种更善于发现问题,而非解决实际的问题的最严格意义上的思想家。1960年,美国已故著名社会学家罗伯特·墨顿(Robert K. Merton,1910—2003)曾为勒庞的《乌合之众》英文版写下前言,对勒庞和他这本大众心理学专论作过深刻的评析。其中墨顿提到,奥尔特加是勒庞的一位后继者,《大众的反叛》是一部"学习勒庞、又改进了勒庞"的著述。勒庞在《乌合之众》中明确宣布,"我们要进入的时代,将千真万确是个大众的时代"——大众将是未来时代中一股"新的力量",一股"至高无上的力量"或"唯一无可匹敌的力量"。他认为,大众已经进入历史,进入政治生活,而且正日益成为一个统治阶层,过去他们几乎不起任何作用的意见,现在受到了重视,并开始发挥作用,等等。但是,勒庞做出这样

---

① *The Intellectuals and the Masses*, p. 23.

的宣布之后就告别了这个话题,他没有继续对"大众的时代"和这个时代的"大众"再做分析,就径直转入对"大众心理"的研究。墨顿说,是勒庞之后的一些不同意识形态的作家——奥尔特加—加塞特、纽曼、弗洛姆和阿伦特等,对他的观点作了更深入的阐述。①

而"大众的时代"和这个时代的"大众",恰好是奥尔特加的关注。在他看来,大众时代的最典型特征只需两个字即可以概括,那就是"平庸",而"平庸"则是由大众人的禀性所决定——"平庸的心智尽管知道自己平庸,却仍理直气壮地要求平庸的权利,所到之处,概莫能外"。② 大众人不仅自己放弃卓越,甘于平庸,他们总是随波逐流,对自己的状况总是心满意足,凡是他自己的东西,看法、欲求、偏好、趣味等等,都是好的。而且,大众人还非常习惯于惟我独尊,他们从来不相信别人会比自己优秀,所以除了他们自己以外,从来不会向任何外在的权威求教。所以,在社会态度上,他们反对一切等级,提倡一种平均主义的要求,正因为如此,大众时代就是一个将一切削平,成为一个平均化的时代(a leveling period)。而且,这种"源于充分民主之理想的平均主义要求,已从向往和理想变成了种种欲望和潜意识的假设"③;而在审美问题上,他们则崇尚直觉,往往将快感等同于美感,他们以自己的认知水平为标准,而根本不相信鉴赏力是一种后天的训练,一种文化的修养,所以,他们对一切自己无法理解和欣赏的东西,都有一种出于本能的厌恶……

奥尔特加对大众人禀性特征的这些批评,人们其实并不陌生,如果它仅限于是对这个大千世界中某一部分人的描述和批评,那也好理解。然而,奥尔特加强调,这是占这个社会绝大多数的大众人的一个普遍倾向,而且,这个大众人已经不由分说地在采取行动,在借助各种物质力量,把这一倾向强加给整个社会。这样,这就不再是个别人的问题,也不是一部分人的问题,而是整个社会的问题,这个问题的严重性当然也就非同一般。为此,他使用了"野蛮"、"退化"等非常激烈的字眼来描述这一迫在眉睫的危机,称之为"野蛮人从天而降的入侵","一场关系人类命运之旷世罕见的浩劫"等等。而正因为奥尔特加对这个问题说得特别早,特别重,特别透,所以,他对大众社会的这些论述便带上了某种经典性,而这种经

---

① Robert K. Merton, "The Ambivalences of Le Bon's *The Crowd*," see the introduction to the Compass Edition of Gustave Le Bon, *The Crowd*, New York: Viking Press, 1965, v-xxxix, pp. xxvii - viii, Preface. 参见冯克利译《勒庞〈乌合之众〉的得与失》,见《乌合之众》,中央编译出版社,2004年,第24—25页,导言。

② *The Revolt of the Masses*, p. 18.

③ Ibid., p. 23.

典性则使他的名字在时隔七八十年后的今天,还不断被人提起。不过,这又像当年马克思在他的《路易·波拿巴的雾月十八日》一文中所说的那样,一切伟大的历史事变和人物,都会出现两次,第一次是作为悲剧出现,第二次则作为笑剧出现。人们今天再重新提起他的名字,其实多半是为了请出他们的亡灵来给他们以帮助,借用它们的名字、战斗口号和衣服,以便穿着这种久受崇敬的服装,用这种借来的语言、演出世界历史的新场面。奥尔特加的命运也是这样。他早已被定格为"精英主义"或"反大众主义"这一类抽象的代码。人们今天如果还要提他,多半都把他作为一条思想的跳板,用以阐发他们自己对当下社会重大问题的看法。然而这第二次出现的结果又如何呢?"笑剧"成了更带时代特色的"恶搞"。

五、"大众"与"精英"之争的继续

上个世纪六七十年代以来,美国主流文化传统受到各种激进思潮的挑战,一场空前激烈的"文化战"席卷了美国的大学校园以及整个思想理论界。这场"文化战"通常被人们描述成好像是整齐划一的双方之间的一场交战,其中的攻方通常被认为是由解构主义、女权/女性主义、黑人、亚裔等少数族裔鼓吹的多元文化主义等汇合而成的激进势力,而守方,则被认为是由"毒黄蜂"(WASP)组成的所谓的文化保守派。① 然而,实际的情况却远非人们所想象的那么简单。这激进与保守的划分,在某种意义上也可以说是以校园为界:上述激进势力的活动范围主要在大学校园和教育领域,而一迈出校园走上美国社会,则基本上成了所谓保守势力的天下。可是,笔者希望提请注意的是,这里的所谓"激进"或"保守"并不是一个正确与错误的划分标准,更不是"赢家通吃"——在某一个问题上得理便可以一俊遮百丑。事情的复杂性其实就是表现在这场争论并不展示一个对错分明的结果,而是一个不断提出问题,不断展开交锋,你夺取山头,我合围夹击,各股势力此涨彼消,最终也未必能有一个定解的过程。

其实我们只要再看一下这对垒的双方及所争论的问题,也就会明白这个道理。文化激进派发起挑战的理由自不待言,我们都已经非常熟悉,而被冠以"文化保守派"势力的主要代表,却也并非等闲之辈,这些人大都是围绕在诸如《党人评论》(Partisan Review)、《公众利益》(The Public Interest)、《评论》(Commentary)、《新标准》(The New Criterion)等刊物

---

① 这场文化战中,处于守势的以"白人、盎格鲁-撒克逊后代和新教势力"为主力的保守派,其英文词的首字母分别为W,A,S,P,正好组成了"wasp"(意为"毒黄蜂")一词。

周围的一批报人和评论家。要知道这些刊物都是在美国思想文化史上发挥过重要影响的左倾"纽约知识分子"的喉舌。而当年他们的代表人物之一莱昂奈尔·屈林(Lionel Trilling),生前则一直被奉为美国自由主义知识分子的良心。然而,正是这样的一批知识精英现在却站到了美国大学左倾激进势力的对立面。① 他们的批评意见远不是局限于当今大学中人文教育的现状、教学内容的变革、文学典律的构成等这些具体的教学问题,而是涉及一系列与一个社会的根本价值观有着密切关系的重大问题,如,关于公民教育的理念,人文教育在整个社会中的地位和作用,办学应秉持什么样的人文标准,学校是否应该实行平权主义的政策,对少数族裔和弱势群体在政策上给予倾斜,乃至再进一步延伸出去,关于当下实行的政策是否是一种极端平等主义的政策,平等的原则在一个民主制度中的适当位置,等等。而就在这样一场既涉及人文信仰,又牵扯到各类人群的社会地位和相关利益的所谓"文化战"中,我们看到,奥尔特加—加塞特又被一再请了出来。很显然,他是被当作精英主义和反大众化(亦即反平庸化)的主要代言人被请出来的。

1994年8月,美国《时代周刊》的文化专栏撰稿人,两次普利策奖获得者威廉·A.亨利(William A. Henry III, 1950—1994)发表了他的《捍卫精英主义》(*In Defense of Elitism*)。在这本书中,亨利对当前美国的教育和人文状况发起全面的攻击。在他看来,美国这些年来对少数族裔在上学、就业等方面实行的"平权法案",在学校实行的多元文化的教育等政策,效果适得其反。他认为美国人总是死死抱着平等的神话不放,他完全承认民主制就应该让所有民众有平等的机会,但是,现在的平等主义者们却走得太远了——平等应该是法律面前的人人平等,而不是像他们所要求的那种最终结果的平等;他认为,现在美国的大学教育是从政治正确的原则出发,推行的是一种"噤声"的课程设置,它使得在美国一向存在的反智性的民粹主义更加大行其道,使少数英才根本无法忍受,而这种教改最终也没有使那些应该得益者得到好处;他认为,现行美国教育的标准在全面下降,教师不再要求学生对权威和学问表示起码的尊重,学校只是一味地迁就差生,而不对优秀学生提出挑战,在这里听到的是"每一个人都是差不多的"、"个人的努力比客观的成就更为重要"、"一个公平的社会就要使所有的民族、阶级和性别的人都获得成功"、"普通人总是对的"等等,结果,学校成了为低能者开设的康复中心;他认为,是嫉贤妒能的"红眼

---

① C. f. P. Brooks, "False Alarms?" in *Times Literary Supplement*, 1995-05-26.

病"而不是金钱使得"精英"二字变成了贬义词,这种普遍存在的妒贤嫉能,嫉恨的是在智性上划分差别,它最恨的就是说这一种思想、贡献或成就比另一种好。亨利认为,上述种种反精英主义、反智主义的表现,正把美国拖入一个新的黑暗时代。①

然而不无遗憾的是,威廉·亨利于1994年6月因为心脏病突发而撒手人寰,他甚至没能看到他这部书的出版,当然更无法想象这本书所引起的巨大而持久的反响。根据雅马逊书网提供的信息,直到此书出版十年后的今天,仍有许多读者为亨利在"精英主义与平等主义"话题上的坦诚直言表示由衷的感佩。读者对此书所发表的评价,在网页上所占篇幅之大也是极为少见的。在对五项比较正面的评价发表意见的44人中,有34人持赞同的态度,而对该书的一项比较负面的评价,在40位受访者中则仅有7位表示赞同。网上所登载的这些信息和数据,其局限性显而易见,但从另一个角度说,却也多少能说明在当今的普通美国读者(发表意见者中也有不少是学者)中,响应亨利的号召,呼唤"卓越"、反对"平庸",要求在"平等"与"精英"的理念之间维持一种平衡者大有人在,按保守的估计,即使不占多数,似乎也不一定就是少数。

像威廉·亨利这样对于精英主义的呼唤,当然还算不上是严格意义上的学术批判。它主要是通过列举大量事实,来诉诸一般读者的良知,唤起他们对这些事实所反映出的种种社会弊病进行思考。他与奥尔特加的精英主义和反大众主义之间,充其量还只是一种直觉的沟通。这些年来,真正从更深理论层次上的探讨和批判似不多见,但也不是一点也没有。美国的《现代》(*Modern Age*)季刊是上个世纪50年代创立的一份以文化守成为己任的社会评论刊物,它前些年就刊登了一篇题为《奥尔特加的"反叛"与大众统治问题》的理论批判型的文章。作者小罗伯特·斯泰瑟姆(E. Robert Statham, Jr.)似乎并不是很有名气,但文章写得有棱有角,无论是对奥尔特加论说的理解,还是对美国现实状况的把握,都颇具理论深度的冲击力。与威廉·亨利不同,他起笔就点到了美国民主制度的一个痛穴——"民主制度基本的优点就是给平等的人以平等,但它的最大的缺点,却又是给了不平等的人以平等。"这一句话就让人看出,作者对奥尔特加的精英主义和反大众立场是完全赞同的。而接下来,作者便从奥尔特加的《大众的反叛》中直接抽取了五方面的论述,对涉及美国民主与法治的五大关系——"由谁掌权? 大众还是精英"、"自由与平等"、"理

---

① William A. Henry, III, *In Defense of Elitism*, New York: Doubleday, 1994.

性、文明教养与执政"、"自由与责任"以及"智慧与民治"等问题上所发生的偏差,逐一进行对症下药的诊治。①

在斯泰瑟姆看来,一个社会,就应该像奥尔特加所说的那样,毫无疑问应该由少数高素质者执掌权力。而美国现在成了一个超民主和绝对平等主义的国家,社会的智性机制被破坏,导致大众在社会各个方面、尤其在社会舆论方面,占据了主宰的位置。他认为,当下美国的大专院校实行彻底的民主,结果变成了庸俗而毫无品质的诡辩的中心,政治正确和多元文化的推行,则使课程设置失去了标准,族裔/性属和性学研究使智性的卓越成为凤毛麟角,大众化的教育使学生书越读越少,学院原本是为人的理性和公民性的养成提供标准的,但这样的学院已不复存在。而从另一方面看,美国宪法所确定的民主与法治机制原本就有缺陷,需要补充和完善。例如,现在自由、平等与法治关系上发生的种种问题,都是在向个人提供自由的各种机制出现之后才产生的,因为这些机制不能保证获得了自由的个人都会在所提供的自由幅度中负责任地生活。如现在人们都把"言论自由"理解为自由地表达自己,而且以为,人人都可以自由发表意见,就等于每一种意见都有同等的价值。斯泰瑟姆认为,这其实完全是误解。言论自由的目的不仅要让大家都能自由地表达,而且还要支持那接下来的对不同观点作出的评价,为的是要确定一种最好的观点。关于平等的误解就更明显了,他认为美国宪法所谓的人生来平等,那是当法律施用于他们的时候说的,人在法律面前是平等的。但作为个人,斯泰瑟姆指出,人在各个方面都是不平等的,他因此而认为,社会应该、也必须反映出这一点,尤其在由谁掌权的问题上更是这样。与奥尔特加一样,他这里所说的掌权能力,主要还是指智慧和才学。

罗伯特·斯泰瑟姆的观点想必又会引起读者的新一轮的争议,但有一点我们或许会同意——在贝尔的意识形态终结论发表四十年后,关于美国社会究竟是否符合奥尔特加所批判的那个"大众社会"的争论,恐怕可以划上一个句号了。斯泰瑟姆的文章至少在这一点上已向我们充分证明:当下的美国就是奥尔特加所批判的那个"大众社会",而奥尔特加对大众社会和大众人的分析,也完全可以适用于当下的美国。在这个意义上,《大众的反叛》作为一部为历史所证明了的经典,大概没有问题了罢。

---

① E. Robert Statham, Jr., "Ortega y Gasset's 'Revolt and the Problem of Mass Rule'," in *Modern Age*, Summer, 2004.

Ⅳ. 不同视角下的爱伦·坡

埃德加·爱伦·坡被认为是现代派的远祖,这基本上可算是文学史上的一个定评。把他与过世 50 多年后才出现的所谓"现代主义"挂钩,当然要有依据。从文学影响传承的层面看,我们的确可以看到坡经由波德莱尔这位具有文学史划界意义的法国诗人被介绍到欧洲——然后在欧洲文坛产生了一定的影响——这样一条清晰的轨迹。如果再重读一下坡早在 19 世纪的上半叶尚未结束之时就撰写出的《故事重述》、《创作的哲学》和《诗学原理》等文论,那我们就更应该相信,坡的确是和"为艺术而艺术"的首倡者 T. 戈蒂埃(Théophile Gautier,1811—1872)一样,也是最早将"如何写作"作为写作最主要关注点并对此有深刻理论阐述的作家。而这一点,为他充当后世现代派文学理念的先声提供了理由。

坡的一个突出的特点就是他在创作理念上的"言行一致":他不仅在他的文论中这么说,他在他的诗歌和小说创作中更是不折不扣地这么去做。我们在讨论奥尔特加—加塞特的时候,曾提到他对现代派艺术聚焦调度转移的看法:即浪漫主义、现实主义的艺术聚焦于艺术再现的内容,而现代主义艺术则转而聚焦于艺术再现的形式。就好像我们隔着玻璃看窗外花园里的花草灌木那样,此刻我们不会注意到透明的玻璃,而当我们收回视线注视这玻璃的时候,窗外的花园则又不见了。而坡对这样一种艺术关注点的位移和调节就有过非常透彻的阐述。他不仅在他的文论中详细论述了为什么要将艺术关注转移到形式,而且详细地谈到了如何实现这样的转移,以达到创造一种贯穿始终的艺术"效应"(effect)的目的。他甚至还别出心裁地把这样一种通过视角调度而产生不同效应的道理,植入他某一部具体的小说。

坡写过一篇很能体现他个人风格的短篇:《天蛾》(Sphinx),但不知是否是因为寓意太浅显的缘故,一般很少入选他的小说选本。故事发生的场景被安排在霍乱流行、死亡阴影笼罩下的纽约。黄昏时分,正在窗下看书的主人公,在不经意地向窗外眺望之时,突然发现有一个奇大无比的黑色怪物以极快的速度从远处山梁上往下爬,据估计,那家伙至少有邮轮那么大,而且长着两对大翅膀,每只翅膀的长度大概有 100 码……当主人公从惊愕中清醒过来后,他把所看见的一切告诉了他的一个朋友。三四天后,他的朋友来到他的住处,坐在同样的位置上。朋友一番观察后放声大笑,主人公问其原委,朋友解释说:人们对所观察的事物做出评判,最容易出错之处就是把握不住相关的尺度,不能保持适当的距离,从而对事物的重要性产生要么过高要么过低的判断。主人公所犯的错误正在于此。朋友在给主人公读了一段自然科学史上关于天蛾的描述后解释说:"你所看到的是一只天蛾的幼虫正沿着蜘蛛网丝向前蠕动,它其实只有十六分之一英寸那么长,你之所以觉得它是庞然大物,因为它离你的瞳仁仅仅只有十六分之一英寸那么远。"

判断取决于视角,取决于距离。对生活中事物的观察如此,在文学批评中也莫能外。

文学的研究和批评,与文学创作一样,贵在求新。所谓"新",就是发前人之所未发。因此相对而言,愈是现当代的作家就愈好开口或落笔,而愈是古典的(经典的)、众说纷纭的作家就愈难说道。惠特曼死了整整100年,爱伦·坡比惠特曼长10岁,但死了150多年了,这些人在美国文学史上都算是经久耐"说"的大作家,要在他们身上再说出点新意就特别的难。

但是,难不等于不能。至少有两方面可做求新的努力:一是深挖细找,从卷帙浩繁的文字材料中去搜寻,没准会发现什么佚文之类,那就能敷衍成篇,这是学识方面的求新。它犹如海底探宝,至今有人锲而不舍,但劳而无功者居多;另一种则是批评方面的努力,材料仍旧是原先的材料,但找到一个新的视角,于是也能发现与前人之述不同的新意。此所谓独具慧眼,或另辟蹊径。说到求新,人们往往有意无意只将目光投向前者,其实更应该侧重后者才是。殊不知,阅读和理解绝非单向的、由文本作用于思维器官的"文本驱动"(text-active)过程,理解活动是一种构建行为。读者从事阅读,头脑中并非一片空白,迄今具备的文化素养,包括文学理解力,会像摄影时将取景框对准景物那样,将一个既定的认识取向对准有待接受的文本素材,读者将调动自己所具备的各种认识世界的范式,做好理解文本的准备。因此,理解活动不仅是"看什么"的问题,更重要的是一个"怎么看"的问题。常言说,要以马克思主义的立场、观点和方法看问题,这话中其实已隐含"不这样看,看到的就不是这样"的假设。视角不同,所见不同,明白了这个道理,文学研究和批评的推陈出新,可能性就大大拓展了。

一旦将注意力投向"怎么看"的层面,我们就又会发现,也并非所有的

Ⅳ. 不同视角下的爱伦·坡

作家都值得变换视角去看。有的作家可以这样看,也可以那样看,新意层出不穷;有的则似乎只能这样看,不能那样看,那样看就意思不大。这就是为什么某些曾经走红的作家会逐渐失宠的原因。说也奇怪,像坡这样的作家,倾其所有,诗作不过五六十首,短篇小说(包括一部较长的中篇)不过六七十篇,即使再加上几篇著名的文论,无论如何也谈不上"著作等身",然而他却是个值得变换视角、多看几眼的作家。一个多世纪来,文坛上的风向不断变换,坡却始终是一位被人说道的对象,即使到了二战以后,欧美文学批评进入流派迭出的多元化时期,坡仍然受到多种批评话语的青睐——读者反应批评,神话原型批评,精神分析批评,结构主义—后结构主义批评,甚至西方马克思主义批评也时而提及。这在同代美国作家中确实不太多见。看来,坡和他的作品肯定具有一种令不同时代、不同国度的读者都感兴趣的属性,一种特殊的魅力。

那么,这种属性和魅力究竟是什么?它为什么能引起不同读者的兴趣、被纳入不同流派的文学批评话语?这些就是有待于我们去考察、并从坡本人和读者的接受这两个方面予以说明和解释的问题。综览一个多世纪以来的坡的研究,大体上可以划分为三个阶段,它们既是坡的不同层面的递次展现,也是读者从不同的视角对坡的轮番审视。这三个不同的层面为坡的人格层面、文本层面和抽象结构层面,而对于这三个层面的多视角审视,则形成了从坡的身世和性格切入他的创作的传记批评话语、印象主义批评话语、精神分析批评话语,从坡与社会、历史关系切入的社会历史批评话语,从坡的文本世界切入的文本分析,以及从坡的作品的抽象结构切入的结构主义、后结构主义的批评话语。

一、人格层面:印象主义的传记批评

众所周知,坡是美国文学史上最具争议性的人物之一。由于他气质孤傲,行为乖张,"与俗殊酸"(茅盾语),他生前就颇遭物议,屡有不为时俗所容的丑闻。在他死后,他的著作事务委托人格里斯握德嫉妒他的才能,竟篡改文本、造谣诽谤,更使坡的名声雪上加霜。但是,坡毕竟著文奇警,构思诡谲,深得一班同好的赞许,以至为之辩护者蜂起,有说对他的品行缺陷应该宽容对待,有说他因为意识超前才不为时代所理解,不一而足。于是我们看到,在一个相当长的时期里,坡的研究和批评基本上限于一种印象主义的"好恶之争"。坡的母校美国弗吉尼亚大学埃德加·爱伦·坡讲座教授弗·斯托瓦尔(Floyd Stovall)曾归纳说,研究坡的学者、批评家大致可分为六种人,除了其中的第四种把坡作为精神分析实例者以外,其余

五种人分别为:"单纯出于喜欢的"(如 P. E. More,Edith Sitwell),"压根儿不喜欢的"(如 W. C. Brownell,Yvor Winters),"满足于分析阐释其具体作品、而不作总体评价的","喜欢却又觉得不该喜欢的"(如 Allen Tate),"不喜欢却又觉得应该喜欢的"(如 T. S. Eliot)。① 英谚云:"趣味是不可争辩的。"奇怪的是,人们为什么偏偏为坡争得不亦乐乎。因为是趣味之争,所以关于坡的许多评价都是无法验证的主观印象式的断语。19 世纪美国最著名的批评家 J. R. 罗厄尔的名言——

    Here comes Poe with his Raven
    like Banaby Rudge,
    Three fifths of him genius,
    two fifths sheer fudge.

称坡为"三分天才,两分胡诌";亨利·詹姆斯认定,"对坡表示热情,绝对是思维的最幼稚阶段的标志","对他表示出任何一点认真,都是缺乏认真所致";而 T. S. 艾略特则说,与瓦雷里相比,坡显得"不成熟",他只有一种"很有天分的年轻人在步入青春期之前的智性"。对坡由衷赞扬者亦有,如萧伯纳在坡的百年诞辰纪念时称,坡"证明了自己的伟大",并要"整个欧洲向他脱帽致敬"。然而,这些赞语或诋语基本上只是各人主观好恶的表示,其实并不具有多少批评的分量。

    早期的坡的研究,最大的特点就是把他的作品与他的个人身世和性格牵扯在一起。这种研究和批评,实际上是论"人",而不是论"文"。因为批评家的兴趣所在侧重于从坡的诗文中寻出此人行为乖张的原因。20 年代,弗洛伊德的精神分析理论引入欧美文学批评,坡当即成为具有精神分析学倾向的文学批评家们的解剖对象。英国小说家 D. H. 劳伦斯与弗洛伊德精神分析理论的关系,历来是文学批评界的热门话题,而有趣的是,劳伦斯本人却是最早用精神分析的方法对坡进行批评的先驱者之一。他曾赴美作巡回讲座,后定稿为《美国文学经典的研究》(1923),其中关于坡的长篇论文不仅是早期坡的研究中极有创见的经典评论之一,而且为劳伦斯批评家们窥视弗洛伊德精神分析说对劳氏本人的影响提供了很有价值的文本。J. W. 克鲁契的《埃德加·爱伦·坡的天才》(1920),法国女批评家玛丽·波拿巴特的《埃德加·爱伦·坡的生平和著作:一种精神分析学的阐释》(1933),无疑也都是具有里程碑意义的研究,尽管今天的文学批评界对其中某些观点已不再感兴趣,或作了认识上的纠正。例如,克

---

① 见 R. 里根编:《20 世纪观点:坡》,普伦梯斯豪尔出版公司,1967 年,第 172—174 页。

Ⅳ. 不同视角下的爱伦·坡

鲁契的立论是,坡沉溺于死亡和梦魇等主题,乃因为他本人的阳痿所致;而玛丽·波拿巴特则把坡的诗文中的语词意象统统读作性意识的流露。在坡的评传中,最重要的莫过于 A. H. 奎因的《埃德加·爱伦·坡评传》(1941),这是一部具有正本清源意义的力作。它以确凿的证据揭露了格里斯握德对坡的遗稿、书信等所作的篡改,恢复了历史的本来面目,为坡的研究从此摆脱对个人身世的纠缠、把重点移至对坡的作品奠定了基础。

二、文本层面:社会历史和文本批评

坡的研究和批评真正进入一个比较客观公允的阶段,也就是说,真正将坡置于现代批评的分析框架之中,把坡的全部作品视为一个完整的艺术存在,多视角、多层次地逐一读解或透视各具体文本的复杂意义,还是进入 50 年代以后的事情。其中又可大致划分为两个方面:一种是侧重社会和历史的分析,另一种属于受"新批评"的影响而侧重于文本本身的分析。当然,如果进一步细分,其中还有掺入了传记批评、精神分析批评或读者反应批评等微小的区别。

先说历史主义的分析。这里的历史主义并不是指批评家简单化地把坡的作品当作历史文献,希望从中引出什么有助于认清历史的意义,它是指批评家在读解坡的作品时,心里已预先埋伏下一个认识前提,先行接受了一种认识假设:他相信,文学艺术总是一个历史时代的产物,文学艺术作品不可避免地打上了它所处时代的历史烙印。论及坡,那就是坡的全部作品,作品中所寓含的意义,都应该是他所处历史时代的产物,都打有那个特定的历史时代的文化烙印。根据这一认识假设,批评家于是有理由认为,可以通过对坡所处时代的文化氛围的考察,去推衍出坡的作品的意义。

50 年代最负盛名的坡的研究专著,E. H. 戴维森的《坡的批评研究》(1957),就贯穿了上述认识逻辑。戴维森认为,坡、霍桑、麦尔维尔、艾米莉·狄金森以及亨利·亚当斯等都属于同一类作家,他们的共性是,他们所处的时代曾有过强大的宗教影响,而到了他们这一代,这种宗教影响已大大衰退,只留下了各种虔诚信念和认识假设的残片,这些文化残留物对于某些种类文学的发展特别有利。一方面,强烈的宗教动机有助于思考和行动,而另一方面,作家本人却并不一定笃信这些宗教信条。[①] 戴维森

---

① Edward H. Davidson, *Poe: A Critical Study*, Belknap Press of Harvard University, 1957, p. 183.

先以霍桑为例,进行了上述分析,并据此自然而然地推定,坡也同样具有这种信仰危机。接着,戴维森将坡所生活的弗吉尼亚与北部新英格兰地区进行比较,他指出,尽管南方地区的宗教影响的衰退不及北方明显,但弗吉尼亚的教会对文学艺术一向放任自流,而存在于白人文化圈之外的黑人民间文化是一种差异很大的异质文化影响。戴维森甚至斗胆猜测说,当坡还是一个孩子的时候,他必定在里士满教堂以外的某个地方听见过被他们的社会唾弃的人们的哀号。① 第三步,戴维森进而论述,像坡这样的作家,既非反基督教,又非亲基督教,甚至不可按基督教与异教之分去归类;这一类作家的浪漫主义思想倾向决定了他们将自行扮演上帝的角色。戴维森认为,雪莱、济慈等也都属于这样一类作家。这些浪漫主义者的宗教追求必然是恶魔式的,他们最终将毁灭自己最终的创造。② 就这样,戴维森一步一步将读解坡的一个大的认识框架营造起来,接着就该把具体的作品往里面填放了。

例如《威廉·威尔逊》,今天人们更趋于从"自我分裂"的角度去读解这篇作品。实际上,D. H. 劳伦斯早在 20 年代时就是这么看的。他称小说"并不高明地叙述了一个人枪杀其灵魂的过程","作为机械而贪婪的自我的威廉·威尔逊,终于扼杀了作为活生生的自我的威廉·威尔逊"。③ 但是,戴维森却另辟蹊径,他联系浪漫主义者自我膨胀的思想特征,对小说作了他自己的读解。他认为,小说的中心主题是探讨自我属性的本质。他并不把作为主人公的对立面和帮衬的另一个威廉·威尔逊看成是主人公的道德良知,他认为,它就是威廉·威尔逊道德荒漠中的另一个存在。戴维森说,威尔逊是自己的道德裁判,在他的生活中,成功就是唯一的道德准则。我们在故事结束时看到,威尔逊惶恐地站在一面镜子前,镜子反射出他的真相。而威尔逊之所以再也找不到他本人的存在在这个世界上的延伸,乃是因为在他的生活中,在他的意志就是神旨的无序状态下,他自己就是他的一面镜子,他自己就是他的自我的表现。戴维森根据此前对雪莱、济慈所作的判断,认为威廉·威尔逊亦属典型的浪漫主义个体。对他而言,世界就是他的自我的延伸。④

戴维森的读解和分析,大器而精当,俨然一家之言。但是,坡的读者

---

① *Poe: A Critical Study*, pp. 185 – 186.
② Ibid., pp. 186 – 187.
③ D. H. Lawrence, *Studies in Classic American Literature*, The Viking Press, 1972, p. 80.
④ *Poe: A Critical Study*, pp. 200 – 201.

Ⅳ. 不同视角下的爱伦·坡

一般都知道,这些故事本身似乎都看不出这样的历史背景,即令对坡的身世和写作背景一无所知,读他的故事也会产生口吸冷气、毛骨悚然的感觉。于是,越来越多的批评家,尤其是受"新批评"影响的批评家,不得不采取另一种认识假设——将批评的注意力投向作品的文本本身。他们不再认为,或至少不再强调坡的作品与其所处时代有必然的、直接的联系,不再从文化氛围、时代精神入手去探寻作品的意义。在这些批评家看来,作品文本本身形成了一个自足自律的虚构世界,一个有其内在联系的有机整体;作品自身的结构,构成作品的词语的外延和内涵,就足以构建起文本意义的大厦。当然,文本分析也不排斥已被文学传统吸收内化了的其他研究成果和信息,如传记批评、精神分析和神话原型批评等等,从而丰富和深化这些作品的"文学的"意义。

文本批评的认识假设当然也有自己的道理。坡本人对小说创作的目的和方法就提出过系统而独到的见解,而且这些见解都是他本人创作实践的总结。他说:"一个聪明而巧妙的小说家从事创作,并不是把自己的思想作一番加工,塞入他的故事情节,而是事先精心筹划,构想出某种独特的、与众不同的效果,然后再杜撰出一些情节——他把这些情节联结起来,所做的一切都要最大限度地有助于实现那预先构想的效果。"(见《论霍桑的〈故事重述〉》)

坡的小说确如他自己描述的那样,在内容和形式上具有以下两大特点:小说中所描写和呈现的世界迥异于读者熟悉的现实生活世界,这个小说世界和其中的人物都有独特的思维和行为逻辑,因此,这是一个读者无法直接认同的世界,若要认同,读者必须充分发挥自己的想象,跳出现实生活的世界,上升到隐喻或象征的层次上去认同。其次,从形式上说,这些小说多属精心雕琢之作,从立意构思、意象的选择和分布,到语言文字的锤炼,都体现了作者的唯美主义的情趣,因而这种文学本身就具有一种魅力,诱使读者去穿凿比附,追寻微言大义或言外之意。这两大特点必将刺激和鼓励读者,把注意力转移到作品的文本本身。

《厄舍古屋的倒塌》就是很能说明问题的实例。即使是初通文字的读者,当读到罗德里克·厄舍的孪生姊妹从被活埋的墓穴中爬出,那蹬然作响的脚步向叙述人的卧室逼近时,肯定会毛发倒竖、牙根打颤。这就是文字产生的效果。当然,文学修养较高的读者将不满足于这种浅层的刺激,他们会继续探寻文本的意义。譬如说,对于厄舍古屋里的这个与我们现实世界截然不同的世界,究竟从什么认识层面上使之归化(naturalized),即如何把它纳入我们正常的思维逻辑,把它说通呢?也许可以这样解释:

主人公罗德里克·厄舍精神不正常,是个偏执狂,故事的叙述人也被引发了感应性精神病(folie à deux)。当梅德琳躺在墓穴里的时候,他们眼前出现的是一种妄想性的幻觉,以为她从墓穴中爬出,向他们走来。这种阐释,即如有批评家所指出的,是把这篇小说当作"妄想症患者的自述记录"来读。①

显然,上述读解还是建立在一种比较笼统宽泛的假设之上。那么,能否从小说文本的具体比喻和象征中,为这一假设找到更加令人信服的佐证呢?曾获普利策奖的美国诗人理查德·威尔伯提供了一个范例。他发现,房屋结构是坡的作品中反复出现的意象,《厄舍古屋的倒塌》中嵌入了一首曾单独发表过的诗——《幽灵出没的宫殿》,该诗把宫殿建筑构造与人的头颅构造进行对照,这不啻交给了我们一把开启坡笔下建筑意象之门的钥匙。按照这一线索,威尔伯提出,"从喻象层面上说,厄舍古屋可视为罗德里克·厄舍的躯体,其幽暗的内部,则是他头脑中的幻念",而整篇小说可以读作"通向自我深处的旅程",主人公罗德里克·厄舍成为"大脑催眠状态的喻象"。②

受威尔伯的启发而重读《厄舍古屋的倒塌》,那么,关于这幢古宅的描述,从"空荡荡像眼睛一样的窗户",到"枯树、灰墙、死潭中散发出来、笼罩了整幢宅第和庄院的神秘瘴气",乃至那"从正面屋顶曲里拐弯裂到墙根,最终消失在阴森森深潭中的一条几乎看不见的罅缝"等等这些意象中,都肯定可以读出与精神崩溃相关的意义。房屋意象一旦被视为人的精神状态的象征,这一主题势必将扩展到坡的其他作品,例如《红色死亡假面舞会》、《威廉·威尔逊》、《幽会》、《坑与摆》、《莱姬亚》,甚至杜宾居住的那幢"年久失修的公馆"——"地处偏僻,式样古怪,摇摇欲坠,相传是凶宅,荒废已久……"似乎都可以纳入"幽灵出没的宫殿"这一总体意象。它把坡的许多小说串联一气,使我们更有理由做出进一步的假设:坡的短篇小说形成了一种可称为"精神病文体"的小说类型。如果读者同意,并按照这一认识假设去阅读坡,那么毫无疑问,精神分裂或精神崩溃的主题必将更加凸现。

三、抽象结构层面:结构主义和后结构主义批评

这里,我们会反复遇到一个老问题,即作品的主题——例如"精神崩

---

① R. 里根编:《20世纪观点:坡》,第10页。
② R. 威尔伯:《坡的房屋》,转引自《20世纪观点:坡》,第98—109页。

溃"——究竟是我们从坡的小说文本中提取的,还是我们在阅读前就已先行接受的一个认识假设?从具体的读解文章看,答案似乎应该是前者,批评家好像的确是通过一步一步的论证,将某个内在于文本中的主题揭示出来。然而,恰如海德格尔所说,"对领会有所助益的任何解释,无不已经对有待解释的东西有所领会"①。批评家如果预先没有"对有待解释的东西有所领会",并以此作为一种认识假设,作品文本的意义就不可能聚焦到一点,最后就不可能使"精神崩溃"的主题得到凸现。对于这个阐释学上被称为"阐释的循环"的现象,海德格尔曾从生存论意义上进行过辩护,认为这种循环"包藏着最原始的认识的一种积极的可能性"②。但是,从"逻辑推论"的意义上说,人们却仍然会产生文本自身究竟有无内在意义的疑问。

记得 12 年前,美国著名批评家、哈佛大学教授丹尼尔·艾伦来访,笔者曾向他请教对坡的看法。其中记忆犹深的一点是,他把坡的研究比喻为剥一头洋葱,一代又一代的批评家都争着来剥,希冀穷尽其意义,然而失望地发现洋葱头是空心的。我后来去国外进修,接触了当代形形色色的西方文论,方知道空心葱头并不只限于坡。受结构主义和后结构主义思潮的影响,把文本看作是空心的是西方批评界的一个相当流行的观点。它认为,文本的意义不是内在的,而是文本所处的语言结构、文化氛围所决定的。追根溯源,法国文论家雅各·拉康是这种阅读和阐释理论的倡导者之一。说来也有趣,拉康为了阐述他的结构主义符号学的理论,竟有求于坡!当然,我们不要误解为是坡给了拉康以思想上的启发。但是,坡的侦探推理名篇《被窃的信》,却实实在在是拉康阐述其理论要旨的出发点。

早在 50 年代,拉康曾举办每周一次的研讨班,同哲学家、语言学家以及他的门生们探讨精神分析学、结构主义语言学和符号学的一系列话题,关于《被窃的信》的讨论就是其中的一次。拉康将研讨所得撰写成文——《关于〈被窃的信〉的研讨会》(1956),后又作为首篇收入他的《论文集》(1966),为全书立意定调。拉康的语言学、符号学的新论在欧美文论界引起强烈反响,法国解构哲学的代表德里达针对拉康的这篇奠基作进行批评和阐发,发表了《真实的提供者》(1975),美国学者芭芭拉·约翰逊又在前二人的文本基础上再作批评和阐发,撰写了《参照的构架:坡,拉康,德里达》(1977),螳螂捕蝉,黄雀在后,在这一节又一节的阐释、再阐释的重

---

① 海德格尔:《存在与时间》,北京:三联书店,1987 年,第 186 页。
② 同上书,第 187 页。

复过程中,坡恐怕做梦也想不到,他的一篇推理小说竟然能成为20世纪文本和阅读理论的象征,他甚至一发而不可收地被吸纳进了当代最时髦的结构主义—后结构主义(解构主义)的批评话语。

众所周知,拉康将结构主义语言学理论引入弗洛伊德的精神分析学,对后者重新进行阐释,而且将潜意识作为精神分析学的真正主体。拉康认为,作为统一主体的潜意识其实是虚幻的(illusory),犹如婴儿在形成自我的"镜象阶段"所看到的镜中的映像;然而,潜意识与语言同构,其意义的显现与语言意义的显现一样,也表现为能指符号的位移和转换,而意义就是能指符号在位移和转换过程所产生的效应。拉康发现,《被窃的信》的情节结构恰恰体现了他所要阐述的这一理论的核心。

按照拉康所作的抽象概括,《被窃的信》可作为一个表现能指符号的逐次位移而使叙述得以完成的故事来读:王后正在自己的私室中读信,国王突然进来,从王后本能地不想让国王看到此信,可以推想该信中有她的难言之隐。王后镇静地将信笺翻转,故意放在显眼处,使国王未起疑心。但善于察言观色的D大臣却识破了王后心中的秘密,他用一封外表相似的信放在王后的信边上,然后,当着王后的面很从容地将那封可疑的信掉包离去,从而掌握了王后的把柄。王后因国王在场而发作不得,事后差警长去D宅将信盗回。但警长殚思竭虑,手段用尽却空手而归,只好请大侦探杜宾出山。杜宾潜入D宅,以其人之道还治其人,将搁置在最显眼处的被窃的信再次掉包,交警长还与王后。值得注意的是,故事自始至终并未交待该信的内容,因此,信在这里只是一个能指符号,它的所指,也就是它的意义,是一个有待填入的空缺,一种欲望的象征。随着叙述过程的展开,作为能指的信二度易手,从第一个场景(由王后、国王和D大臣组成)位移到完全同构的第二个场景(由D大臣、警长和杜宾组成),两个场景中所涉及的人物都围绕着这封不知所指的信扮演了各自的角色,也就是说,使各个主体得以确立和实现,使作为故事内容的主体也得到完成。拉康认为,这正是弗洛伊德所谓的"重复冲动"(repetition automatism)的最好表述,它也显示了"正是能指符号的位移决定了诸主体的行为活动,他们的命运,他们的取舍,他们的盲目性,他们的终结和下场……"[①]这一事实再恰当不过地告诉我们:意义并不是由某个本源发送出的,没有确切所指的能指符号,只要发生位移,引出信的能指符号,就能产生所谓的"意义"。

---

① 拉康《关于〈被窃的信〉的研讨会》(英译本)见 R.C.戴维斯和 R.施莱弗尔编《当代文学批评选》,朗曼出版公司,1989年第2版,第301—320页。

此前我们所列举的读解方式,无论阐释者持何种认识假设,最终产生何种读解,有一点至少相同,这就是作品是被阐释的对象,它被视为一个有机的统一体,围绕某个中心主题而展开,呈现自己的意义。可是,拉康的读解却不是这样。坡的《被窃的信》仿佛是为了验证拉康的文本阅读理论而写成,拉康与其说是在阐释《被窃的信》,毋宁说是在阐释他自己。我们把拉康的文本,德里达的文本,约翰逊的文本(当然还可以加上诺曼·霍兰德的《寻回〈被窃的信〉:作为个人交往活动的阅读》,罗伯特·戴维斯的《拉康,坡,以及叙述的抑制》等许许多多的文本)串联在一起,这就形成了一条环环相扣的意义阐释链,你阐释我、他/她再阐释你,尽管所有这一切的最终本源——那封"信"的内容是一个空白,然而,凭借着文本与文本之间的相互指涉、相互作用,居然就"无中生有"地形成了一套意义丰富的批评话语。在这条意义阐释链或批评话语系统中,坡的《被窃的信》起了《被窃的信》中那封不知所指的信的作用。《被窃的信》从一个文本位移到另一个文本,使意义阐释链不断得到延伸。

　　限于篇幅,我们不可能对拉康、德里达等人的文本阅读理论作进一步的讨论,但是,拉康选用坡的小说来阐述其符号示义的理论,却实实在在具有某种示范性。我们甚至可以说,只要愿意仿效,便还可以继续从坡的短篇小说中找到若干篇体现当代文本理论的范例。譬如《人群里的人》,以往充其量把它当作一个参悟都市中罪恶的神秘性的短篇,戴维森即持这种观点。他认为,故事中的神秘老头,由于脸上有一种"过去从未见过的表情,……一种魔鬼形象的再现",因此是"现代世界上恶的某种化身";① 有的评家甚至还要进一步加重社会学读解的份量,例如斯图亚特·列文根据故事中的老头总是设法融入人群之中,"不肯独处",联想起海明威的那篇《一个清洁、明亮的处所》,认为坡的故事也表现了"城市人的一种孤寂感",甚至认为表现了"坡对穷人、妓女,对城市里的不幸者、受欺凌者的同情"。② 当然谁也不能绝对排斥这样的读解,更不能排斥读者产生这样那样的联想,但是,如果我们考虑到坡的审美情趣,他的小说创作的一贯原则,那么上述读解的可信度恐怕就要大打折扣了。因为坡有非常明确的追求,这就是通过语言去激发读者的某种情绪,达到他所谓的"预先构想的效果"。《人群里的人》想必也不是例外,故事中的悬念一定是坡"预先构想的",他要让读者时时刻刻感觉到有一种神秘的存在,然而又始终不

---

　　① *Poe: A Critical Study*, p.91.
　　② 斯图亚特·列文和苏珊·列文编注《埃德加·爱伦·坡的短篇小说》,鲍勃斯—麦利尔出版公司,1976年,第253页。

能确指这神秘的存在究竟是什么。

其实,戴维森已经感觉到这种不确指性。他说:"《人群里的人》的另一有趣之处是我们永远无法肯定,我们究竟是在跟随那个男人,还是在追寻那个叙述人。他已经吓得魂不附体,不敢承认自己是谁,是干什么的,以致他把自己投射到这个纯粹想像出来的亡命徒身上。"[①]这里,我们可以同意戴维森的假设,将神秘的老头视为叙述人的自我投射。因为故事已明明白白地交待,叙述人"大病初愈从郁闷转为愉快的心境,欲念高涨,神智超常敏感",总之,那是一种"极为特殊的精神状态",所以我们可以认为故事表现了一个"追寻自我"的主题。神秘老头从大街转到小巷,从广场转到商场、剧院、酒肆,他一次又一次投入人群之中,希望与叙述人历数的社会各个阶层的人认同,然而每一次努力都不成功,他最后消遁在浑沌无序之中。我们阅读这篇故事,头脑中必然会不断追问,这神秘老头是谁?他是干什么的?他每到一处停下脚步,读者脑中就会出现一次"莫非他就是——"然而,不等做出判断,老头又继续上路,这就立即抹去了刚刚出现的认同的可能性。《人群里的人》起首、中间、结束有这样三句话,很值得回味:起首第一句,"人们常常说起德国的一本书,es lässt sich nicht lesen——一本不让人读懂的书";第二句,故事的叙述人从窗口看见老头,他的第一个感觉是"那人胸中藏有一部已写成的骚闹的历史"(历史也是一本书);而小说的最后一句话:"世界最隐秘的核心是一部比 Hortulus Animae 更加粗鄙的书,上帝最大的仁慈就是不让人类读到这本书。"这一而再、再而三突出强调的"书"(文本)和"阅读"意象,对于今天了解了结构主义和后结构主义文本阅读理论的读者来说,它难道不是一种启示?这故事中的"追寻自我"的过程,难道不就可以读作符号示义过程中"能指"对于"所指"的追寻?文本对于阅读的本能的抵制,"所指"(意义)对于不断追寻的"能指"的逃避,这些都在《人群里的人》的叙述过程中得到了再现。

当坡的抽象结构层面得到充分展示的时候,我们也许真地看到了一颗空心的葱头,它还会有新的层面向我们展示吗?

[①] Poe: A Critical Study, p.191.

Ⅴ. 哈贝马斯、霍克海默和阿多诺
——兼谈《启蒙辩证法》的"总体性"

20世纪下半叶西方哲学思潮走向的一个很重要的特点就是对现代性的全面反思。而尤其当涉及现代性的一些基础性的理念,诸如理性、启蒙、主体、本质、进步等的时候,这种反思质疑的声音就格外地响亮高亢。斯蒂芬·怀特(Stephen K. White)在为自己所主编的《剑桥哲学研究指针·哈贝马斯》(*The Cambridge Companion to Habermas*,1995)一书所撰写的论文(代引言)[①]中指出,在这方面最有代表性的提问主要体现于当代德国的两股哲学反思的思潮:一股思潮以海德格尔为代表,他于二战刚刚结束之时就接连发表了《关于人道主义的书信》(1946)、《技术的追问》(1949)等论著,并在后来的三十年中,对现代西方视为至关重要的一系列理念进行彻底的批判;而另一代表则是西奥多·阿多诺和马克斯·霍克海默在1947年发表的《启蒙辩证法》(以下简称为《启蒙》),后者将批判的矛头指向启蒙理性——原本旨在让人类摆脱恐惧而获得解放、使自己成为命运的主人的启蒙,却走向了自己的反面,致使整个世界被无以阻遏的灾难所笼罩;原本为世界祛魅的启蒙构想,却被整合成了资本主义、法西斯主义宰制性社会体制的一部分,不仅失去了原有的洞察力和批判潜能,而且变得越来越形式主义,沦为墨守成规的工具理性。如果说,神话过去曾一度充任启蒙的使命,那么当下的启蒙则已倒退成了神话。[②]

这些反思性的批判当然在学界引起了非常激烈的争议。但颇有反讽意味的是,争议并未使得广大受众认同和接受一种新的道德—政治观,反

[①] Stephen K. White, "Reason, Modernity and Democracy," in *The Cambridge Companion to Habermas*, 1996, 北京:生活·读书·新知三联书店经剑桥大学出版社授权重印本《剑桥哲学研究指针英文版·哈贝马斯》,2006年,第3—15页。

[②] 《启蒙》现有的中译本为渠敬东、曹卫东根据英译本译成中文,并按德文本校译完成。而斯坦福大学出版社2002年出版的由Gunzelin Schmid Noerr编注、Edmund Jephcott翻译的英译本,则比Continuum 1972年出版的由John Cumming翻译的英译本要准确流畅得多。本文所引《启蒙》的引文,基本以2002年英译本为准,参考了渠敬东、曹卫东的中文译本,特此说明。下文出自此书的引文仅在文后标明页码,不再另行作注。

而把对于理性、进步、本质和主体的阐释更突出地推到了一个被拷问、质疑的层面。而这些拷问和质疑,连同20世纪中期发生的一系列震撼世界的事件,使得现代性对自身的理解再也无法维持其原有的自信。① 所有这一切在哈贝马斯看来显然是有点做过了头,造成了种种思想混乱。而追溯这股否定性思潮产生的根源,他认为首先应该归咎于尼采,而霍克海默和阿多诺当然也难免其咎——只不过是由于尼采,特别是由于后结构主义将他重新激活以后,才造成了像霍克海默和阿多诺那样混乱的情绪和态度四下蔓延的状况。为此,他专门撰写了一篇题为《启蒙与神话的纠缠:霍克海默与阿多诺》(以下简称《纠缠》)的批判文章,并在文章中明确宣示,他必须挺身而出"来制止这一混乱"。②

然而长期以来,关于哈贝马斯对霍克海默和阿多诺的批判,国内外学界多少都有一种尽量将他们之间的分歧淡化,甚或认为哈贝马斯有点无的放矢或小题大做的倾向。有的学者把哈贝马斯的批判解释为他仅仅是为了捍卫尚未完成的"现代性"的构想,例如我们比较熟悉的马泰·卡林内斯库便认为,"哈贝马斯从他自己解放哲学的立场争辩说,现代性或'启蒙的构想'……不是一个失败了的构想,而是一个未完成的构想。需要被抛弃的并不是现代性,而是新保守主义的后现代性……"③国内也有学者认为,他只是"试图把握社会合理化的一般进程并对资本主义现代性的片面性做出诊断",是为了"超越韦伯和阿多诺等人陷入的理性悲观主义的现代性观"。④ 还有一些学者则简单地把这场争论理解为概念之争,认为争论只是因为对现代性和启蒙理性等不同的理解而引起,认为"霍克海默和阿多诺是单纯的现代主义者,而哈贝马斯是复杂的现代主义者",结果启蒙理性在前者那里呈现为"批判理性(价值性的)和工具理性"两个互不相容、单纯的否定关系,而在后者那里呈现为"工具性和沟通(交往)性"两

---

① Stephen K. White, ed., *Habermas*, pp. 3 - 4.

② Jürgen Habermas, "The Entwinement of Myth and Enlightenment: Max Horkneimer and Theodor Adorno," in *The Philosophical Discourse of Modernity*, The MIT Press, 1996, p.106. 此文并不是哈贝马斯于1983—1984年间所作"现代性话语系列讲座"中的一讲,而是单独的一篇用英文发表在《新德意志批判》(*New German Critique*, 26/1982, pp. 13-30)上的文章,哈贝马斯是在正式出版该系列讲座稿时才将此文收入,作为其中的一讲。最初的文章中并没有表示要站出来"制止混乱"一语,而是在正式辑集出版时才添加的。下文出自此书的引文除特别需要外仅随文后标明页码,不再另行作注。

③ Matei Calinescu, *Five Faces of Modernity*, Duke University Press, 1987, p. 273.

④ 参见汪行福:《"新启蒙辩证法"——哈贝马斯的现代性理论》,载《马克思主义与现实》2005年第4期。

V. 哈贝马斯、霍克海默和阿多诺

个虽然对立却并不相互排斥的性质。①

这些看法自然都有一定的道理,但笔者发现,国内学界有意无意地淡化哈贝马斯对《启蒙》的批判,还有一个更为重要的原因:不少学者似乎都认可这样一种说法,即霍克海默和阿多诺是因为接受了卢卡奇的关于"物化"一说的影响,才在他们的《启蒙》中展开对工具理性的批判,而《启蒙》"将卢卡奇对'物化'的批判推进到了对工具理性主义统治权力的批判","……规范了现代性的工具理性主义的批判定向","较之卢卡奇借助无产阶级'主—客体辩证法'的实践来扬弃物化现象的'乌托邦'革命幻想而言",《启蒙》的这番"现代性批判无疑又前进了一大步"。按照这样一条思想承继和发展的线索,《启蒙》于是就不仅在"西方马克思主义的现代性批判"传统中成了"至关重要的奠基性文本",而且,它所开启的现代性批判范式,对于法兰克福学派乃至"生态学马克思主义"对现代性的批判,都具有理论奠基意义。② 为了证明这个"奠基意义",此文的作者甚至径自把哈贝马斯拉出来充当《启蒙》的思想传人,在他们眼里,哈贝马斯对《启蒙》的严厉批判一事就好像从来就没有发生过似的。

笔者或可揣测出这样一种做法的一个思路:因为法兰克福学派的批判理论被视为西方马克思主义现代性批判的肇始,学派的早期成员们基本上都曾接受马克思主义的一些基本理念——包括卢卡奇、柯尔施等为发展马克思主义而提出的诸如"物化"、"总体性"、"实践哲学"等新说,又由于《启蒙》的两位作者都是法兰克福学派的核心成员,因此,如何把这部在认识假设和思辨方向都已发生明显转向的著作仍然要平顺自然地嵌入该学派早期"批判理论"的框架,便成为一件极为棘手但又必须解决的难题。为了达到这一目的,上述这些学者便只好一方面尽量地把《启蒙》与早期批判理论使用的概念和思路挂钩,另一方面则尽量地淡化矛盾,对于《启蒙》在法兰克福学派内部引发的争论,特别是对于哈贝马斯对《启蒙》的严厉批判持壁上观的态度。笔者认为,这样一增一减的结果,看似把法兰克福学派的批判理论终于梳理成了一个一以贯之的理论传统,但实际上却是为了满足某种意识形态的需要,掩盖了思想史发展过程中原本就存在的各种断裂和错位,而这种做法,不仅与实际情况不符,甚至也违背了法兰克福学派一向提倡的"批判"的学术理念。

---

① 参见傅永军:《理性缺位的总体性批判——论哈贝马斯对〈启蒙辩证法〉的批评》,载《山东大学学报》(社会科学版)2006 年第 6 期。
② 参见胡绪明、陈学明:《启蒙的逻辑与现代性的秘密——霍克海默、阿多诺〈启蒙〉文本学解读》,载《学海》2007 年第 5 期,第 86—87 页。

为了恢复这一段思想史的原貌,笔者认为,我们应该重新返回到哈贝马斯与霍克海默和阿多诺的"纠缠"的原点,对《启蒙》重新作一番审视:作为法兰克福学派第二代的主要代表人物,哈贝马斯为什么专门要对《启蒙》展开一场言辞相当激烈的批判?他口口声声说《启蒙》造成了思想的混乱,这究竟指的是什么?当然,《启蒙》是不是、而且究竟在多大程度上是受到了卢卡奇思想——特别是他的"物化"、"整体性"等观点——的影响,也是我们关心的一个问题。而当我们对所有这些问题都做出了回答,《启蒙》在法兰克福学派的批判理论发展史上究竟该如何定位、定性的问题,基本上也就会有答案,而其他一些相对次要的问题,自然也就都能迎刃而解了。

众所周知,法兰克福学派早期成员的活动确实是可以纳入西方马克思主义对资本主义现代性的批判的,而后来,在应对20世纪产生的各种新的矛盾和问题的过程中,特别是在二战前夕,由于对斯大林主义越来越感到失望,他们日渐偏离了正统的马克思主义的立场,当霍克海默把学派的研究定性为"批判理论"时,这已经相当明显地表明了他与正统马克思主义的疏离。他们接受卢卡奇、柯尔施等人的思想影响,其实在很大程度上认同的是他们对正统马克思主义的"不满",看重的是他们偏离正统而做出的理论"扩充"和"发展",他们对于"物化"理论的接受,即属于这样一种情况。① 与此同时,社会研究所的成员们各取所需地尝试各种批判性的理论,不仅有马克思,还有黑格尔、康德,还有叔本华、尼采、狄尔泰、柏格森、韦伯、胡塞尔等。再说,不同的成员在不同的时期所接受的思想影响也不一样。譬如,阿多诺对克尔凯郭尔曾有过很大的兴趣,弗洛伊德精神分析学对弗洛姆、马尔库塞的影响等等。1933年以后,为了逃避纳粹法西斯的迫害,研究所的大部分成员星散流亡到了美国,而颠沛流离的遭遇毫无疑问又影响到他们对整个世态的看法。30年代末40年代初时,研究所压倒一切的关心就是"抨击希特勒和法西斯主义"。那段时间,他们好不容易在哥伦比亚大学找到一个落脚之处,霍克海默经常生病,需要移居加州,而阿多诺与其他成员之间也因观点和文风问题多有龃龉。《启蒙》就是在那样一个阴冷而沉闷的外部环境中撰写的。战后,霍克海默、阿多诺和波洛克等回到德国,并把他们的学术大本营迁回法兰克福大学,而马尔库塞、洛文塔尔等一些成员则继续留在美国。学派人员的分散使

---

① 关于这个问题,美国著名法兰克福学派研究学者道格拉斯·凯尔纳等有专门的著述。See Douglas Kellner, *Critical Theory, Marxism, and Modernity*, The Johns Hopkins University Press, 1989, pp. 9 – 11.

Ⅴ. 哈贝马斯、霍克海默和阿多诺

得早先那种跨学科的研究不复可能,回国后的霍克海默和阿多诺转向了哲学——阿多诺沉溺于对一切伦理和政治都不予肯定的所谓"否定性辩证法"的写作;而对世事悲观之极的霍克海默则越来越倾向于神学,此后再也没有新的力作问世。在这样一种情况下,作为霍克海默学生辈的哈贝马斯默默地下定了"改弦更张"的决心。说是改弦更张,但哈贝马斯却认为他的学术方向在精神实质和道德承诺上并没有发生变化,他要坚持早期法兰克福学派的那种独特的合理性的构想,坚持与上述构想相对应的一种正义的,或称之为"解放"的社会理念,并以此构想来对现代生活进行批判。

这样,从60年代起,哈贝马斯在学术观点上逐渐与阿多诺、霍克海默等他的前辈拉开了距离,而这种疏离最先表现在对海德格尔的看法上。

哈贝马斯对海德格尔看法的转变可以追溯到50年代,当时他还是一个学生。他曾在访谈中承认,他1949年至1953年期间对海德格尔还是很崇拜的,甚至是个"彻底的海德格尔主义者",海德格尔不仅对他思想的起步有很大的影响,而且这种影响一直延续到60年代。他最早对海德格尔产生怀疑是在他阅读《存在与时间》期间,他发现这部论著从内容到风格都有"一种法西斯主义的味道",这让他非常震惊,而更不可思议的是,海德格尔于1953年,在没有做任何改动和解释的情况下,就重新发表了他在1935年的一次讲演,甚至在前言里也只字未提这一期间所发生的事情。此时年仅24岁的哈贝马斯于是在《法兰克福人报》(1953年7月25日)上发表了一篇文章,他在结尾时这样写道:"此文背后的问题是:对这样一场现已很清楚的杀害了数百万人的有计划的大屠杀,难道只能从存在史的意义上将它理解为一个命中注定的过失吗?……揭露造成这一惨剧的种种行为,让人们保持对它们的记忆和反思,这难道不就是我们首先需要完成的一项任务吗?……然而,海德格尔却在这个时候发表了他18年前的文字,大谈国家社会主义的伟大的内在真理。"[①]对于返回法兰克福后的晚年的阿多诺,哈贝马斯也明显感觉到他身上日益严重的悲观主义,加上他对西方现代性所做的批判等,都透出一种精神崩溃的倾向,他甚至觉得阿多诺也隐隐约约与海德格尔有点相似,这令他非常不安。他所从事的那种"总体性(绝对化)的批判"(total critique),不容分说地将启

---

① Thomas McCarthy 在他的 *Ideals and Illusions: On Deconstruction and Deconstruction in Contemporary Critical Theory*(MIT Press, 1991)这一著作中有专门一章讨论"Heidegger and Critical Theory",其中谈到哈贝马斯与海德格尔的关系,并在注释中提供了所引用材料的详细出处。这里的引文转引自该书的第226页,注9。

蒙理性及其催生的现代性构想统统摒弃,这将会在政治上产生什么后果呢?海德格尔早年与纳粹为伍,而且他一辈子也不曾彻底与之决绝,而所有这些对于哈贝马斯来说,都是不可忘却、也不可忽视的历史教训。

鉴于当时这样的一个历史背景,我们也就不难理解,为什么哈贝马斯对他论敌的批判言辞达到了一种尖刻无情的地步。《纠缠》对《启蒙》几句简短的介绍完全都是技术性的,没有在学理上作任何的评价,甚至连一般礼节性的赞词也没有。第一段就把二位作者归入"气质忧郁"(dark)、"悲观"(black)型的作家,《启蒙》则是他们"极度悲观"(blackest)的著作,而这样的一个定调是很值得深思的。按照哈贝马斯的看法,此书其实早已过时,今天的读者已"不再会认同二位作者的情绪和态度",只是他们自己仍不肯放弃他们所做过的似是而非的努力,坚持重版发行。结果则造成了思想上的混乱。哈贝马斯说这本书只是"一本奇书"(an odd book,此文最初于1982年发表时为 a strange book,贬义更加明显),明眼人一看便知他对此书有极大的保留。霍克海默和阿多诺在重版前言中已经很谦虚地说:"该书是渐渐地才获得读者,并已脱销了一些时日。"(xi)但哈贝马斯却不依不饶,仍刻意挖苦说此书无人问津,说它"第一版就卖了近二十年"(106);而"此书的作用与其购买者的数量之间却有一种奇怪的关系——在战后,特别是战后的前20年,霍克海默和阿多诺靠这本书对联邦德国的思想发展产生了特殊的影响"(107)。言下之意是书虽卖得不好,二位作者却名气大涨,个中的原因当然也就请读者自己去捉摸。

好在今天的形势与哈贝马斯著文时相比已经发生很大的变化,与《启蒙》在战后再版重印时那个年代更不可同日而语,因此,我们完全可以以一种更为平和的心态,更多地从学理的层面,对这部曾经在战后西方文论史上留下深刻印迹的经典,重新作一番审视,对当年曾引起激烈争议的那些问题再重新进行一番思考。这种审视和思考,目的不再是纠缠争议的是非,而是希望能真正厘清争议的各方思想发展的脉络,从而对历史有一个交待。

在笔者今天看来,《启蒙》全部的重要性,其实已不在于它所得出的结论,而在于它提出的问题——对启蒙理性、对以启蒙理性为思想基础的现代性所作的思考。尽管哈贝马斯说过,德国关于启蒙的自我批判与启蒙传统一样久远,①但这仍不足以减损这部著作的重要性:它毕竟是法兰克

---

① Jürgen Habermas, "The New Intimacy between Political and Culture: Theses on Enlightenment in Germany," in *The New Conservatism: Cultural Criticism and the Historians' Debate*, The MIT Press, the fourth Printing, 1994, p. 201.

V．哈贝马斯、霍克海默和阿多诺

福学派的"批判理论"最重要的出版物之一。两位作者写作的初衷是想"对人类为何没能进入真正的人性状态、反而坠入了一种新的野蛮状态做出解释"(xiv)，然而，论著远没有止于对当下事件的批判。它对科学将理性推向极端而沦为工具理性、道德的形式化、消遣文化对人心的掌控以及欧洲反犹主义思潮等一系列问题的分析，尤其是它所揭示出的启蒙本身所隐含的自我消解、自我毁弃的倾向——"神话就是启蒙，而启蒙却倒退成了神话"(xviii)，的确已成了20世纪中后期欧陆思想理论界对现代性进行全面反思的新的起点。这一点，就毫无悬念地为它在现代思想史上奠定了经典的地位。

按照哈贝马斯的看法，《启蒙》在科学、道德和艺术三方面的论述中都暴露了无法自圆其说的矛盾和偏见，从而影响了论说的可信度。然而仔细检索哈贝马斯对《启蒙》的批判，他所说的这三方面的缺憾其实也并没有影响我们对该书的基本观点的把握，况且，他也没有继续就这几方面的问题全面展开自己的论述。哈贝马斯所作的批判，倘若置于他自己的"交往行为理论"的认识框架中，则恰好在"启蒙与启蒙的反思"这一话题上又形成了一个回合的交往对话。按照今天的眼光来重新审视这一论著，哈贝马斯所认定的《启蒙》之所以未能自圆其说，笔者倒觉得完全是由这一论著本身的结构形式和行文特点所决定的。《启蒙》的作者早就有言在先：这部著作的副标题就是"哲学断片"，也就是说，这部著作无意对"启蒙"作系统的、连贯的哲学思考，它只是将作者们的若干"断想"组织、连缀成文，而且现在看来，此著在很大程度上是文学性的行文，而从事的则是哲学性的思考，作者的目的主要在思想的发散，而不在逻辑的论证。

哈贝马斯其实对此也心知肚明，他在《纠缠》的第一节中对"启蒙—神话"的辩证关系就写下了这样的评语："前言中明确宣布的这一主题在主导论文中得到了陈述，后又以对《奥德赛》阐释的形式记录在案。"(107)但需要注意的是，对于这种通过文学阐释来论证哲学命题的做法，哈贝马斯紧接着就提出了切中肯綮的批评：

> 可以想见，语义学家将提出的反对意见大致是，二位作者把待决之假设当作了论据(petitio principii)，他们选择了神话传统中一个晚期的、经详细阐释后的史诗形式(其实荷马当时就已经对它保持了一定的距离)，而这样在方法论上却讨了一个巧："各种神话被纳入荷马式叙事的不同层面。但对它们所做出的解释，从散乱的萨迦传奇中抽取出的统一性，也就成了对那个从神话力中抽身退出来的个

体的描述。"(107—108)①

"把待决之假设当作了论据",这是哈贝马斯在论证逻辑层面上对《启蒙》的一针见血的批评。《启蒙》的作者试图通过荷马史诗《奥德赛》的阐释来论说"启蒙与神话"的关系,可是《奥德赛》作为一部史诗,它在各个"不同的叙事层面"上包容了"各种神话",当这些诗句本身究竟是什么意思尚有待于阐释时,它们又怎能作为一个哲学命题的"肯定"还是"否定"的论据呢?何况,对现代语言学稍有常识的人,都应懂得"诗无达诂"的道理。文学阐释即便有了结果,那也只能是在永无止境的语言符号示义链上获得了一个可以被后人继续阐释的文本而已,文学阐释的意义,其实并不能将所要论证的命题朝着"肯定"或是"否定"的目标向前推进一步。

《启蒙》附论2对于启蒙与道德问题的讨论,情况也大同小异。霍克海默和阿多诺其实早已在理念的层面很轻易地就把启蒙归结为一种"将真理等同于科学体系的哲学"(66),把理性说成是"只能提供体系同一性的观念和固定的概念关系的形式因素"(64),而道德力量和非道德力量"在科学理性面前,则都是中性的动因和行为模式"(67)。但是,他们还希望继续提供一些证据。证据是什么呢?也许是为了与"神话就是启蒙"相呼应,他们搬来了尼采,他们又看中了萨德的《朱莉埃特》。于是,他们把自己的论点、尼采的箴言、还有萨德小说的释义都拿来,编织成了一幅完全符合他们自己需要的文字挂毯:

> 仁慈和善行变成了罪恶,统治和压迫则变成了美德,"所有的善事都一度被认为是恶行;每一项原始的罪恶在某一个节点上都会转变为原初的美德。"在新的时代里,朱莉埃特热情地实践着这一原则,平生第一次自觉地转变了所有的价值观。当所有的意识形态荡然无存之后,她将基督教在其意识形态、而并不总是在其实践中视为可耻可恶的东西,上升为她自己的道德。②

《启蒙》的附录中充满了这样类似狂想曲一般的诗性语言。二位作者试图用萨德的小说《朱莉埃特》来证明道德与非道德转换的可行性,从行文上看倒也顺理成章。然而我们发现,这里有关朱莉埃特行为表现的陈

---

① 此段译文是按照《现代性哲学话语十二讲》的英译本移译的,曹卫东的中译本《现代性的哲学话语》(译林出版社,2004年)将文中的拉丁短语"petitio principii"(把待决之假设当作论据)译作"成文原则"恐有误。整个一段引文的意思也因此有点不明起来。

② *Dialectic of Enlightenment*, p. 81. 文中的引文原注:Nietzsche, *The Birth of Tragedy and The Genealogy of Morals*, trans., Francis Golffing, New York, 1956, p. 249.

Ⅴ．哈贝马斯、霍克海默和阿多诺

说，其实并非萨德小说的原话，它们都是《启蒙》作者自己的理解和阐说。朱莉埃特的表现之所以能严丝合缝地镶嵌进论述启蒙与道德的附论，完全都是经过了这样一种阐释活动之后的结果。那么，小说之能够提供这种符合需要的阐释，又是由谁来决定的呢？这个问题仍由《启蒙》的作者来为我们做出回答。就在这段引文的前几页上，有这样一段话：

> ……早在领悟之前，概念机制就已经将知觉先行确定；市民所看到的是一个先验的世界，它所用的材料是他自己建构的。康德凭着直觉就已预见到今天好莱坞所自觉实行的事情：形象是在生产过程中事先按照同样的理解标准审查过的，而这一标准以后又将用来决定观众的接受。（65）

根据一套先定的概念机制，任何符合需要的阐释都能用文字建构出来。《启蒙》文本又提供了一个"将待决之假设当作论据"的实例。人的认识和看法是要受到某个先定的概念机制或认识范式的限制的，这样一个在上世纪70年代后结构主义思潮流行后才得到普及的观念，霍克海默和阿多诺在他们的《启蒙》中就已经作了相当详细的阐说。这不能不说是他们的一个先见之明。

按说哈贝马斯在评点了《启蒙》在科学、道德、艺术三方面论证中的疏漏以及在论理方法上的本末倒置之后，就可以不再继续与两位作者"纠缠"了，然而事情却并没有这样结束。上述这些批评其实只占了全文三分之一的篇幅，而在接下来的三个章节中，哈贝马斯仍紧追不舍，但不同的是，他采取了一种借题发挥的手法，以便将关注的焦点有意识地向自己的交往行为理论上转移，他所借之"题"，就是被称之为"总体性"（totality）的思维方式。

"总体性"是学界长期以来在讨论马克思主义／西方马克思主义、卢卡奇／法兰克福学派、后现代／后结构主义时必然要涉及的一个问题，所撰写的文章已经不计其数。但笔者发现，关于"总体性"的讨论有一个颇为奇怪的倾向：一些学者其实也承认，所谓"总体性"是卢卡奇在《历史与阶级意识》中提出的一个概念，是他"遵照马克思的思想，把本体论设想为哲学本身，但是，是在历史基础之上的哲学"；①但不知出于什么原因，他们却又不容分说地断言，必须将"总体性"视为马克思主义的"核心"或"本质"。为此，要理解马克思主义的"总体性"，就必须"总体性"地理解马克

---

① 杜章智编：《卢卡奇自传》，北京：社会科学文献出版社，1986年，第203页。

思主义。他们还认为,当下打着反对宏大叙事旗号对"总体性"的批评,使得"总体性范畴在方法论上被漫画为绝对的抽象,同时又要对噩梦般的现实暴政承担思想责任",①而这样的批评显然已伤及马克思主义的本体,等等。这种对"总体性"的咄咄逼人的捍卫,在笔者看来,似乎犯了一种常见的把思想当成事物,把观察世界的模式当成世界本身的低级错误。有学者这样告诉我们,卢卡奇的"总体性原则和方法",旨在批判和清扫"资产阶级……以物化意识为主要特征的意识形态迷雾",而这种"拜物教意识、即物化意识是与总体意识根本对立的"。②殊不知,在思想观念和意识形态的批判问题上设限的做法,其本身就可以看作是资本主义物化逻辑无所不在的一种表现,即"观念的物化","思想的物化"。

当下许多关于"总体性"的论述,主要依据的都是卢卡奇的《历史与阶级意识》(1923年)这一本著作。但凡了解卢卡奇怎样成为一个马克思主义者的人都知道,这是他在所谓"马克思主义学徒期"年代所撰写的论著,卢卡奇本人对此书也从未有过很高的评价。且不说他在1934年曾为此书"背离了马克思主义的路线"还专门做过自我批评,甚至直到1967年,他在为自己的《全集》第二卷所写的序言《我走向马克思的道路》中,仍说自己"直到今天还这样认为,《历史和阶级意识》是错误的。"③笔者转述这些记录了某些"历史事实"的文字——不是说它们就是"历史事实",绝无贬低这一著作、否定它对于法兰克福学派理论家们的重要性的意思,更不是说因为卢卡奇本人做了自我批评,这本著作中的思想就一文不值了。相反,我倒认为他提出从"总体"上把握马克思主义的"设想",即使在今天仍能给我们以极大的启发。但我这里还想表示一个看法,那就是我们必须领会卢卡奇这个"总体论"的精神而不要将它"物化":他实际上也是受了黑格尔"绝对精神"理念的启发,将马克思在《资本论》中所考察的"商品"视为整个资本主义社会的一个关键因素,使得资本主义社会成为一个商品生产的体系。从这一理念出发,他认为资本主义社会的一切现象都应该从商品和商品生产的角度来阐释。这样,资本主义的特征就是将整个社会生活的"商品化"不断地扩大,以至于这个社会中的一切——工人、文化、性——都沦为资本主义市场上的商品。在卢卡奇看来,这样一个

---

① 罗骞:《内在于历史的具体的总体性——〈历史与阶级意识〉对马克思哲学本真性的阐发》,《当代国外马克思主义研究》第四辑,人民出版社,2004年。
② 郑祥福:《马克思主义总体性及其当代意义》,载《福建论坛·人文社会科学版》,2007年,第6期,第49页。
③ 参见《卢卡奇自传》,第2,216—224,236—271页。

V. 哈贝马斯、霍克海默和阿多诺

"商品化"的过程,即他所谓的"物化"过程。为此,他和包括了法兰克福学派早期成员在内的众多追随者们,便把马克思原用于政治经济学领域的概念,扩展延伸到整个资本主义社会的政治、经济、法律、宗教以及文学艺术等所有领域,在这个过程中,他们又吸收了韦伯对资本主义官僚体制和管理的批判理念,这才衍生出了一套所谓"总体论"的社会批判理论。①我认为,这样一种对卢卡奇"总体性"理论形成过程的描述,显然要更加公允到位一点,更加令人信服。但是,我们也大可不必将卢卡奇对认识把握马克思哲学所提出的这样一种"设想"和"理论范畴",提升为某个至高无上的"神圣原则",甚至将"总体性"的概念等同于马克思主义本身,并从此认为不能对这个"理念"再作任何批判性的审视。说实话,我们切不可以为自己引用的几句文字有多大的能耐,凭着那么几句引文的连缀,就能建构起马克思主义体系所谓的"核心"或"本质"。其实,"设想"就是"设想"(assumption),"理论"也就是"理论"(theory),它们都只是观念形态的存在,其本身并不具有一种可视的客观性和内在的正确性。

摆正了"总体性"这一理念的位置,下一步我们就可以来考察哈贝马斯在文中所批判的"总体性",是不是卢卡奇意义上的"总体性"呢?

首先,我们来看一看哈贝马斯如何提出"总体性"的问题,以及他心目中"总体性"的所指。由于霍克海默和阿多诺在《启蒙》中反复纠缠"启蒙"与"神话"的关系,认为启蒙在现代社会中又倒退为神话,所以,哈贝马斯首先是想就"神话"对世界的把握及其思维特征做一点辨析。倘若说"神话就是启蒙",这话并没有错。但更确切地说,"神话"只是人类在自己的早期阶段认识世界的一种思维方式,它与现代科学分析的思维方式迥然有别。维柯(Giambattista Vico)曾这样总结归纳神话思维的特质,他说:神话所表现的是一种"诗性的智慧,这种异教世界的最初的智慧,一开始就要用的玄学就不是现在学者们所用的那种理性的抽象的玄学,而是一种感觉到的想象出的玄学,像这些原始人所用的。这些原始人没有推理的能力,却浑身是强壮的感觉力和生动的想象力"②。为此,神话思维也可以称作"野性的思维",而这种"野性的思维",正如列维—斯特劳斯(Claude Lévi-Strauss)所说,就是"整合性的(totalisante)",其特征就是

---

① 西方法兰克福学派的研究者(包括哈贝马斯本人),在对卢卡奇"总体论"思想的概括时基本上都持这样一种看法。此论可参见 Douglas Kellner, *Critical Theory, Marxism and Modernity*, The Johns Hopkins University Press, 1989, pp. 52 - 53. 哈贝马斯在《现代性的哲学话语》中亦多处作这样的归纳。

② [意]维柯:《新科学》,朱光潜译,北京:商务印书馆,1997年,第181—182页。

"借助一套参差不齐的元素表列来表达自己,这套元素表列即使包罗广泛也是有限的;然而不管面对什么任务,它都必须使用这套元素(或成分),因为它没有任何其他可供支配的东西。……神话思想就是一种理智的'修补术'(bricolage)。"①译文中用的"整合性的",与我们所说的"总体性的"(totalizing),在西文里是同一个词。而在列维—斯特劳斯看来,人类认识世界从"前科学"的神话思维逐步走向"科学"思维的过程,不仅是一个不断用新的认识范式去还原现象世界而替换旧的认识范式的过程,而且——

> 每次还原都彻底推翻了人们所形成的有关任何现象的各种层次的先入之见,这种层次是人们试图加以结合的。人种志还原法所导致的某种一般人性的观念,将与任何人们以前形成的类似观念无关。而且当我们最终得以把生命理解为一种惰性物质的作用时就会发现,后者的属性与人们以前赋予它的属性完全不同。因此还原的层次不能被分为高类与低类,因为被看作较高的层次,通过还原以后必定被认为把它的某些丰富性逆向地传递给包含它在内的较低的层次。科学说明不在于从繁到简,而在于用可理解性较高的复合物替换可理解性较低的复合物。②

哈贝马斯对神话的看法也正是这样。他不仅明确肯定了"神话具有一种总体化的力量"(the totalizing power),而且还强调指出,神话仅仅是从表面现象上去把握世界,它把所感知到的各种相似性汇集起来,形成一些基本的概念,而这些概念与我们今天理解把握现代世界所采用的概念分类是不相吻合的。神话使用的语言,尚未抽象到与现实完全分离的程度,还不能使常规符号与它的语义内容和所指彻底地分开,语言世界与真实世界秩序仍然是绞合在一起的。③用我们今天更熟悉的话说,就是"语言"尚未演化成为一个独立的符号示义系统。而以"总体性"为特征的神话思维方式,是不允许把物和人、无生命的和有生命的、可操纵的客体与具有行为语言能力的主体做基本的概念区分的。如果说神话是一种启蒙,那么启蒙的过程就同时又是一个"解神话化"(demythologization)和"祛魅"(disenchantment)的过程,一个"自然的非社会化和人类世界的非

---

① [法]列维—斯特劳斯:《野性的思维》,李幼蒸译,北京:商务印书馆,1987年5月,第279页,第22页。
② 同上书,第282页。
③ *The Philosophical Discourse of Modernity*, p. 114.

自然化"的过程。借用皮亚杰的说法,就是一个"世界观的解中心化过程"(decentering of world view)(115)。我们对世界的看法不断地"解中心化",也就是我们不断打破对世界的现有认识,采纳新的认识范式,用所谓"可理解性较高的复合物替换可理解性较低的复合物"的方式,更新我们对世界的理解。而这样一个过程,实际上也就是"启蒙理性"在建构"现代性"过程中的必由之路。

为此,哈贝马斯告诉我们说,如果以这种方式来描述神话与启蒙之间的复杂过程,认为它是"对于世界的一种解中心化的理解",那么我们就可以"确定意识形态批判具体应该从哪儿入场"了(115)。这就再清楚不过,所谓"启蒙",就是"解神话化",或韦伯所谓的"祛魅",而"解神话化"就是对世界认识的"解中心化",所有的这些词——"demythologization, disenchantment, de-centering of world view"等,说来说去在西文里都包含着一个意思,即"对于一种'总体性'的消解"(deconstruction of totality)。这里的"总体性",是特指神话所代表的那种"总体性"的思维方式,若引申开去,则包括了尼采、海德格尔、福柯、德里达等哈贝马斯所谓的"新保守主义者"们的惯常思维方式,它与卢卡奇关于马克思主义哲学的"总体性"假设则没有丝毫的关系。实际上,哈贝马斯在他这篇专门讨论《启蒙》的文章里,从头到尾也没有提到过卢卡奇的名字,而在《现代性哲学话语》的全部十二讲中,提到卢卡奇的地方总共十一处,其中与卢卡奇关系比较密切的大概只有这样几处:一处是在梳理思想承袭关系时提到卢卡奇承袭了"黑格尔—马克思传统"(48);一处是称卢卡奇、霍克海默、阿多诺将《资本论》诠释成一种"物化的理论","重新确定了经济学与哲学之间被隔断的联系"(53);还有一处提到科学技术对马克思是一种确定无疑的解放力量,但对卢卡奇、布洛赫和马尔库塞等人则变成了一种特别压抑的形式(66)。

卢卡奇与"总体性"最接近的一处是在第十二讲。在上面说到的几个地方,大多是在梳理"物化"论的来龙去脉时,卢卡奇被一带而过地提及,第十二讲的情况则稍有不同。不过仍可以肯定的是,这一次哈贝马斯批判的靶子也并不是卢卡奇,而是阿多诺、福柯、海德格尔和德里达等"新保守主义者",是他们这些人宣布要"告别现代性",要对"理性"展开"激进批判"。哈贝马斯说他们都是受了一种"规范性直觉"的驱使,硬要把"现代性"描绘成各种丑恶的面貌——"物化的、耗竭的生活","受技术性掌控的生活","极权化的、充斥着权力的、同质化的、牢狱般的生活",等等,"他们对非常复杂的迫害和非常微妙的侵害有一种特别的敏感,而他们给现代性所起的这些恶名,往往都出自他们的这种敏感。"需要注意的是,哈贝马斯这里列举他们"受直觉驱使",凭着"敏感"引发认识上的结论等表现,那才是一种典型的"总体论"的认识失误。哈贝马斯还说,他们采用了一系列如"存在、主权、权力、差异、非同一性"之类的反概念,但"他们的批判却只是指向审美经验的内容";从中引出的价值标准——"恩泽和启示、狂喜出神、身体的健全,愿望的满足以及亲密关爱等,并不能涵盖他们所静观的、与一种全然未变的生活实践相联系的道德转型"。(337)在他们的批判中,"公开的与隐含的规范基础之间有一种错位,它的确可以用一种对主体性的非辩证性的拒斥来加以解释",但是哈贝马斯说,就在他们对现代性的激进批判中,"被抛弃的恰恰是现代性曾经用自我意识、自我决定和自我实现等概念所承诺的内容"。哈贝马斯进而总结说,他们这种批判话语的一个"更大的缺陷",就是他们对现代生活方式的"全面拒绝"(totalizing repudiation)。这里,哈贝马斯明确地用"totalizing"这个字眼,把这些"新保守主义者"的"激进批判话语"定性为一种"总体性"的话语,①我们都不会忘记,后现代主义话语的主要立言人之一、法国哲学家利奥塔为反对宏大叙事所制定的口号,也是"向总体性(同一性)开战"——"Let us wage a war on totality!"②而哈贝马斯在接下来说到黑格尔、马克思、韦伯和卢卡奇的时候,他只是说他们在对社会合理性中"解放—妥协"、"压制—异化"等对立面进行区分时所用的标准已经钝化过时,而并没有把他们当作"总体性"话语的代表来加以批判。

  由此可见,所谓的"总体性",在不同的语境中有不同的所指,不同的意思,它既可能指我们全面把握世界的一种认识范式和思维方法,也可能被认为是一种专制性的、僵化的、停滞不前、不再有活力的过时认识。在卢卡奇的话语体系里,"总体性"是他对马克思主义的一种把握;在哈贝马斯的现代性哲学话语和交往行为理论话语体系中,"总体性"则成为他对后结构主义—新保守主义反现代性话语的一种批判性的把握。阿多诺和霍克海默对卢卡奇的"总体性"理念是接受的,但他们在《启蒙》中是否把卢卡奇意义上的"总体性"当作了启蒙理性批判的支柱,则大有商榷的余地。不可否认,启蒙理性被物化而成为工具理性,渗透到人类经验和社会

---

  ① 我对哈贝马斯在《现代性哲学话语》第十二讲中对欧陆学界后结构主义思潮所作批判的归纳,主要依据的是他的英文译本。参见 *The Philosophical Discourse of Modernity*,第336—338页。之所以要比较详细地转述,是因为我觉得中译本表达得不太清楚。

  ② Jean-François Lyotard, *The Postmodern Condition: A Report on Knowledge*, trans. Geoff Bennington and Brian Massumi, University of Minnesota Press, 1985, p. 82.

Ⅴ. 哈贝马斯、霍克海默和阿多诺

存在的全部领域,故而这种已走向自己反面的理性必须予以弃绝。但这是否就等于卢卡奇所谓的"总体性"了呢?在这个问题上,我们不应该太急于指认自己熟悉的理论观念了。哈贝马斯在对工具理性的批判上并没有异议。他早就认识到,我们不能低估这种工具式的、战略性的、体系性的理性在现代社会的经济、社会和政治结构中的滋长蔓延,不能低估它们在重塑我们日常生活世界时的巨大影响。但是,他又不同意把启蒙理性看成是一种总体性的意识形态。他强调指出,笼而统之地对启蒙理性做一番铁板一块式的描述,那仍属于一种意识形态的"总体性批判"(totalizing critique),霍克海默和阿多诺对启蒙理性的意识形态批判,反对把理性作为其批判有效性的基础,他们没有能公正地对待启蒙理性发展的历史进程,因而这种批判变成了一种良莠不分的"总体性"的批判(119)。显然,这里被哈贝马斯批判否定的"总体性",也不是卢卡奇或马克思主义的"总体性"。在《纠缠》的特定语境里,哈贝马斯所要批判的"总体性",首当其冲的代表人物是尼采,霍克海默和阿多诺二人紧跟其后。而哈贝马斯要扫除他们的这种"总体性"障碍,则是为了说明在启蒙历史自身的发展过程中,启蒙理性同时也产生出了一个民主的公共空间,它使得各种不同类型的交往理性从中得到实现。①

从以上的分析中也可看出,西文中的"total, totality, totalizing, totalization"这些词本身就有很多层的意思,美国学者马丁·杰伊(Martin Jay)在分析其内涵时指出,它往往与"条理、秩序、和谐、富足、共识、一致、共存"等积极性的观念相联系,而同时又与"异化、破碎、混乱、冲突、矛盾、断裂、孤立、疏离"等消极性的观念相悖反。② 的确如此,"total"的词义一方面有"完整、全部、同一、整合",它可以表示"总体性"、"总体化"的意思,但它也暗示了"不可拆分"、"僵化"、"绝对化"、"一劳永逸"、"毕其功于一役"等带有贬义的意思。所以,当"总体性"的批评者对其中的"僵化"、"绝对化"的倾向感到厌恶时,他们往往就会玩一点文字上的游戏,把"total"一词中本来就内含的贬义给予特别的凸显和强调,使之变一个脸,成为

---

① *The Philosophical Discourse of Modernity*, pp. 118-119;另可参见 Jürgen Habermas, *The Structural Transformation of the Public Sphere: An Inquiry into a Category of Bourgeois Society*, Cambridge, Mass.: MIT Press, 1989. 关于这一点,曾担任美国哲学学会东部分会主席的理查德·伯恩斯坦有详细的讨论。See Richard. J. Bernstein, *The New Constellation: The Ethical-Political Horizons of Modernity/Postmodernity*, The MIT Press, 1992, pp. 202-203.

② Martin Jay, *Marxism and Totality*, Berkley: University of California Press, 1984, p. 21.

"totalitarian",而后者翻译成中文,就成了"极权主义",而不懂外文的人见了这个字,当然立刻会与所能想见的最坏政治制度联系在一起。但实际上,在那个特定的上下文语境里,"totalitarian"在绝大多数情况下,无非就是指某一个概念坐大称雄,固步自封,不许别人说三道四而已。例如,在《纠缠》的第三节中,哈贝马斯对霍克海默和阿多诺的意识形态批判如何谴责启蒙理性,而他们自己又如何陷入自相矛盾的一个悖论,有这样一段表述:

> (意识形态批判)对其批判力自我毁弃的描述无疑是矛盾的,因为在它描述的那一刻,它必须仍旧使用业已被它宣判死刑的批判。它要用自己的武器来谴责变得"专制"(totalitarian)的启蒙,阿多诺显然已意识到这个内在于绝对化批判(totalized critique)之中的不得消停的矛盾(performative contradiction)。(119)

霍克海默和阿多诺因为是要"谴责"(denounce)启蒙理性的"总体性",所以哈贝马斯把他们眼中的"总体性"改用"totalitarian"一词来形容,以愈加显示出他们所批判的对象是多么的"专制",多么的"绝对化";而后一句是哈贝马斯在挖苦阿多诺陷入了不可自拔的矛盾,所以他说阿多诺的批判是"totalized critique",这里显然也不能再一般性地译作"总体性批判",而最好翻译成"绝对化的批判"或"专制性的批判"。在这种上下文里,如果仍见了"totality"就一律翻译成"总体性",那恐怕就会产生一种不可承受之"轻"的不到位感觉。

哈贝马斯说,他要"阻止一种思想混乱",什么"思想混乱"?他在这一讲的引言中只作了一个比较笼统的说明,即所谓以马奎斯·德·萨德和尼采为首的一批"悲观型"作家,彻底切断了与马克思社会批判理论的联系;按他们的看法,人类再也不能寄希望于启蒙的解放力量了。在他们的这一传统中,霍克海默和阿多诺的《启蒙》则是一部"最为黑暗(悲观)"的著作。哈贝马斯认为,问题的严重性更在于战后新保守主义思潮的抬头,特别是后结构主义将尼采重新激活后,他们所代表的那种悲观情绪和心态又开始散布蔓延。而从学理上说,他们都众口一词地在鼓吹一种末世论的形而上学认识论,动辄就用一种一劳永逸的口吻宣布,(在他们所从事的批判之后)一切认识和批判都归于终结。在哈贝马斯看来,这一股"总体化、绝对化"认识的逆风盖出于尼采的《悲剧的诞生》。

哈贝马斯在《现代性哲学话语十二讲》中专门辟出一讲(第四讲)批判

V. 哈贝马斯、霍克海默和阿多诺

尼采。① 他在这讲的一开始即指出,在尼采之前,黑格尔本人也好,他嫡传的"左派"或右派弟子也好,都未曾想对现代性的成就提出质疑。而打从尼采进入现代性话语开始,整个争论就发生了根本转变。过去,理性先是被认为是一种"调节性的自我认识",后来被视为一种"解放性的对外在的把握",最后又被看成是一种"补偿性的记忆",为此,理性被认为具有一种像宗教一样的整合力,能凭着自己的驱动力克服现代性的分裂。然而,这一连三次将理性概念纳入启蒙辩证法纲领的努力却均告失败了。尤其需要指出的是,在这一过程中,现代意识的历史性被扭曲变形,各种随心所欲的内容充斥其中,而本质性的东西却统统被掏空了,这就使得尼采对现代性本身是否继续能产生自己的准则发生了怀疑。哈贝马斯说,此时的尼采只有两个选择,要么将主体为中心的理性再作一次内在的批判,要么彻底放弃启蒙纲领。结果,尼采选择了后者。他决意放弃对理性概念的修正,彻底告别了启蒙辩证法。在哈贝马斯看来,尼采先是把历史理性当作梯子,而他最终的目的却又是抛弃历史理性,以便从理性的他者——神话那里获取一块垫脚石。尼采的这一总体性决断便是他在《悲剧的诞生》中所酝酿的内容。哈贝马斯说,尼采的这部充满思古之情的著作,虽然对现代性而言是一通"马后炮",然而它却成了后现代诞下的一串"头生果"。海德格尔的《存在与时间》,则承袭了尼采制定的这一纲领(85—86)。哈贝马斯对尼采的这番归纳,不啻为他下一讲探讨霍克海默和阿多诺对理性的批判做好了认识铺垫。

霍克海默和阿多诺的《启蒙》是法兰克福学派批判理论的一个转向——从过去的马克思主义意识形态批判转向社会学、心理学和认识论的哲学批判。他们认为,当生产力与它试图打开的生产关系形成一种有害的共生关系时,意识形态批判的动力和基础就被摧毁了。但他们此时仍还想坚持启蒙的最基本的理念,把启蒙对神话所做的一切再用于整个启蒙过程:他们把理性作为其全部有效性的基础来反对理性,就此而言,这一批判无疑又是一种"总体性"的批判。那么,他们的这种"总体的"和独立的批判又该从何理解呢?

霍克海默和阿多诺在对理性的批判中增加了一个"工具理性"的概念。看到"工具理性",我们很容易将它和"物化"联系起来,进而断言,霍克海默和阿多诺是受到了卢卡奇的影响而提出并批判工具理性的。受到

---

① C. f. Jürgen Habermas, "The Entry into Postmodernity: Nietzsche as a Turning Point," in *The Philosophical Discourse of Modernity*, The MIT Press, 1996, pp. 83 – 105, esp. pp. 83 – 86.

影响固然不假,但如果把两者看成是一种因果关系,恐怕就犯了只顾一点而不及其余的简单化的毛病。其实,我们不要忘记,霍克海默和阿多诺当时最主要的关注是"抨击希特勒和法西斯主义",霍克海默在《启蒙》之前,即撰写过声讨法西斯主义的《独裁主义国家》(1937),其中就把技术(工具)理性与法西斯独裁专制的统治机制联系在一起。若说得再远一点,以哈曼为突出代表的一批18世纪的德国反启蒙思想家,向来主张只能通过感官、直觉、想象力和信仰来直接获取知识,他们所表现出的这种反启蒙、反智性、反科学的倾向,已经化为德意志民族文化基因的一部分,而从这个意义上说,霍克海默和阿多诺提出"工具理性"的概念、并展开批判,也是很容易从本民族的文化资源中找到思想理论依据的。

但是按照哈贝马斯的看法,目的理性一旦膨胀成了一个完整体(a totality),它便消弭了什么是"正当"(validity)与什么是"有用"(useful)之间的界线,"正当"与"权力"之间的阻隔便相应被打破,与此同时,一系列基本的概念划分也被取消,而对于世界的现代理解则正是凭着这些概念划分才最终相信自己是战胜了神话的。这时,理性的地位便被"一种计算型的智性"所篡夺,而理性一旦沦为工具,它也就放弃了自己的批判力而被权力所掌控。这一过程实际上也就成了意识形态对自己的最后一次批判(119)。但哈贝马斯强调指出,这种批判呈现为一种不可克服的矛盾状态:一方面说理性的批判已经完结,另一方面却还要利用理性的批判,这个矛盾始终无法解决。霍克海默和阿多诺在对理性所做的上述批判中,尼采始终是他们最为重要的影响。他们不仅接受了尼采关于"统治与理性的同一论",接受了"意识形态批判必须通过总体化才能实现自我更新"(120),而且,《启蒙》对于尼采的接受,又远不止是一个意识形态批判转向的策略问题,两位作者为主体的源始历史所建的支撑结构,甚至可以说与尼采有一种点对点的对应(121);而尼采对知识和道德的批判,则成为霍克海默和阿多诺在其工具理性批判中所表达的这样一个思想的伏笔:即,在实证主义的客观性理想和它的真实性要求的背后,在禁欲主义的普世道德理想和它的正义性要求背后,隐约可见自我持存和实现统治的各种欲求(122)。

但是,正如哈贝马斯所分析的,尼采考察现代性的视角又与霍克海默和阿多诺的《启蒙》有所不同,其中最突出的一点就是尼采开启了所谓审美的现代性。他把趣味的问题、即审美判断的问题,提升到超越真与假、善与恶的判断;把一切阐释都变成了对作品的品性是高雅还是低俗的评价,而在这种评价中,趣味以及决定趣味的主体意志,被认定为决定性的

V. 哈贝马斯、霍克海默和阿多诺

因素。这样,尼采便把他的"总体性的意识形态批判"转变成他所谓的"谱系学的批判":他把否定性的批判意义悬置、让否定性的批判程序失效,然后,他便返回到最原初神话的层面。在这一层面上,谱系链上越古老的就越在先,就更接近源始,越是接近源始,就意味着越能得到尊崇,越加可取,越加完美,越加纯粹:即被认为是更好的。这样,出身和来历,无论从社会意义还是从逻辑意义上说,便成了判断品质和身价高低的标准(125—126)。

但是,在哈贝马斯看来,尼采也好,霍克海默和阿多诺也好,他们所实施的这种试图获得一劳永逸效果的"总体性批判"(totalizing critique),都不可避免地要陷入一种不可自拔的困境。只要他们不想放弃所谓的"最终揭示(阐释)效应"(the effect of a final unmasking),只要他们还希望"继续批判",他们就必须至少保留一种理性的标准,以对所有其他的理性标准的败落失效做出解释(126—127)。说到底,哈贝马斯与他们的分歧,其实也就在是否要搞一锤子买卖的批判这一点上。

正如伯恩斯坦所指出的,哈贝马斯向来拒绝一切公开或隐蔽地将宏大的目的论作为最终取向的历史哲学,而与此同时,他又坚持要诉诸理性,尽管理性——他心目中的"交往对话式理性"——被一再噤声。他始终相信理性"有一种顽强的、超越的力量;它会伴随每一个不受约束的理解行为,伴随每一个生命交往、成功的个性化和救赎—解放的时刻而获得再生"。① 伯恩斯坦对哈贝马斯的这样一种认识取向有一个很特别、但又很确切的命名,他称哈贝马斯是一个彻底的"易谬论者"(fallibilist),他——

> 拒绝传统的基础论(foundationalist)和超验论(transcendental)的观点。他对海德格尔、阿多诺、德里达这类思想家所作的批评之一,就是他们像第一代黑格尔的追随者们那样,都在一种"最后的"哲学家的阴影中写作;他们仍感到需要与体系、总体、真理这些"强大的"理念交战,以完成那业已属于过去的理论。……在哈贝马斯看来,他们之所以失败,就是因为他们还没有认识——更不能欣赏那早已在科学领域中出现、并已影响到了哲学的所谓"易谬论意识"(fallibilist consciousness)。当他们宣称哲学或形而上学最后完结的时候,他们心目中的哲学仍然是所谓的绝对体系——"最终之言"里的那种哲学。他们每人都希望以自己的方式维持哲学或思辨的"纯

---

① Richard J. Bernstein, *The New Constellation*, p. 205.

洁"——不受任何经验性社会科学研究的污染。①

而与他所批判的"总体—专制性"批判的思路相反,哈贝马斯在他的交往行为理论的建构过程中总是秉持一种"易谬论"的立场和态度。"易谬论"并不排斥对普适性命题的追求,但他并不认为他的交往行为理论与其他科学理论在认识论上有什么差别。这也就是说,我们在提出一种理论,在强调它的普遍有效性的同时,仍有必要始终保持一种开放的心态,允许它不断受到批评和修正。②

哈贝马斯在《历史的公用》一文中曾说过:"如果我们不想拒绝对自己承担责任的话,我们就必须立足于自己的传统。"③那么,对于像哈贝马斯这样一位毫无疑问根植于德国哲学思辨传统的理论家来说,他的这种充满"民主"的思想和明显带有"实用主义"倾向的"易谬论"主张又从何而来呢?"易谬论"使我们立刻会想到卡尔·波普尔的"理论证伪性",看来从哈贝马斯的思考中还真的可以找到一点与盎格鲁-撒克逊思想传统的联系。伯恩斯坦为此认为,哈贝马斯是受了美国的实用主义传统,特别是受到了皮尔斯(Charles Peirce)、米德(George Herbert Mead)和杜威(John Dewey)的吸引——他从皮尔斯那里汲取了持续不断的自省群体、不断接受对有效性的批评的认识;他受米德的影响而提出了社会自我的发生学理论;他又从杜威那里承继了一种对规范式民主社会的信仰,并认为培养民主性的公众生活是我们这个时代最为紧迫的任务。④ 正是基于这样的认识,哈贝马斯对那股试图将德国的精神命运与整个西方民主政治和道德的成就割裂开来的倾向有一种异常的敏感。

伯恩斯坦断言哈贝马斯接受了皮尔斯、米德和杜威的思想影响,或许会让德国人稍感突兀,但他这一说法却是有本可依的。早在1982年,亦即哈贝马斯发表其批评《启蒙》讲稿的前两年,他在法兰克福的弗里德里希·伊贝尔特基金会的论坛上,就曾发表过一个题为"美国和西德新保守主义文化批评"的演讲——这次演讲的文稿后来收入了他的那部颇受争议的文集:《新保守主义:文化批评和历史学辩论》。在这篇讲稿的最后

---

① *The New Constellation*, pp. 205–206.

② 参见 Bernstein, *The New Constellation* 第七章的第二节 "The unfinished project of the Enlightenment"。

③ Jürgen Habermas, "On the Public Use of History," in Jürgen Habermas, *The New Conservatism: Cultural Criticism and the Historians' Debate*, The MIT Press, fourth printing, 1994, p. 233.

④ Richard J. Bernstein, p. 207.

Ⅴ. 哈贝马斯、霍克海默和阿多诺

一部分,哈贝马斯讲了这样一番话:

> 如果联邦共和国在战后一二十年中不从美国的政治文化中吸收和采纳一些思想的话,那么它今天的政治文化将变得更加糟糕。联邦共和国有史以来第一次毫无保留地向西方敞开了大门;那时候,我们采纳了启蒙理念中的政治构想,我们终于理解了多元主义的力量——这一理念最初产生于影响人们态度的各个宗教派别,我们也终于从皮尔斯到米德、再到杜威那里懂得了美国实用主义的激进的民主精神。而德国的新保守主义者们却正在离开这些传统,想从其他资源吸取所需要的东西……①

这段话用"我们"作为主语,因此说包括了哈贝马斯本人在内也并不为过。二战以后,精神上向来自视甚高的德国智识界终于在一定程度上吸纳了大洋彼岸的美国式民主理念和实用主义的价值观。

关于哈贝马斯吸收盎格鲁—撒克逊思想传统的问题,美国加州大学的 T. B. 斯特朗教授也做过专题的讨论。她在与 F. A. 斯泼西托合著的《哈贝马斯的重要他者》一文中说,哈贝马斯的"交往行为理论使合理性作为社会道德的相关概念成了一个范例";它描绘了"一个建立在平等主义的潜能之上、大家都不受拘束地参与话语交流的民主画面"。作者接着也做出类似的断言称:"哈贝马斯有一个颇具新意的主张,即这项伦理—政治性民主构想的智性资源存在于盎格鲁—美利坚和欧洲传统二者的结合之中。"②我不知道德语学界是否同意英美学人对哈贝马斯交往行为理论中的民主意识之思想来源的看法,也不十分清楚这一问题是否在德语学界引起了重视并有充分的论说,但上述学者对哈贝马斯的学术资源所做的研究,至少应该说是提出了一个很有价值的问题。就我对哈贝马斯的理论思路的认识而言,我认为揭示其交往行为理论建构过程中潜藏的非德意志传统的民主倾向,揭示其中似可明确归纳为经验主义、实用主义认识论的思想倾向,从广义上说,它应有助于我们对哈贝马斯的思想总体有一个更准确的把握,而从狭义上说,它至少也有助于我们更好地理解哈贝马斯对《启蒙》所作的批判。

---

① Jürgen Habermas, *The New Conservatism*: *Cultural Criticism and the Historians' Debate*, The MIT Press, fourth printing, 1994, p. 45.

② Tracy B. Strong and Frank Andreas Sposito, "Habermas's significant other," in Stephen K. White, ed., *Habermas*, p. 263.

Ⅵ. 伍尔夫：重新回到"1910 年的 12 月"

论及现代主义或现代派文学,人们多半要追溯现代主义产生的根源,探询产生现代主义思潮的时代的、社会的背景。这时,我们常常会听到引用英国著名女作家弗吉尼亚·伍尔夫的一句名言:"1910 年的 12 月,或在此前后,人性发生了变化……"作为时代划分的某种依据。这句话出自现已非常有名的《本涅特先生和布朗太太》一文,伍尔夫的这篇文章最初写于 1923 年的 12 月,是针对阿诺德·本涅特(Arnold Bennet)的一篇批评文章写的,后者从纯文学批评的角度,批评伍尔夫前不久发表的小说《雅各的房间》(1922),称其笔下人物"不能在读者心中留下生动的印象,因为作者太执迷于玩弄小聪明和独创性",本涅特认为,"好的小说的基础不是别的,仅在于创造人物形象"。伍尔夫对本涅特的观点进行了反驳,并对这篇文章又作了一些增补,于 1924 年的 5 月拿到英国剑桥大学的"异端邪说学会"(the Society of Heretics)上做了一次讲演。其中即包含了我们在此引述的这句话,而"人性"二字,现在看到的正式版本用的都是"human character",但 50 年代出版的某些英国小说史中的引文,用的却是"human nature"。① 既然作"人性"理解,这段话立刻在文坛引起哗然。一些人认为伍尔夫是突发奇想,故作惊人之语。而这一看法似也事出有因。因为伍尔夫在文字上向来都字斟句酌,她说自己是"冒昧地提出了"(hazard)这个断言,并预料它"或许更会引起争议",可见她确实是有备而来(但她是否是就"人性"之变展开争论却并没有说)。而随着对现代主义和现代派文学讨论的深化,伍尔夫这篇文章被看成了现代派小说的宣言书,于是更造成了越来越多的人在"1910 年的 12 月前后"这一时段上大做文章,甚至还有人干脆把这一时间标记认定为现代主义之滥觞。

---

① 例如 Walter Allen 在他的《英国小说》一著中即是。See Watter Allen, *The English Novel*, New York: E. P. Dutton & Co., Inc., p. 410. 斯坦福大学的 Peter Stansky 教授在他研究早期布卢姆斯伯里团体的专著中曾说过,伍尔夫所关注的是更为自觉意识的表现——"形象"而非"与生俱来的本性"("character rather than innate nature")——而且是在更新的"现代"意义上的"形象"……对于为什么是"character"而不是"nature"作了一番他自己的解释,似乎也旁证了有两种文本存在这一事实。See Peter Stansky, *On or About December 1910: Early Bloomsbury and its Intimate World*, Harvard University Press, 1996, p. 2.

Ⅵ. 伍尔夫：重新回到"1910年的12月"

历史的分期通常都带有一定的人为随意性，这也可以理解。如我们在中国历史上把鸦片战争确定为近代史的开始，或把1919年的五四运动确定为中国新民主主义革命的开始，就都属于这样的情况。然而，我们现在讨论的西方文化史上的这一现代主义运动，则好像不太一样，它其实还算不上是一种社会运动，而只是一股文化思潮，当这股文化思潮最初"起于青萍之末"时，它并没有立刻引起人们的注意，再说它又呈散漫性的多发状态，直到它慢慢聚拢起来、并形成了声势时，人们才倏然醒悟，觉得应该给这一思潮一个命名才是。而此时要追溯其确切的肇始——例如像伍尔夫那样，不容分说地把1910年的12月确定为它的起始，则无论如何也让人觉得有点突兀。不过，我们不要忘记，伍尔夫是一个文学家。而文学家在描述一个文化现象或形态的变化时，往往使用一种以具象点化抽象、宁可具体也不要笼统的表述方式，因而其中即便有点夸张的成分，那也可以理解。而且，也惟有这样，她才觉得能让人们认识到：这种变化并不仅仅是一种量变，而是从此以后便截然不同的一种质变。那么，她又为什么独独要提出1910年这一具体的年份呢？这也只好任凭我们去猜想了。凭着我们事后的聪明，我们或许可以提出无数个理由。譬如，这一年是在位十年的英王爱德华七世驾崩、乔治五世继位之年。作为时代的划分，这当然是再合适不过，但是，认为这一历史事件本身会造成所谓人性的改变，则仍然会让人觉得过于牵强；再说，王位的更迭是发生在5月，显然与伍尔夫所说的12月不符；我们或可把目光再投向那年出版的弗洛伊德的《精神分析的起源和发展》一书，这部在美国克拉克大学的演讲汇集，是这位20世纪大知识权威为普及其精神分析学理论而写给一般听众的数篇导论中的第一篇，其重要性当然无可置疑。可是，纵使精神分析学理论可以被看成是认识和把握人性的一种假说，但它毕竟仍不能被当作是人性发生变化的一个标识。更何况伍尔夫把人性发生变化的时间竟落实到了某个特定的月份，个中的原因于是就更耐人寻味了。

算来算去，1910年的11月至12月间在伦敦发生的文化事件中，最重要的恐怕就应该是罗杰·弗赖（Roger Fry）和戴斯蒙·麦克阿瑟（Desmond MacCarthy）组织的后印象派画展了。对于众多对艺术感兴趣的英国人来说，他们在这个画展上首次看到了塞尚、凡·高、毕加索和马蒂斯的作品。这一批画家之所以被称为后印象派，因为他们都奉行这样一个理念，即早先得势的印象派已经死去，现已出现了一个激烈地反对他们的新的艺术派别，这些画家认为，过去的印象派把艺术表现的对象给化解掉了，而他们则试图要从周遭的空气和光线中把被化解掉的艺术表现对象重新再寻找回来。

　　应该说这是一个与伍尔夫的断言比较契合的理由。罗杰·弗赖是伍尔夫所在的那个布卢姆斯伯里团体的重要成员之一，他主要从事视觉艺术的研究，伍尔夫在从事小说创作之前就与他交往，在艺术见解上受到他一定的影响。在伍尔夫看来，各种艺术表现形式至少在根本理念上是相通的。① 她显然认为，绘画作为一种视觉艺术，其表现形式在一定阶段所产生的变化，从根本上说，就是因为人对这个世界的感觉和对自身的把握发生了变化。伍尔夫如果把这次后印象派画展所表现出的一种新的艺术感觉，看成是人对自身把握的一个划时代的改变，应该说还是有她的道理的。但需要指出的是，画展虽然是在1910年的11至12月间举行，然而出展画家们按照新的艺术理念所进行的探索却早就开始了。而且，再深究一步说，他们所信奉的所谓新的理念，也绝不可能成于一旦，而是有一个逐步探索、逐步成型的过程，他们与所由脱胎而出的艺术流派之间，也并不是一个截然对立、不共戴天的关系，如果仔细考察一番，恐怕还必须说是一个藕断丝连、逐步脱离的关系。

　　即以画展最推崇的塞尚为例。他在年龄上比印象派的主将马内只小七岁，比印象派的另一位主将雷诺阿还要大两岁。塞尚年轻时就参加过印象派的画展，但那时候，印象派受到传统学院派的强烈反对和讥讽，而"印象主义"一词，甚至一度成为"艺术上不入流"的代名词。塞尚对这种风气非常厌恶，但他也没有加入到俟后所谓拥护还是反对"现代主义"的争论中去。他本人家境富有，因此他并不需要靠卖画为生，他可以有充裕的时间和精力来从事自己的艺术实验，可以完全不受干扰地把自己所崇尚的艺术标准付诸实践。这时，他把目光投向17世纪法国"学院派"大师普桑（Nicolas Poussin，1594—1665），希望能在重现"自然"时达到像普桑那样的一种"奇妙的平衡和完美"。但他又认为，前辈名家是以巨大的代价才取得那样一种平衡和效果的，现在再重复普桑的技法已经不可能再

---

　　① 1923年，伍尔夫在写她的那篇《本涅特先生与布朗夫人》的文章之时，正是她埋头写作小说《达罗威夫人》的时候，在此期间，她曾与法国画家雅各·拉韦拉（Jacque Raverat）讨论如何克服小说表现方式的局限，把本涅特、高尔斯华绥那种"铁路式的直线"表达方式变成像绘画那样，"水花四溅似的"给人以"辐射式"的印象。See Quentin Bell, *Virginia Woolf, A Biography*, New York: Harcourt Brace Jovanovich, Inc., 1972, pp. 105-107.《达罗威夫人》在英国和美国同时出版后，英国评论界一开始的反响并不太好，而在美国却得到出乎意料的好评。英国小说家理查德·休斯开了一个好头。他把伍尔夫的这部小说与塞尚的画进行比较，引起很大的兴趣。See Robin Majumdar and Allen McLaurin, eds., *Virginia Woolf: The Critical Heritage*, London and Boston: Routledge & Kegan Paul, 1975, p. 18.

奏效，我们今天从经典名作中所需要学习的，是它们的布局，是它们的空间感和立体感。他本人已身在其中的印象派在色彩和造型领域已经有许多新的发现，印象主义画家们也堪称是描绘"自然"的大师，但他们那样做就已经完美无缺了吗？在塞尚看来，绘画要表现的必须是"自然中"的东西，而像普桑那样的第一流名画家所特有的那种坚实的单纯性和完美的平衡感，在印象派的绘画中却失去了。

对于像塞尚这样具体的画家来说——对于作家也一样——艺术其实并不是一个理论的问题，而主要是一个实践的问题；很多人都会强调所谓的艺术感觉问题，可真正从事艺术创作的人则会发现，感觉其实是一个说不清道不白的空词，或不客气地说，甚至是为掩饰自己审美素养和语言表达力欠缺而诉诸的一个遁词。艺术的真正要害是技巧——艺术表现的能力和手段这一最实在的问题。艺术家最终必须找到一种表现方式，来再现自己在心灵深处所感悟到的那样一种对于自然和人世的印象。他用以再现这种印象的物质材料，对于画家来说，只能是画笔、颜料，是线条和色块；对于音乐家来说，是表现为旋律和节奏的声音；而对于诗人和作家来说，即是语词。所有的艺术家都必须在所允许使用的有限的材料范围之内，进行新的表现方式的实验和创造。这种创造不是一种先有了某种现成的标准、然后再按照这种标准去付诸实践，而是一种如同从没有路的地方蹚出一条道路来的创造。因此，从艺术的表现手法上说，这种创造也就不可能是一种对过去传统的断然摒弃，而是一种翻来覆去的尝试，一种有条件的、逐步实现的改善。比方说，印象主义的绘画光辉夺目，但是画面往往显得很凌乱。塞尚很讨厌这种凌乱，但他又不愿使用"组配式"的风景画的办法来达到布局设计上的和谐，他也不想重新使用学院派的素描和明暗程式去制造一种立体感。于是他苦苦地思索着，试验着，试图找到一种更符合他口味的用色方法。他希望使用强烈、浓重的色彩，希望画面呈现出清楚的图案感，印象派画家已经不在调色板上调和颜色，而是把浓浓的颜料一笔一道地涂到画布上，他们的画在色调上已经比前人的画要明亮多了，但塞尚仍不满意。他发现，他用纯粹的原色所画出的整块区域，损害了画面的真实感。这样作画，不能使人产生景深感。所以在相当长的一段时间里，塞尚自己也感到非常矛盾：一方面，他希望使"印象主义成为某种更坚实、更持久的东西，像博物馆里的艺术"，然而另一方面，他更希望的是要绝对地忠实于他自己对于自然的感官印象。那么，这个矛盾是怎么解决的呢？20世纪西方最重要的艺术批评家之一贡布里希（Ernst H. Gombrich，1909—2001）这样告诉我们说：

现代主义·现代派·现代话语

> ……这两个愿望似乎相互抵触,难怪他经常濒临绝望的地步,难怪他拼命地作画,一刻不停地去实验,真正的奇迹是他成功了,他在画中获得了显然不可能获得的东西。如果艺术是一桩计算工作,就不会出现那种奇迹;然而艺术当然不是计算,使艺术家如此发愁的那种平衡与和谐跟机械的平衡不一样,它会突然"出现",却没有一个人完全了解它的来龙去脉。①

贡布里希对塞尚的艺术表现方法实验的描述和归纳,极其准确地阐述了艺术流派更迭时一个带有普遍性的特征,即,任何一种新的艺术流派的产生并不是因为事先悟到了某种新的理念,恰恰相反,新的理念则是在艺术家们几乎是悄没声的、暗自琢磨的实践过程中不知不觉地诞生的。

凡·高(Vincent van Gogh,1853—1890)的情况似更能说明问题。这位英年早逝的绘画天才,是在极度孤独的状态下从事其艺术求索的。当他在1880年正式决定要当一个画家的时候,他甚至从来都没有听说过莫奈、德伽、毕沙罗和马内这些画家的名字。② 1886年,经他在艺术商店工作的弟弟提奥的介绍,他才认识了上述这些印象派画家而眼界大开。1888年的冬天,他离开巴黎来到法国南部的阿尔,立志要在这里专心致志地工作上几年,实现自己的艺术梦想。可是不久,他却精神崩溃住进了医院。此后,他一直在时好时坏的精神分裂的状态下不停地作画,我们说他短暂生命的最后三年是他的艺术灵感喷涌勃发、辉煌夺目的三年,然而对凡·高本人来说,他是在不停地作画实验过程中度过了这三年。正是他孜孜不倦的实验,结果是我们看到他创作了一大批充分反映他自己的艺术感觉、将所画景物与他的狂放的幻念融为一体的不朽之作。

凡·高在给他弟弟提奥的信中曾有许多关于他创作构思的描述。例如,他在从阿尔寄出的给他弟弟的一封信中,是这样描述他对自己卧室那张画的构思的:

> 在这里,色彩将要包办一切了,通过色彩的单纯化给事物以一种更宏伟的风格,而且这色彩总的说来要给人以要休息或睡眠的感觉。总之,这幅画应让人的脑子得到休息,让想象得到休息。
>
> 墙壁是淡紫罗兰色,地面是红砖色,床和椅子的木头是鲜奶油般的黄色,被单和枕头是淡淡的发绿的柠檬色,床单是大红色。窗子是

---

① [英]贡布里希:《艺术发展史》,天津人民美术出版社,1992年,第25章,第302页。
② See Irving Stone, *Lust for Life*, Garden City, New York: International Collectors Library, 1937, p. 235.

Ⅵ. 伍尔夫：重新回到"1910年的12月"

绿色，梳洗台是橙色，水盆是蓝色，门是淡紫色。

这间窗板关闭的屋子里只有上述这些东西，再没有别的了。家具的粗线条也必须表现出绝对的休息。墙上有肖像，还有镜子、毛巾和一些衣服。

因为画中一点白色也没有，因而画框将是白色……①

塞尚和凡·高的例子说明，画家——其他类型的艺术家其实也不例外——艺术构思从来都是非常具体的，根本不是一种从某个既定的理念出发，更不会是想好了要与某个特定的艺术流派相左而故意去如此这般地做作。艺术构思从来都是在一定的物质条件的限制下所进行的非常具体的企画和构思，大谈抽象理论的对立和差异对具体的艺术创作是无济于事的。何况，即使事先有这样那样的理论构想，一旦落笔于具体的创作，那仍然是要靠实际的操作来实现的。而在具体的艺术表现过程中，出于实际的艺术感觉而对理念进行修改又是司空见惯的事情。所以，在实际的艺术创作过程中，既定的理论究竟有多么重要，其实是大可以怀疑的。

就拿凡·高对自己在阿尔的卧室这幅画的构思来说，法国卢浮宫中即收藏了他的这样一幅画。如果与凡·高原先的构思作一对照，实际的画作中其实只有墙壁、床、椅子、梳妆台、被单、水盆、门还符合原先构思的色调。而整个画面上最醒目的一块大红色块则给了被面，面积最大的地面颜色变成了淡赭色，凡·高原先设想的画面上要有白色，似乎也没有实现。构思时是想把白色留给墙上的画框的，而实际的画面上，画框则被处理成了与床架一样的奶油黄色。画面上椅子的颜色也与设想的床架的颜色也有所不同，呈稍稍淡一点的黄色……我们知道，凡·高对这幅画的构思是在1888年，上面引述的是他那年7月间给他弟弟提奥的一封信，而他那幅阿尔卧室画是1889年完成的，且不说画家从构思到完成作品这一年多的时间内在思想上会发生什么样的变化，即使是在具体的作画过程中，出于当下的灵感而改变初衷也是完全可以理解的。

我们之所以如此不厌其烦地关注塞尚和凡·高的艺术实践与他们的艺术构想之间的巨大落差，目的就是要纠正普遍存在于学界中的一种"理念先行"的误解——以为古往今来包括文学家在内的艺术家在从事艺术创作时都是在为实现某种既定的理念而奋斗，或都是从某种抽象的理论

---

① Vincent van Gogh, Letter No. 504, "To Theo," in *The Complete Letters of Vincent van Gogh*, Vol. II, New York: Graphic Society, 1978, p. 598.

出发来进行创作。歌德不是说"理论是灰色的,而生活之树才是长青的"吗?其实我们也不妨可以套用此话说:理论是灰色的,而艺术实践才是长青的。

一些热爱文学的学生经常会问这样一个问题:这个作家是现实主义的作家还是浪漫主义的作家?这个诗人是古典主义的还是现代主义的诗人?似乎只要给这个作家或诗人冠以某某主义的称号,我们就能心安理得地判定和把握了他的创作倾向和形态。殊不知,艺术说到底并不是一个理念,而是一个实践的问题。记得20年前我第一次参观纽约大都会艺术博物馆时,一位来自国内的著名画家曾向我叙述了他初次看到米勒的《拾穗者》原作时所受到的精神震撼。他说他站在艺术大师的作品面前久久端详,心中产生了一种禁不住要匍匐在地的冲动,他过去曾仔细地琢磨过这幅画的无数张印刷复制品,而那时候他所得到的印象是那样的浅陋,当他看到这幅画的原作时,艺术大师的神笔何以能达到这样一种他人不可企及的化境,他这才感到,这简直是一种永远无法参透的神秘。是啊,这才是真正的艺术感受——这种艺术感受其实是没有必要用抽象的"主义"来概括,而任何抽象的"主义"也根本无法概括的。

当然,我们注意到,伍尔夫在她断言"人性发生了变化"之后,紧跟着又作了一番她自己的解释。她说这变化并不是突如其来的,并不像我们"走到外面,走到花园里,一眼就看到玫瑰花开了,或一只母鸡下了一个蛋"那样,而是早有征兆可寻,"最初的征兆在萨缪尔·巴特勒(Samuel Butler, 1835—1902)的书中,尤其在《众生之路》中,在萧伯纳的一些剧本中也有记录"。《众生之路》(*The Way of All Flesh*)是一部前后跨越了四代人的长篇小说,巴特勒从1873年动手写作,花了十多年的功夫到1884年才完成,但此书直到巴特勒去世后才于1903年出版面世。需要指出的是,巴特勒的这部小说起初并没有多大的反响,而是直到数年以后,著名剧作家萧伯纳在他自己的剧本《巴巴拉少校》(1907)的序言中对巴特勒在宗教、金钱上所表达的观点表示激赏之后,才引起文坛的注意。而到了20年代,萧伯纳等一批人继续对巴特勒大加推崇,这才引起伍尔夫的共鸣。但伍尔夫究竟指人性在哪些方面发生了深刻的变化,她却仍然语焉不详:

> 在生活中即能看到这样的变化,我或可用一个家常的比喻,看一家人家厨师的性格,即可看出这样的变化。维多利亚时代的厨师像海上巨兽,他生活在水底,庞然大物似的,沉默不语,隐而不见,深不可测;而乔治时代的厨师,则是阳光和新鲜空气的造物;他在客厅里

VI. 伍尔夫：重新回到"1910年的12月"

进进出出，一会儿要借《每日先驱报》，一会儿又来问帽子合适不合适。您还要关于人类力量发生变化的更严肃的例子？……人与人之间所有的关系都变了——主仆之间，夫妻之间，父母与儿女之间的关系都变了。随着人际关系的变化，宗教、行为、政治和文学方面也同时发生了变化。让我们就把这其中的一项变化置于1910年的前后吧。①

在这里，伍尔夫显然要说是人与人之间的关系发生了变化。但这究竟是什么样的一种变化呢？她始终未予明说。这个问题如果拿去问伍尔夫的同代人，如社会政治学者马斯特曼(C. F. G. Masterman, 1874—1927)，他或许就会明确地告诉我们说：从19世纪60年代开始的英国工业化、城市化进程，给英国社会带来的最大变化就是公共领地的日益被压缩，而在人际关系上最大的变化则是一种竞争的伦理把人降格到所谓"经济人"的层面，在这种伦理的影响下，对个人利益的维护，成为处理人际关系的一条基本原则，而谋求个人利益的经济个体之间的随机交往，便成了社会人际关系的不可避免、甚至是唯一的模式。②

可是，伍尔夫毕竟是一个小说家，小说家的特点就是用具体的人或事说话。因而我们略感意外地看到，伍尔夫突然结束了她的议论，代之以一段个人旅行的经历，她说她所叙述的这一轶事，能最好地说明她所谓的"性格"(character)是怎么回事。而我之所以说略感意外，则是因为我们想象不出聪明过人的伍尔夫竟然会想出如此高招，而且，如何把握她的这段叙述，似乎也有点令人费解，因为，这段叙述本身俨然就是一篇结构紧凑、文字又生动传神的虚构小说。伍尔夫似乎在说，你本涅特不是说我笔下的人物不生动、不能给人留下深刻的印象吗？那我立马就给你做一个真格的看看。

于是，伍尔夫侃侃道来：一天晚上，她因为赶火车晚到了，所以只好随便地跳上一节车厢。车厢里已经坐着两个乘客，她为自己突然出现打断了他们的谈话而感到有点不安。但既然落座，她也就很自然地打量起这相对而坐的一男一女——那男的刚才正专注地说着什么，从他的态度，他脸上的红晕都可以看得出来，但这时却直起身，沉默下来；那女的是一个老妇——权且就称她是布朗太太——看上去则很平和。她衣着虽破

---

① Virginia Woolf, "Mr Bennett and Mrs Brown," in *The Virginia Woolf Reader*, ed., by Mitchell A. Leaska, Harcourt Brace & Company, 1984, pp. 194-195.

② See Charles Frederick Gurney Materman, *The Condition of England*, 1909.

旧,却非常整洁,该扣纽扣的地方扣着纽扣,该系带子的地方系着带子……她显然有什么心事,脸上呈现出一种痛苦的表情。伍尔夫能感觉到她无依无靠,事事得自己拿主意。她显然是几年前被遗弃了,或成了一个寡妇,总之过着一种不幸的生活。她或许还得抚养自己的一个独子,而他这时很可能在学坏。伍尔夫说,所有这些都在她惴惴不安地坐下时闪过了她的脑际。她接着又打量那男的,他显然不是这位布朗太太的亲戚,他块头更大,人也更粗鲁,她觉得他是个做生意的,很可能是北面来的小麦零售商,一身上好的蓝色哔叽服,拿着一把折叠刀,一块手帕,一个大皮包。他显然有一件生意上的事,或者是不太愉快的事,要和布朗太太了结。而这件不愉快的事,他们不愿当着伍尔夫的面谈。那男的——权且称他史密斯——不时冒出几句伍尔夫无法连贯成意思的话,但从他说话的态度,从布朗太太时不时地陷入沉默这一情况看,史密斯显然要比她厉害,伍尔夫只能猜测她很可能是去伦敦签署关于什么财产的文书……不久,史密斯径自下车而去,布朗太太独自留下,她坐在伍尔夫对面的角落里,干干净净,她小小的身躯,显得有点怪怪的,承受着痛苦,这给伍尔夫留下深刻的印象。她不禁陷入沉思,脑海里泛起无数乱七八糟的想法……故事就这样结束了,没有任何的结论。伍尔夫说,她所想说的最重要的一点就是:这个人物是自己跳出来,强加给另一个人的。这个布朗太太让人不由自主地想要写一部关于她的小说……

时隔 80 年后的今天重读伍尔夫的这段文字,作为一种叙事的手法,我们也许会感到已经习以为常了,殊不知在当时,那却不啻对传统的一个迎头挑战——当时伍尔夫心目中的旧传统,以被她称为"物质主义者"的本涅特、威尔斯和高尔斯华绥等小说家为代表,①而从时期的划分上看,这几位代表的是结束于 1910 年的英国爱德华时代的小说传统;她本人则属于新开启的乔治时代,而这个新时代的代表作家则有 J. 乔伊斯,E. M. 福斯特,D. H. 劳伦斯,T. S. 艾略特,G. 斯特雷奇等。不过,伍尔夫倒是声明,她并不想把她个人的意见说成是全世界普遍的看法。那么,两个营垒的区别在什么地方呢? 伍尔夫认为就表现在对待"人物性格"(character)的看法上。她通过那个在车厢中的一段小小的经历,要告诉人们小说不仅应该、而且也完全可以有另外一种写法。而所谓的"小说人物",正如伍尔夫所说,它是自己"把自己强加给另一个人"(imposing itself upon an-

---

① See Virginia Woolf, "Modern Fiction," in *The Virginia Woolf Reader*, p. 285. 此文最初发表于 1919 年 4 月的《泰晤士报文学增刊》上,题名为"Modern Novels",伍尔夫后做了修改,收入于 1925 年结集出版的《普通读者》文集中。

Ⅵ. 伍尔夫：重新回到"1910年的12月"

other person），"要人去把它写成一部小说"；而这种"强加"又不是像过去那样，完全由作家在那里自说自话，而是在一种"人际的相互关系"中显现出来的。①

但伍尔夫告诉我们说，你要在小说作法上另辟蹊径，哪怕是稍稍地改弦更张，那也是一件非常困难的事。而且，这是一种三重的困难：首先是本涅特、威尔斯、高尔斯华绥的巨大身影横亘在他们的面前；其次是他们已造就的写作工具——由他们所形成的写作"程式"（conventions）摆放在后来者的面前；第三，他们已经培养了一批读者，伍尔夫说，英国读者有很大的惰性，往往是你告诉他什么他就信什么，现在这些读者已经认同并习惯了本涅特他们所描述的那样一种现实。于是，新一代的作家中的不少人，例如 E. M. 福斯特、D. H. 劳伦斯等，曾一度做出妥协，他们在自己早期的创作中，又捡起了那些老工具，结果，伍尔夫认为，把他们的创作给弄糟了。而现在，情况正在发生变化。砸烂旧传统的声音已四处响起，从诗歌中，小说中，传记中，甚至从新闻报道的写作中传来。伍尔夫对此感到由衷的高兴，她认为这种声音已成为"乔治时代的主调"。她说，旧的写作程式已经无法实现作者与读者之间的交流，已经成为他们之间的障碍和阻隔。对于这种状况，软弱者感到愤怒，而坚强者则奋起摧毁文学社会的基础和法则。于是，我们看到，语法被破坏，句式结构分崩离析，这情形就像百无聊赖的小男孩在无名业火上来时蹦到花坛里打滚似的。当然，年纪稍大一点的就不会这么乖张，他们非常真诚，也有勇气，但他们也仍然不知到底是该用叉子还是用手指。而正因为如此，我们如果读乔伊斯或艾略特，就会发现前者不雅，而后者含混。可尽管如此，伍尔夫还是为他们辩护说，《尤利西斯》即使不雅，但这也是一种刻意为之的不雅，是为了呼吸新鲜空气而不得不把窗户打破这样一种被逼无奈的做法；而艾略特虽然含混，伍尔夫却仍觉得他写下了一些最好的现代诗句。她说，当她沐浴在艾略特的优美而令人销魂的诗句中，眩晕而危险地在诗行之间跳跃时，她禁不住地要叫出声来向旧日的成规求救，禁不住地会羡慕她的前辈们，他们不需要悬在半空疯狂转圈，而是捧着一本书在阴凉地里静静地做着他们的好梦……②

伍尔夫在这篇《本涅特先生与布朗太太》以及她后来收入《普通读者》中的《现代小说》（Modern Fiction）一文中，集中地阐述了她与传统小说决裂的一套全新的小说理念。由于伍尔夫被确认为现代主义小说的最重要

---

① *The Virginia Woolf Reader*, p. 199.
② Ibid., pp. 207 - 210.

的代表人物之一,她的这两篇阐述现代小说理念的论文被视为现代主义文学的宣言而反复被引用,人们于是便产生了一种误解,以为伍尔夫从一开始就确定了这样一种文学的理念、而且是为了这样一种既定的文学理念而进行创作的。其实,这又是本末倒置了。伍尔夫的这两篇论著发表于20年代初,那时候正是现代主义文学正在上升崛起的年代,文章对现代主义思想观念的普及的确产生了极大的推动作用。然而,对于伍尔夫本人来说,她的这些思想却是她经过了将近20年的反复摸索、思考和实践的结果。

我们知道,伍尔夫与大多数小说家不同,她最初是以她的文学评论文字步入文坛的。早在1904年,她对一位早已被人遗忘的作家的某部小说的评论,匿名刊登在12月14日的《卫士》周刊上,而几乎就在同时,她与《泰晤士报文学增刊》建立了正式的联系,并开始为这份英国最重要的文学园地之一的周刊不定期地撰写书评。① 而她最初的三部小说《远航》、《夜与昼》以及《雅各的房间》则分别发表于1915年、1919年和1922年。按照《伍尔夫传》里的说法,她1907—1908年间最重要的事情便是《远航》的雏形——*Melymbrosia*的诞生。② 这一小说的最初构思或许可以追溯到1904年,据说她整整写了5年,而如果算到出版问世之日,那她的这部处女作前后便一共花了将近10年的时间。从形式上说,这部小说基本上可以说仍遵循了写实主义的传统,尽管其中也多少呈现出一点她日后的小说所具有的抒情诗一般的致密、跳跃的风格。

埃兹拉·庞德说伍尔夫是一个"执意创新"的作家,而对于伍尔夫来说,创新主要就是要找到一种新的形式。伍尔夫的强项是散文随笔,她最初也是以清新活泼的散文随笔步入文坛的。《普通读者》这部散文随笔集的编者安德鲁·麦克尼尔甚至说,伍尔夫的同代读者显然更接受"作为散文随笔作家的伍尔夫"。但是,伍尔夫深知散文随笔形式的边界,并强烈感受到它的局限,她一直试图寻找一种新的散文形式。她曾在自己的日记中透露,她想尝试一种"散文—小说"的形式。③ 我们且不说伍尔夫最终推出的小说能否就叫做"散文—小说",或即使最终把她的小说叫做"散文—小说"也不合适,然而我们都不可否认这样一点,即伍尔夫曾经做过

---

① Quentin Bell, *Virgina Woolf: A Biography*, New York: Harcourt Brace Jovanovich, Inc., 1972, p. 93; p. 104.

② Ibid., p. 125.

③ Virginia Woolf, *The Common Reader*, First Series Annotated Edition, ed., and intro. by Andrew McNeillie, Harcourt Brace & Company, 1984, p. x.

Ⅵ. 伍尔夫：重新回到"1910年的12月"

这样一步探索。

而让我们惊叹的是，伍尔夫在她自己的对"现代"小说的艺术探索过程中，甚至也经历了一个与塞尚、凡·高等绘画艺术大师几乎一模一样的心路历程。她也曾动过念头，像上一个爱德华时代的前辈们那样去创作，按照本涅特、威尔斯、高尔斯华绥这些作家所设定的程式，尝试着去写一部三卷本的小说，而那样做，她说就得"返回到过去的过去的过去"；就得"一会儿试试这个，一会儿试试那个；试试这个句子，试试那个句子，掂量掂量每一个词，看它与自己的想法是否吻合，让它尽可能地严丝合缝……"然而，试验的结果使伍尔夫认识到，她再也不能按那样的老路走下去，因为"他们的工具不是我们的工具，他们要做的事不是我们要做的事"。伍尔夫说，她"深切地感到了写作程式的匮乏"，感到"上一代人的写作工具对于下一代人来说是没有用处的……"于是，她彻底放弃了这一努力，她不能再用那些不适合她的工具了，她终于让那个他们感到真实的布朗太太的形象从自己的指缝间滑淌而过了……①

现在，我们回过头来再看伍尔夫所谓"1910年的12月，或在此前后，人性发生了变化……"这句中的"human character"显然就不能再译作"人性"，而应该当作"人物形象"来理解。而且只有这样理解，才符合伍尔夫《本涅特先生和布朗太太》一文的立意。因为这篇文章主要讨论的其实只是小说人物的昨天和今天，而通篇都没有涉及所谓"人性"的问题。与"人物形象"相关的最重要的一个意思就是，爱德华时代以前的人物，如维多利亚时期的厨师，他"沉默不语，隐而不见"，像这样的人物，那就必须依靠作家事无巨细的描述才能让他走到前台，呈现在人们的面前，而乔治时代以来的人物，他们再也不藏藏匿匿，而是不请自到，用伍尔夫的话说，就是"自己跳出来"，"把自己强加给另一个人（imposing itself upon another person），要人去把它写成一部小说"。两种不同的人物形象，区别到底在哪儿呢？后来的文学批评家作了更确切的定义，例如韦恩·布斯（Wayne C. Booth）在他的《小说修辞》中把两种不同的再现方法区别为"讲述"（telling）和"展示"（showing）。② 至此，围绕着伍尔夫那句名言的争议，看来也可告一段落了。伍尔夫的意思无非是：1910年的12月，或在此前后，人物形象发生了变化。

---

① *The Virginia Woolf Reader*, p. 207.
② Wayne C. Booth, *The Rhetoric of Fiction*, The University of Chicago Press, 1983, p. 3.

Ⅶ. 福尔斯：文本的虚构与历史的重构
——从《法国中尉的女人》的删节谈起

手边这本约翰·福尔斯的《法国中尉的女人》中译本，是花城出版社于 1985 年 5 月出版的，时隔这么多年之后才对译本的删节说三道四，不啻是十足的"马后炮"。但转念一想，我所要发的一通议论，其主要目的还不在于讨论中译本的删节是否应该，而是要探讨与西方当代小说观念和小说形式有关的一些批评理论问题，心中也就坦然了许多。

中译本的编后语称："基于对篇幅和影响的考虑，我们征得译者同意，将某些冗长的或不合乎我国风尚的段落作了些删节。"看来被删去的主要是两方面的内容。关于后一方面的内容，人所共知，在此不论。而前一类所谓"冗长的"篇幅，除小说每一章篇首的题记引文（主要是维多利亚时期的诗文）以外，就是一部分作者本人介入小说叙述所发表论创作意图和手法的插话。试以第一章中被删的第三、第四两个段落为例：小说在描述了柯布防波堤宛如亨利·摩尔或米开朗基罗的石雕之后，突然笔锋一转，冒出作者的自问自答："我言过其实了？也许是的，但是我的话可以验证，因为柯布自我笔下所描述的那个年月以来，变化微乎其微，而莱姆镇却真的变了，如果您回头朝岸上看去，那我的话就不对了。"接下来的第四段也是一段作者与读者的对话，告诉读者如果他设想自己处于故事发生时的 1867 年，那他将看到怎样一幅景象。①

删节最集中处在第 13 章。在上一章中，女主人公萨拉独自遛进山林散步遐想，受到东家蒲尔特尼太太的严厉责骂，她回到自己房间暗自落泪。此刻，作者突然介入，告诉读者说他是不会让她跳楼自杀的，然后又设问："萨拉究竟是谁？她是从哪个黑暗的地方来到此地的？"并以此作为这一章的结束。接着，在第 13 章，作者对方才的设问回答说："我不知道。"然后就完全撤下故事情节，径自发表了大约两千字关于自己的创作思想的议论。而在中译本中，这些约占全章三分之二篇幅的议论被统统删去了。关于这部小说，作者说道：

---

① 约翰·福尔斯：《法国中尉的女人》，新美国文库，西奈特丛书，1969 年，第 10 页，以下引文只注原书页码。

Ⅶ．福尔斯：文本的虚构与历史的重构

> 我此刻讲的故事纯属想象,我所创造的这些人物都从未存在于我头脑以外的世界。倘若我至今仍然声称对笔下人物的思想、甚至最隐秘的念头都了如指掌,那是因为我正以一种我的故事发生时人们普遍接受的惯例进行写作(譬如说,我采用了这种惯例的某些语汇和"语气"):小说家的地位仅次于上帝。他或许并不了解一切,但却要竭力表现出了解一切。不过,我生活在阿兰·罗布—格里耶和罗朗·巴特的时代;倘若这是一部小说,它就不应该是一部现代意义上的小说……(原书第80页)

限于篇幅,不能将删节部分全文引出,但从以上的介绍,我们已能对中译本的删节原则有了一个大致的了解。编者显然认为,诸如此类的议论与故事情节、人物形象的塑造等毫无关系,读者的兴趣在于故事本身,他们不会有耐心去听作者这种关于小说作法的高头讲章。

一部文学作品迻译成另一种语言文字并为另一种文化传统接受的现象,向来属于比较文学的研究范畴。按照以往的翻译理论与实践,翻译时对原作做一定的删节、解释甚至增补,对文体和形式做一些改动,都是允许的。但这种做法现在已不太时兴,一般来说,翻译必须尽可能地忠实于原著的形式和内容,尽量用一种新的语言再现原作的风貌。但是,由于翻译是两种不同文化传统之间的交流,译作与原作恐怕总要存在这样那样的差异,这也是可以理解的。比较文学之所以对于翻译问题发生兴趣,乃是因为译作与原作之间的差异(明显的增删更不待言),往往恰好是作为接受一方文化心态的自然流溢,人们通过二者的对比,可以特别清晰地窥见不同文化传统的离合点,而在通常情况下,这些离合点却不易察觉。需要强调的是,这里所说的差异由于属于不同的文化范畴,因此也仅仅是文化差异而已,我们并不一定要以某一方文化传统中的价值观为标准,非道出其中的高下优劣。也正是基于这一原因,笔者无意对《法国中尉的女人》中译本所作的删节提出非议,而只想说明两个问题:一是从原作所处的英美小说传统的角度看,在中译本中被删节的部分,对于原作来说,非但不是可有可无的"闲笔",相反,正是这些间杂于故事叙述之中的议论和插话,赋予了这部小说以某种"旧瓶装新酒"的特色:在叙述形式上与18、19世纪的传统小说认同,亦即福尔斯所说的,按"故事发生时人们普遍接受的惯例进行写作",然而,小说所真正传达的主题思想,却不折不扣地是20世纪的观念。第二,更为重要的一点,这些被删的议论和插话透露了一个非常重要的信息,这就是自二次大战以后,亦即作者所说的"阿

兰·罗布—格里耶和罗朗·巴特的时代",英美小说观念又发生了令人瞩目的变化。回顾近30年来英美乃至整个西方小说创作的态势,我们就会发现,福尔斯在这部小说中所发表的对"小说"的看法,应该说表现出了一种"先锋性"的姿态,而在这种新的小说观念指引下创作的《法国中尉的女人》,显然不属于一般意义上的畅销书的范畴,它在内容和形式上都有迥异于一般通俗小说的追求。

福尔斯说,他这部小说"不应该是一部现代意义上的小说",读者因此往往会理解为这仍然是"传统"意义上的小说,可是,这样显然又有悖于"阿兰·罗布—格里耶和罗朗·巴特的时代"。那么,究竟应作何理解呢?福尔斯当时未予明说。而这正是我们今天要做的事。从他的小说观念以及从他此后的小说创作实践来看,我们已可以有把握地说,《法国中尉的女人》是一部"后现代"意义上的小说文本。① 其"后现代性"主要表现于他以虚构的文本对社会历史进行重构的自觉意识上。为说明这一点,我们似有必要先对西方小说观念的演变作一简要的回顾。

作为严格的文学类型或体裁意义上的西方小说(主要指长篇小说),发轫于18世纪。这一文学形式虽然是为适应有闲阶级(主要是市民)的消遣需要而产生的,但是,正如沃尔夫冈·伊塞尔指出的,它从出现之日起,就比先前的文学形式更加直接地"关注社会和历史规范",更著重再现社会历史的真实;其他的文学形式让读者思索内含其中的意蕴,而小说则把读者自身环境中的各种问题抛掷于他的面前,并提出各种可能的解决办法供他选择。② 此时的读者也往往把小说当作理解和把握外部经验世界的最直接的借镜。一个非常有趣的现象是,在一些传统小说的插图中,都有主人公或叙述人照镜子的场面,这镜子的意象显然暗示,读者从小说中获得的印象,就是客观大千世界的众生相。③ 但是,小说毕竟是一种文学虚构——在英语中,广义的小说与"虚构"(fiction)就是同一个词。随着当代文学批评(尤其是二战以后)对于这个问题的深入研究,已有愈来愈多的证据说明,无论是早期的小说家,例如菲尔丁、斯摩莱特等,还是

---

① 约翰·福尔斯小说的"后现代"性问题,西方已有许多批评家发表过论文论述。笔者所见最近的资料称,雷蒙德·J·威尔逊目前正在撰写专著,论述福尔斯与当代西方文学理论的关系,其中的一章《福尔斯的文学创造的寓言〈曼蒂萨〉与当代文论》,先行发表于《20世纪文学》1990年春季号。该文很有见地地分析了福尔斯的最新作《曼蒂萨》对西方后现代主义文学理论的讽喻。

② 参见沃尔夫冈·伊塞尔:《隐含的读者》,约翰·霍普金斯大学出版社,1974年,第41页。

③ 例如亨利·菲尔丁的《汤姆·琼斯》、威廉·萨克雷的《名利场》等。

Ⅶ. 福尔斯：文本的虚构与历史的重构

19世纪那些被列为"写实主义"大师的萨克雷、狄更斯等，他们对于小说的虚构性（fictionality of fiction）的自觉意识，远比人们过去所认为的更强。菲尔丁在《汤姆·琼斯》(1749)的插话中就曾说过："思想消遣的佳境，与其说包含于题材之中，毋宁说体现于作者如何将题材装束打扮起来的技巧之中。"①

但是，这种看法只是近几十年才形成的。对于过去的大多数读者来说，文学的虚构性并没有被重视到今天的程度。为使虚构的文本被直接当作经验世界的现实看待，传统小说家们所惯用的种种障眼法还是十分行之有效的。例如在传统小说中，小说家往往把自己编织的故事(story)称为"历史"(history)，因为这两个词的词源意义本来就相通，不少小说都声称所述故事为某人亲身经历，或按照某人的日记、通信等真实记录写成，这些小说的叙述人（作者的化身）一般都以一种上帝式的全知全能的姿态，不仅直接向读者叙述故事的始末，而且还为读者制定如何理解小说、如何进行价值判断的准则。自18世纪至19世纪的英语小说，大体上都遵循这样一种比较固定的模式，此时的读者对于这样的叙事结构和叙述模式也视其为自然，心甘情愿地把小说文本所虚构的影像当作客观经验世界的真实反映。这就是一般所说的传统小说时期。这时，文本的虚构性问题还没有被提上议事日程，文本世界与经验世界在读者心目中大体上是重合的。

到了19世纪的后半期，随着西方资本主义经济的发展和科学技术的进步，社会矛盾和资本主义制度所固有的危机也日益尖锐和深化，传统观念受到来自各方面的挑战，愈来愈分崩离析。"上帝死了"的呼声正是一个统一、有序的世界影像彻底破碎了的集中体现。就小说这种一向"关注社会和历史规范"的文学形式而言，早先那种由作者一手包办、强令读者将小说世界与现实世界认同的作法，虽仍旧流行于一时，但这种叙述形式的人为虚构性却愈来愈令人反感。既然上帝也无能为力向人们展现一个"真实"的世界，那么，"仅次于上帝的作家"还有什么资格对读者指手画脚！其实，暗中的变化早已开始。自福楼拜的《包法利夫人》(1857)以后，一种表现为作者从作品中完全隐退，由小说人物的言行自行显现事物因果关系的叙述方式就已开始成型。在英语小说史上，作者—读者关系率先出现松动的作品当属萨克雷的《名利场》(1847)，但这只是"起于青萍之末"的微风，划时代的实质性变化，还有待于亨利·詹姆斯、詹姆斯·乔伊

---

① 亨利·菲尔丁：《汤姆·琼斯的历史》，英国穆瑞出版公司，修道院文库，无出版年代，第32页。

斯等小说大师将来自法国的影响吸收消化。进入20世纪之后,小说的叙事结构和叙述形式大变,衍化出"心理现实主义"、"意识流"等各种名目。此后,小说家为使自己的作品显得更加"真实",都把自己个人的声音收敛,尽量摆出一副纯客观展示的姿态,这就形成了20世纪上半叶在西方小说文坛上占垄断地位的现代主义的小说传统。

现代主义小说传统的形成,反过来又大大拓展和深化了人们关于文本虚构世界与客观现实世界相互关系的认识。早先那种将文本视为对于现实的直接摹仿(mimesis),因而把文本等同于现实的观点渐已过时,战后的小说理论越来越趋于认为,文本虚构至少应该以两种形式反映现实:一种是"再现式",(reprpsentataonal);另一种可称之为"例证解说式"(illustrative)。① 前者仍是传统的摹仿论,旨在创造一个现实世界的复本;而后者则并不追求传达一个完整的真实世界的印象,它主要是希望在象征的层面上使人产生一种对于真实世界的联想,在形而上的层面上让人感悟到这个世界的某种真谛。所谓现代主义的小说文本,就是具有后一种功能的虚构。

但现代主义的文学并不是铁板一块。文本与现实究竟是什么一种关系,即使是确立这一传统的早期现代派大师们,也存在着见仁见智的不同看法。大约从50年代中期并始,欧陆(主要是法国)和英美的小说文坛上,就相继出现了以"新小说"为主要代表的一些实验小说流派。这些"新"小说的主题内容和叙述形式,与鼎盛时期现代派小说也不相同。关于这方面的研究,已有许多专论,这里只想强调一点:这一批新派小说家对文本与现实关系的认识,与此前任何传统观念都不相同。过去的摹仿式文本和例证解说式文本,至少都承认社会历史现实和经验世界是一种客观的存在,文本的虚构或虚构的文本必须在总体上或至少部分地与这种客观存在相吻合。然而,实验派的新小说家却对这种存在的客观性产生了怀疑。在他们看来,现实世界的存在总是时过境迁、不可重复的,一切社会的、历史的存在只能通过文本、以文本的形式存在。既然是文本,它就必然包含着人的主观意识的介入,而一旦成为文本,它又形成某种独立的存在,能够自行产生新的意义。因此,一些欧美激进的文论家认定,这些年文化思潮的转变(主要指结构主义和后结构主义思潮的流行),"导致一项新的发现——一切关于我们经验的表述,一切关于'现实'的谈论,都具有虚构的本质"②。在他们看来,人们过去所说的"虚构"与"真实"的

---

① R. 斯各尔斯和 R. 克劳格:《叙述的本质》,牛津大学出版社,1966年,第84页。
② 杰拉尔德·格拉夫:《文学与自己作对》,芝加哥大学出版社,1979年,第171页。

Ⅶ．福尔斯：文本的虚构与历史的重构

对立，其本身也是一种虚构。一些更为激进的实验小说家和后结构主义文论家，甚至还要把小说与现实的关系完全颠倒过来，在他们看来，不是客观现实决定小说、人们按照客观现实去创造小说；而是小说决定客观现实，人们按照小说去理解和构想客观现实。例如法国的实验小说家、《如是》杂志的创始人菲利普·索莱尔（Philippe Sollers，1936）就声称，"小说是我们这个社会用以自我表达的一种方式"，"我们的自我属性依赖于小说，别人如何看待我们，我们如何看待自己，我们的生活如何不知不觉地形成一个整体，都体现于此。试问，别人若不把我们当作某部小说中的一个人物，又如何认识我们？"① 显然，在诸如索莱尔这样的小说家看来，小说这种虚构的文本一旦形成，就具有一种能动的塑造力（shaping power）；它将限定并影响人们对于现实世界的认识，塑造出一个令人信以为真的"现实"。

与上述观点相比，福尔斯在《法国中尉的女人》中所发表的对文本虚构的看法，似乎还没有达到如此极端的程度，但就其基本倾向而言，尤其考虑到他的近作，则可看出他们已无本质的区别。在被删去的原作第 13 章中，福尔斯引用一位古希腊哲人的"虚构被编织进一切"的格言，以证明"想象"与"真实"并不是非此即彼、相互不可逾越的。他继而又以调侃的口吻对自己设想的读者说：

> 您甚至并不认为您自己的过去是完全真实的；您将它装扮起来，您为它镀金，或将它抹黑，您欲言又止，掺假乱真……一句话，您将它虚构化，然后搁置上架——这就成了您这本书，一本充满罗曼司的您的自传。我们都在逃避那真正的真实。这就是智人（Homo sapiens）的基本定义。（原书第 82 页）

孤立地看，福尔斯的这番话确有故作惊人之语的嫌疑。然而，如果调换一个角度，跳出我们习以为常的思维定式，联系到小说创作时欧陆文化思潮的背景——福尔斯自己承认，他受法国文化的影响胜于英国，我们或许就会明白，他所说的并非指没有真实可言，而是指没有真实的文本可言。这也许会使人想起我国现代文学史上另一位哲人鲁迅也曾有类似的说法：做梦是真的，但说梦，就难免说谎了。人们说话大抵总要包裹上点什么，哪怕是一片树叶。

---

① 菲利普·索莱尔：《逻辑》(1968)，转引自乔纳森·卡勒：《结构主义诗学》，康乃尔大学出版社，1975 年，第 139 页。

现代主义·现代派·现代话语

当然，我们对所谓"真实的文本"必须再加一点限定，它必须是文学的文本，而不能泛指一切文本，因为在具体的语境中，文本毕竟还有与事实吻合的一面，否则人们就无法交流。而如果我们同意局限在文学的范围内讨论问题，那么福尔斯的这番话就着实耐人寻味了。文学文本的虚构性是一个长期被忽视、因而误解远甚于理解的问题。我们太习惯于把眼睛盯住文本中所包含的"真实"，太急于从"文本"中跳出而跃入所谓的"真实"了。其结果，说得轻一点，我们在文学欣赏过程中必然会遗漏许多本应得到的愉悦；而说得重一点，这样所得到的"真实"，究竟是否就一定是"真实"，也未可知。

为了戳穿小说文本与"真实"等同的神话，福尔斯象抖落出魔术师的机关布景一样，将小说创作的背后所可能隐藏的各种动机列数了一遍：

> 小说家的写作可以出于无数的原因：为钱，为名，为书评家，为父母，为朋友，为情人，为虚荣心，为自豪，为好奇心，为娱乐；恰如手艺高超的木匠爱做家具，酒鬼爱喝酒，法官爱仲裁，西西里岛人爱向敌手的脊背心扫尽一梭子弹一样。我可以在书中注入各种理由，它们可能都是真实的，但又都不是完全真实的。我们所共同接受的只有一条理由：我们都希望创造与现实世界同样真实，却又不同于它的各种各样的世界。（原书第81页）

福尔斯在这段话中以斜体字特别强调，小说世界应有它自己的真实性。衡量小说世界真实与否的标准与现实世界是相同的，但是，小说世界毕竟又是"与现实世界不同的各种各样的世界"。这就是说，小说家的活动天地只能在文本一侧，他们所能做的，充其量只能是虚构出一个个堪与现实媲美的文本世界。也正是在这个意义上，福尔斯坚持认为他的《法国中尉的女人》"纯属想象"，他所"创造的这些人物从未存在于头脑以外的世界"。

福尔斯如此强调小说文本的虚构性，那么，他的小说果真就是一部为虚构而虚构的游戏之作，他虚构的小说文本难道就真的像某些后结构主义批评家所断言，仅仅是一堆"自我指涉"的符号，而与文本以外的世界不发生任何关系吗？看来也并不如此。读过《法国中尉的女人》的读者都知道，这部小说中引征的有案可稽的史实之多，有时简直令人怀疑它究竟还是不是一部小说。福尔斯在第18章的议论中就承认："也许我正让您翻阅一部改头换面的论文集。也许我应该将每一章的标题改为'论存在的横截面'，'进化的幻想'，'小说形式发展史'，'自由的原因论'，'维多利

Ⅶ．福尔斯：文本的虚构与历史的重构

亚时代某些被遗忘的侧面'等等。"（原书第 80—81 页）在这部小说中，马克思在伦敦大英博物馆撰写《资本论》，达尔文的《物种起源》在英国上流社会引起震动，拉斐尔前派画家但丁·加布里埃尔·罗塞蒂和他的妹妹、诗人克里斯蒂娜·罗塞蒂，甚至 1835 年的艾米尔·德·拉龙谢中尉冤案等真人真事，都被嵌入一个虚构的故事框架，而小说中的虚构人物，又在这个貌似"真实"的社会历史背景上演出自己的故事。这样一种虚实交融、以虚化实的叙事结构，可谓这部小说的一大特色。面对如此众多的史实，读者在阅读过程中当然不会自始至终静观一个纯属想象的文本世界，而不产生有关维多利亚社会历史现实的联想。福尔斯称他的小说是"改头换面的论文集"，这无异于又在暗示，他试图通过小说文本这种形式，对维多利亚时期的英国历史现实进行新的阐释，重构一种历史的文本。

所谓重构历史文本，当然不是无视历史事实的向壁虚构，而是在全面掌握史实的基础上，从现当代的角度对现存历史文本中史实的等级次序、史实间的因果关系等进行新的阐释。这种阐释无意改变历史事实本身，而是要引出迄今人们尚不曾这样理解的新的意义。历史事实是无法改变的，但由于社会意识形态的变化，人们对于这些历史事实的认识和理解，亦即历史的"文本"，则永远处于不断的变化之中，一些被当时的意识形态压挤到"边缘"地位的历史事实，在历史文本的重构过程中，往往成为更受今人关注的焦点。

众所周知，当今西方的女权主义运动已经成为一种不可忽视的社会存在。关于这一运动的历史渊源和思想背景，女权主义者们正从一切可能的角度进行历史的重构，而且率先取得突破性成果的领域就是文学。如果联系这一背景阅读《法国中尉的女人》，我们就会发现，小说中萨拉这一虚构人物的最后思想归宿，她与"前拉斐尔兄弟会"以及著名女诗人 C. 罗塞蒂的接触交往，显然说明小说作者试图以文学虚构的方式对当今女权主义者们的努力做出呼应，读者可以通过萨拉这一虚构的小说人物，朦胧地窥见早期女权主义者的精神气质和独立的人格意识。尽管我们谁也不会将萨拉等同于历史上某个确有其人的女权主义者，然而，一旦这个形象以文本的形式存在，它就会像索莱尔所说的那样，成为人们认识和观察现实的一种参照。

但是，福尔斯与索莱尔确实又有明显的不同，他并不希望读者在社会历史现实的世界中滞留。因此，在《法国中尉的女人》中，他不仅时不时地跃上前台，向读者直言陈告小说的虚构性，而且在具体故事的叙述中，想方设法让读者明白，此时此刻故事中所发生的事件、故事人物的

思想言行,其实只是同时存在的无数可能性中的一种,仅仅是出于小说虚构的需要,作者不得不人为地选中了这一种而已。这样,故事情节的发展呈多种可能性齐头并进,就有效地将读者不断堵回到虚构的小说文本世界中。

最明显的例子或许就是小说的结尾。作者安排了三个同样可能发生的结局,让读者自己去定夺。一个是"完全符合传统的结局"——主人公查尔斯给了濒临绝境的萨拉一笔钱,让她离开莱姆镇,去城里开始新的生活。从此以后,萨拉再也没有麻烦查尔斯;查尔斯与欧内斯蒂娜结婚,并不幸福美满地度过余生。这个"符合传统的结局",当然是一个符合维多利亚传统道德观的结局。但是,既然这是一种虚构,那么为什么不可以按照现代人的价值观设想其他的可能性呢?于是,福尔斯继续把故事编下去,又为读者提供了另外两种选择:查尔斯堕入情网,不能自拔,主动解除与欧内斯蒂娜的婚约,忍受了法庭对他的惩罚性判决,周游世界去寻找萨拉。经过很长时间,查尔斯终于与萨拉相会,然而这时的萨拉已是一位思想独立的女人。最后的结果,也许萨拉被查尔斯的诚意感动,同意与他结合;也许,查尔斯发现自己无法理解萨拉,一气而离去,独自来到一条河边,默默地咀嚼着谜一样的人生。

面对这样三种(其实存在着无数种)可能同时存在的结局,文本世界对一个完整的现实世界的指涉被彻底阻断了,文学的虚构性彻底暴露在读者的面前。因为"真实"只能是一个,而虚构则有无数个可能。

看来,文学的虚构性问题,虽然牵涉到对于客观现实进行阐释,从中发掘出意义,但说到底,它主要还是一个文学形式的问题。客观现实不断作用于人的主观意识,形成各种各样的观念、看法,引发出各种各样的感情,然而,文学虚构则要求为这些属于观念形态层次上的一切赋予某种特定的形式。与任何其他的艺术形式一样,属于文学的形式在数量上其实是有限的。小说作为一种文学体裁自18世纪形成以来,经过二百多年的发展,早已形成了自己相对固定的程式。二战以后的几十年中,我们已经听够了所谓小说形式枯竭的哀叹。这种论调是否真有道理姑且不论,当代小说家在小说形式上已难以花样翻新却是有目共睹的事实。到60年代初,具有七八十年历史的西方现代主义文学艺术,也早已经典化、体制化而被现行的意识形态吸收,成为横亘于当代作家面前有待于超越的高峰。可是,二战以后却是一个空前缺乏艺术气质的时代,工业化、高科技、高消费带来表面的物质繁荣,却将艺术的独创性抹煞殆尽。迫于无奈,战后的一些西方小说家(当然也包括约翰·福尔斯)只好将

Ⅶ. 福尔斯：文本的虚构与历史的重构

目光投向现代主义发端之前的传统小说形式,做一些"谐谑模仿"(parody)或"拼盘杂烩"(pastiche)式的小文章,以期至少在形式上给人以耳目一新的感觉。

西方马克思主义批评家詹明信认为,西方资本主义社会已由"工业社会"发展到了"消费社会",这一现象就是这一时期出现的所谓"后现代主义"文学的一种最重要的形式特征。所谓的"拼盘杂烩",与人们通常所说的"谐谑模仿"大同小异,也是对一种昔日流行或定型的独特风格进行模仿,套上那种风格的面具,采用某种早已过时的语言,而区别则是这种模仿是中性的,没有"谐谑模仿"那种旨在讽喻、逗笑的动机,它并不想让人觉得被模仿的对象是滑稽可笑的。詹明信将"拼盘杂烩"式的模仿称为"空白的谐谑模仿","失去幽默感的谐谑模仿"。[①] 以往有不少批评家把《法国中尉的女人》视为谐谑模仿之作,这一点福尔斯本人也不否认。但是,从今天的批评眼光来看,福尔斯在这部小说中故意采用维多利亚时期的小说惯例,包括叙事结构、叙述视角、语汇和语气等等,显然并不是为了嘲讽这种传统形式的可笑,而纯粹是一种中性的借用。从这个意义上说,《法国中尉的女人》也可划入"后现代主义"小说的范畴。

事实上,从它所借用的现成的小说形式看,它们也的确构成了一种"拼盘杂烩":作者并不单单采用了维多利亚小说的惯例,他也借用了现代派小说某些最常见的叙述形式,并将它们有机地结合在一起。从总体上说,特别是主人公查尔斯一线,小说基本上采用的是一种全方位的叙述视角,叙述人以全知全能的面目出现,这是传统小说的惯例。然而,萨拉这一人物的塑造,作者却采用了现代派小说所惯用的有限视角、或客观描述的叙述方式。试以介绍萨拉身世背景的第 6 章为例,萨拉的身世是经福赛特牧师之口间接转述的,牧师在转述从各种消息来源获得的信息时,就使用了一系列表示"估计"、"猜测"的字眼,这种几经倒手的不确切的叙述与叙述人对查尔斯的全知全能的描述形成强烈的反差。萨拉与查尔斯的会面也是这样:关于对萨拉的叙述均经过查尔斯意识的过滤,读者所得到的对萨拉的印象,其实只是查尔斯一厢情愿的阐释,显然是不可靠的。读者是可以循着查尔斯的思路去揣度萨拉,但这种理解是否就是萨拉所想,却无从判断。这种一直持续到故事结束的有限视角的叙述,为作为叙述人的作者提供了一个可能——他可以随时把读者得到的萨拉的印象打碎,这样,萨拉这一人物便自始至终被包裹上一层薄薄的面

[①] 参见詹明信:《后现代主义与消费社会》一文,见 E. 安·凯普兰编:《后现代主义与各种相左的看法》,梵尔索出版公司,1989 年,第 16 页。

纱，给人以一种无法穿透的神秘感。从这一点我们也可明白另一层道理，萨拉这一人物之所以产生令人难以捉摸的魅力，主要是由于小说的形式所决定的。

现在，我们似乎应该再回到中译本对原作的删节上，试着从中引出些许可资借鉴的文化差异。中译本的编者将福尔斯的议论和插话视为"冗长"的累赘，至少表明目下中西文学观念有两点不同：我们更关心一个完整的故事情节，而西方的当代小说家恐怕对如何讲故事更有兴趣；我们的读者在阅读小说时往往希望它同时还是点别的什么，而西方当代的读者则觉得小说只不过是小说。究其原因，不同的文化传统使然，仅此而已。

Ⅷ．"写实"还是"虚构"

——试论英美现代小说观念演变的几个问题

论及英美文学传统中的"小说",人们也许马上就会想到一般的文学史上所列出的几点共识:(1)英美文学传统中作为一种独立的文学体裁的"小说",其发端大致应划定在17世纪的上半叶;(2)这种文学类型或样式是在资本主义社会形成的过程中,中产阶级(即平民中分化出的资产阶级)走上历史舞台、并日益成为社会中坚以后的产物。它自诞生之日起,就表现出"摒弃传统的文学批评标准、为读者提供轻松的消遣"的"中产阶级情趣",因此具有与商品文化密切相关的一些特征;(3)具体地说,"小说"是一种虚构的散文叙述,具有较长的篇幅,所描述的情节有一定的复杂性,它与早先的"传奇"叙事体裁相仿,但主要的区别则在于其中的人物和行为旨在再现过去或现时的真实生活,它所再现的世界与真实生活有着非常密切的关系。

这样一种对英美"小说"的描述或界定,在上世纪60年代以前的英美文坛上,绝对是主导性的声音。笔者在这里加上"上世纪60年代以前"的限定,并不是说60年代以后这一看法就不再流行,或被认为是错误的了;而只是想指出,60年代以后,西方人文社会学科中出现了一股对传统观念全面地进行再审视、再思考的思潮,"小说"观念当然也在再审视之列,这种再审视并不是要证明昔日观点的错误,而只是将这些观点之所以如此的认识前提和条件揭示出来,同时又提出一些新的观察角度,这些新的视角所引出的新的观念,与其说是取代了昔日的观念,毋宁说是对昔日观念的补充。

即以"小说"观念为例,原先那种建立在上述三点共识基础之上的"小说"观,显然是先行将"小说"假设为一种独立的、有其固有属性的叙述文体,这种小说观,参照的是生物学上进化论的认识范式,似乎在过去漫长的文学长河中,从未存在着某种可以称之为"小说"的叙述文体,而只是到了历史的某一时刻,各种外部条件的共同作用使"小说"从早先一种被称之为"传奇"的叙述文体中脱颖而出,成为一种新生的、独立的、自律的文体。可是,自60年代以后,文学研究的方法论明显表现出以相对论的思维方式取代实证论的思维方式、以共时性考察取代历时性考察的转折。50年代现代英美小说研究的扛鼎之作是伊安·沃特的《小说的兴起》(1957),而一进入60年代,韦恩·布斯的《小说修辞学》(1961)则立刻宣告了研究视角的转换,此后,共时考察一发而不可收。1966年,著名结构主义小说理论家R.斯各尔斯和R.克劳格在他们合著的《叙述的本质》这部文化专著中,提出了一个很有理论深度和理论涵盖力的构想,从一个全新的角度对迄今为止的英美小说观进行再审视,他们的理论引起英美文论界的高度重视。笔者认为,这一理论不仅能对英美现代"小说"的起源问题做出更加令人信服的新的解释,也可以更好地说明英美小说观念从19世纪的写实主义,经过20世纪开始的现代主义,直到60年代以后的后现代主义的转变。

与以往那种单独将"小说"先行假定为独立的叙述文体的研究方法不同,斯各尔斯和克劳格则把包括神话、民间传说、史诗、传奇、寓言讽喻——当然也包括小说的一切叙述文学形式都作为自己的研究对象。他们提出,西方史诗以后的叙述文体均可以视为两种对立的叙述类型的有机统一:一种是"经验型"(empirical),其特点为以趋于真实的叙述取代趋于神话的叙述;另一种是"虚构型"(fictional),其特点则是以趋于理想的叙述取代趋于神话的叙述。"经验型"的叙述又可进一步划分为"历史型"和"摹仿型"两种,前者强调与事实或与真实的过去相吻合;而后者则更侧重于依靠感情与环境的真实。如果说"经验型"叙述旨在表现这样那样的"真",那么,"虚构型"叙述则旨在表现"善"与"美"。"虚构型"的叙述也可以一分为二,进一步划分为"浪漫型"和"训诲型"。如果"摹仿型"叙述旨在再现思想活动的过程,那么,"浪漫型"叙述则以修辞的形式再现思想本身。至于"训诲型"的叙述,它则可以当作"寓言"看待,主宰这种叙述形式的理念和道德,恰如主宰浪漫叙述形式是审美一样。[①]

斯各尔斯和克劳格对西方文学的叙述形式做如此分解,颇与我们通常所说的"对立统一"、"一分为二"的观点有共通之处。这一观点的最突出的特点(也是优点),就是它不像此前流行的各种观点那样,或者将叙述文体的性质视为由某单一属性所决定,或者承认叙述文体中的多种构成因素,但是却把它们看成是互不相干的孤立成分,它把叙述文体视为由对立的叙述倾向构成的矛盾统一体。具体说来,这种观点认为,在同一叙述文体中同时存在着相反相成的两种倾向:一种是写实,即叙述能够再现

[①] Robert Scholes and Robert Kellogg, *The Nature of Narrative*, Oxford University Press, 1966, Chapter 1, esp. pp. 13–15.

VIII. "写实"还是"虚构"

真实的倾向,读者通过叙述可以窥见到某个"真实的"世界;另一种则是虚构的倾向。这里需要说明的是,斯各尔斯和克劳格仅仅把"虚构"界定为对于"善"和"美"的表现,与"真"无涉;然而 70 年代以后现代西方小说理论的发展,似乎有越来越强调"虚构"之本意的趋势,那就是非但认定文学行为与"真"无涉,而且认为文学文本根本就不可能指涉真实。取其极端之意,所谓"虚构"的倾向,就是认定叙述归根结底是一种"无"中生"有",因此叙述具有终将所创造之有归之于无的倾向。就这样,叙述文体中同时存在着"写实"和"虚构"两种倾向,它们既对立,又统一,你中有我,我中有你。这两种倾向受到外部社会文化大气候的影响,总是处于此长彼消的运动变化之中,而叙述文体的总体性质将取决于究竟哪一种叙述倾向占据上风。这一理论构想当然也适用于"小说"这样一种文学叙述形式。

按照这种观点,"小说"的起源问题似乎可以得到一种更令人信服的解释:文艺复兴以降,人对于自身在自然界的地位,对于自己的社会存在、亦即人与人之间的关系,给予越来越多的关注。人的这种与日俱增的自觉意识反映到文学艺术中,就使得叙述日渐向"经验型"一极倾斜,而且,这种倾斜尤其又反映在突出"摹仿"的倾向上。这样不断倾斜、强调、侧重、突出的结果,便驱使当时处主导地位的"传奇"叙述形式内部的叙述倾向发生调整,当叙述倾向的重心朝再现现实的"经验型"一极偏斜到足够程度时,我们今日所说的"小说"便应运而生,作为一种独立的叙述文体,取代了"传奇"。

从这样一个角度看待"小说"这种叙述文体,其独立性当然也就只能是相对而言,这种叙述文体本身也就不可能是一成不变的。"小说"内部所含的"写实"和"虚构"这两种叙述倾向仍处于不停的、此长彼消的运动变化之中,而这一运动变化的轨迹,也就是我们平常所说的小说观念的演变过程。按照这一观点,我们发现,20 世纪英美现代小说观念的演变,反映了"小说"这一叙述形式中占主导地位的叙述倾向由"写实"一极渐次向"虚构"一极位移的过程。从时间上说,这一过程大致可以划分为三个阶段:第一阶段为 20 世纪初,这时的小说观念主要建立在 19 世纪现实主义小说的基础之上,强调小说的写实性,但是,小说作为一种虚构艺术的形式特征也渐渐开始被强调,只是未上升到主导地位而已;第二阶段大体上指二三十年代至五六十年代,从上世纪末兴起的现代主义小说,以及垄断批评文坛的形式主义的审美情趣,从根本上动摇了传统小说观念所认定的小说的现实指涉性,既然那个完整统一的客观存在难以把握,人们只好诉诸自己心目中的那个世界的印象,以获得赖以安身立命的某种"真实"。由于这一缘故,亨利·詹姆斯首倡的"心理现实主义"越来越受到推崇,成为这一时期英美小说的主流;第三阶段始于 60 年代以后,结构主义、后结构主义思潮的流行,使"现实"与"文本"的界限日趋模糊,因而当代的英美小说观明显表现出强调小说是一种"虚构",而且大有以这种"虚构"去取代"现实"的倾向。

需要再强调一遍,以上勾画的仅仅是小说叙述形式中主要叙述倾向渐次位移的轨迹,其实无论在哪个阶段,在存在着上述主要叙述倾向的同时,它们的对立面也同时存在着。下面,我们就对这一位移过程中几个比较重要的问题做更进一步的考察。

一、作为"小说"界定性特征的现实主义

尽管我们今天把英美现代小说的起源确定在 17 世纪下半叶到 18 世纪的上半叶,然而,作为一种文学体裁或样式的"小说"的概念,却是远在大量的小说作品出现以后才逐渐形成的:词源学的考证表明,英语中"novel"一词被赋予今日所理解的"小说"的义项,至少在 18 世纪末,甚至 19 世纪初;今天我们所公认的最早的一批小说创作的大师,如理查逊、菲尔丁、斯摩莱特等,他们曾经意识到自己正在创造一种新的叙事文体,但是,他们和他们的同代人却都未能道出这种新的文学体裁的根本特征,因此也就无法为"小说"命名;甚至直到 19 世纪中期,"小说"的概念已经逐渐普及,然而美国的小说大家纳撒尼尔·霍桑却仍然沿用"传奇"称呼他所创造的小说。

直到 19 世纪初,当时最有影响的文论家威廉·赫兹利特(William Hazlitt)在论述这种新的文学体裁时发表了这样一种看法:

> 我们在那里(指小说)发现了一种对于人和人情举止的细致摹仿;我们看见了一个栩栩如生的社会的网络和肌理,并随之进入这个社会。倘若诗歌包含着"某种更加神圣的东西",那么,这里更带有人的成分。它使我们了解人类的各种动机和性格,我们通过实实在在的事例接受善与恶的观念,并通过这种看不见摸不着的传奇的媒介,获得一种关于世界的知识。①

赫兹利特此时仍沿用"传奇"来称呼他心目中的"小说",这当然可以说明,

---

① Walter Allen, *The English Novel*, New York: E. P. Dutton & Co., Inc., 1954, p. xvi.

Ⅷ．"写实"还是"虚构"

直到19世纪初"小说"仍未得到明确的命名。但相对而言，命名并不重要，重要的是赫兹利特的这番描述一语道破了"小说"这一新的文学样式所具有的本质属性，概而言之，这就是摹写人生、再现现实这样一种"现实主义"的原则。

需要说明的是，"现实主义"（realism）①作为一种哲学概念，英语中早已有之，甚至可以追溯到中世纪，但那时候这一术语的意义却与普遍性、类属性、抽象性联系在一起，即越具有普遍性和抽象性的就越能够表现真实，这当然与小说的"现实主义"所强调的对具体事物的独特感受恰好相反。直到1835年，"现实主义"的术语首次被用于描述伦勃朗摹写"人的真实"的画风，作为现代审美观念的"现实主义"的含义才得以确立。此后，"现实主义"被移用到"小说"领域，逐渐被视为"小说"的一种内在特质。这样，"小说"的写实性才真正被确定。

此后一个多世纪，"小说"以"写实"为宗旨的看法也就延续下来。从理论上说，小说的"现实主义"与源远流长的亚里士多德的"摹仿说"（mimesis）一拍即合，当然就顺理成章地被视为"摹仿说"的延伸和发展。不过，这两者的理论承继关系究竟应该如何认识，倒是一个颇为有趣的问题。因为实际上，"小说"出身卑微，非但不曾得到诗学正宗的荫庇，而且是长期被排斥于文学殿堂之外的"庶出"。但是，这种看法之所以成立，主要还是因为得到了整个18世纪和19世纪小说经典的支持。这些小说经典的写实包括宏观和微观两方面，就前者而言，菲尔丁、斯摩莱特、简·奥斯丁、萨克雷、狄更斯、乔治·艾略特等小说大师笔下所描摹的英国社会，其真实程度足以让人当作社会历史文献对待；而论及后者，上述写实大师尽可不论，即使一向被认为是浪漫主义倾向的《呼啸山庄》，如果涉及历史环境的安排和描述，它对细节真实的刻意追求，也大大出乎一般人的想象。于是，"小说旨在写实"似乎就约定俗成地成为一个文学惯例，而18—19世纪的这些小说，也就成为"写实主义"的典范。

由于接下来要谈到小说观念的变化，特别是二战以后文学观念又尤为剧烈，那么，强调小说旨在写实性的这种文学惯例，是否还继续存在呢？回答是肯定的。或者更明确地说，尽管文学思潮更迭频仍，但各家各派至少仍把小说旨在写实当作某种认识前提，对于这种提法本身并不曾提出异议。譬如，在40年代，我们听到莱昂奈尔·特里林这样的第一流学者说，"小说是对现实的永恒追求，它探索的领域总是社会世界，它分析的素

---

① 其实，"realism"更应该译作"写实主义"，日语文学中就是这样使用的，中国五四以后也曾用过"写实主义"，但现在已通译为"现实主义"。

材是标志人类灵魂方向的社会习俗"①,而进入 70 年代以后,即使当后结构主义思潮对英美传统文学观念横加扫荡之时,沃尔夫冈·伊塞尔仍认为,"与先前所有的艺术形式都不同,小说直接关注与某种特定环境相适应的社会历史的规范,它因此也就确定了与读者所熟悉的经验现实之间的直接关系"②;而主张结构主义诗学的乔纳森·卡勒在论及小说诗学时,他也首先承认,"主宰小说的最基本的惯例就是:我们期待小说将产生一个世界"③。所有这些例证都足以说明,"小说"是一种旨在指涉现实的叙述,至今仍被当作一个文学惯例(literary convention),这一点是毫无疑问的。

但是,这里又会产生另一个问题,那就是认识一旦成为惯例,就容易被束之高阁,人们就往往理所当然地把它作为一个认识前提,而不再对这一认识本身质询,而这一认识本身也就不再可能有进一步的理论开拓。从上述引文可以看出,小说理论的各家各派确实在小说的写实性上相交重合,但是,这仅仅是他们论证的起始,他们并没有对这个问题本身做进一步的探讨,就沿着各自论证的方向各奔东西去了。

那么,现实主义的小说观在英美文学传统中是否就没有理论发展了呢?那也不是。20 世纪以来,小说的现实主义问题成为热点,至少出现过两次较大的理论热潮,而这两次大讨论,形成了英美小说理论话语中倾向于现实主义的重要一脉。

30 年代时,资本主义经济危机引起阶级矛盾激化,左翼社会思潮比较高涨,涌现出了一批不同程度地接受马克思主义思想影响的作家和文学理论家。他们把小说的写实性与马克思主义的反映论挂钩,承认现实是一种独立的、客观的存在,而小说是这种客观存在的再现;有的甚至更进一步,还接受了文学艺术作为意识形态还具有铸造人的意识的反作用的观点,提出文艺应该为无产阶级斗争服务的主张。在这一时期,马克思主义论现实主义文艺的许多重要观点和论述都渗透到英美文论之中,又通过英美文论家的许多论著散发到时代空气里,成为那个时代审美情趣和批评话语的组成部分。例如格兰维尔·希克斯这位名重一时的批评家,就曾经提出这样的主张:一部文学作品必须反映与生活的中心议题

---

① Lionel Trilling, "Manners, Morals, and the Novel," in *The Liberal Imagination*, New York: Harvourt Brace Jovanovich, 1978, p. 199.

② Wolfgang Iser, *The Implied Reader: Patterns of Communication in Prose Fiction from Bunyan to Beckett*, The Johns Hopkins University Press, p. xi.

③ Jonathan Culler, *Structualist Poetics: Structuralism, Linguistics, and the Study of Literature*, Cornell University Press, 1975, p. 189.

相关的主题；必须具有吸引读者参与作品所描述生活的力度；作者的观点必须是无产阶级的观点。根据这一标准，希克斯高度赞赏普鲁斯特的《追忆逝水年华》，认为它刻画了资产阶级文明走向衰亡的清晰入微、令人可信的画面，使我们"极其生动地感觉到我们生活其中的这个社会体系的腐败和空虚，使我们看到这个体系正在衰朽，而且应该崩溃"①。

不过，30年代的这些英美左翼批评家们毕竟缺乏对于马克思主义理论的全面深刻的理解，他们有善良的政治愿望，并多少有一种急功近利的幼稚，因而他们在看待文学时，往往将文学作品世界与客观现实世界等同起来，而在评判一部文学作品的价值时，也往往只考虑实际政治的需要。当然，若假以时日，这批左翼批评家们本来还可以对这些问题做进一步的探讨，有些偏颇的认识也可能在讨论中得到纠正，然而，政治风云的突变，二战的爆发，这些批评家中绝大多数人改变了自己的政治立场。于是，这一讨论的可能性就不复存在了。

几十年过去，英美文坛上竟不曾出现重新讨论这个被搁置起来的话题的迹象。进入70年代后，美英文坛上又出现马克思主义文论崛起的势头。虽然，按照这一流派的理论代表之一的弗·杰姆逊的解释，今日出现的西方马克思主义批评与30年代时的左翼批评并无承继关系，②然而，我们所感兴趣的是，现实主义的文学理论问题本身被作为一个很重要的话题在英美文坛上又重新引起重视和讨论。这一讨论对于现实主义文学理论的深化，当然会起一定的积极作用，对于我们建立自己的马克思主义的文学理论，至少也不失为一种参考。

就小说理论而言，英美文坛上的马克思主义学派所探讨的问题，已不再是希克斯等当年所关心的"小说"与"现实"是否对应的问题，而是对本世纪以来俄国形式主义、东欧的非主流马克思主义、德国的法兰克福学派等所提出的问题进行纯理论的思考。其中卢卡奇提出的一系列有关小说理论的问题又首当其冲，这些问题显然都是迄今为止的英美文论从未涉

---

① Granville Hicks, "The Crisis in American Criticism," in *New Masses* (February, 1933), quoted in Vincent B. Leitch, *American Literary Criticism from the Thirties to the Eighties*, Columbia University Press, 1988, p. 12.

② 杰姆逊认为，30年代出现的那种具有马克思主义倾向的批评是那个特定时代的产物，而今天的西方马克思主义批评则是为解决所谓后工业化资本主义社会的种种复杂的理论问题而产生的；当年的左翼批评本质上是训诲式的，谈不上理论深度，而今天的被称之为新马克思主义的文论，则在很大程度上继承了黑格尔以来的哲学思辨传统，它之所以要讨论文学问题，乃是因为它把文学看做是一个封闭系统，文学所提供的种种实验性的情境，它所探讨的有关形式和内容、上层建筑和经济基础的各种问题，构成了一个典型的小世界，可以使我们看到辩证思维活动的过程。

及过的。例如,马克思主义文论所经常谈论的"典型性"的问题,为什么歌德和司各特、巴尔扎克、托尔斯泰等伟大的现实主义作家能够把握具体的历史特点来反映社会现实?为什么巴尔扎克塑造的人物比左拉笔下的程式化的人物更具有典型性?所有这些问题都是英美小说观念的讨论中闻所未闻的新问题,当这些问题被引入英美文坛、并引起讨论以后,他们的一些见解是否会对我们有所启迪呢?譬如说,西方马克思主义文论认为,"典型性"的概念之所以重要,乃是因为它体现了"文学作品的形式依赖于原始素材本身的深层逻辑"这一思想;以往庸俗马克思主义对"典型性"做了曲解,它把作品人物只看做是社会势力的化身,把"典型人物"仅仅看做是阶级的象征,活生生的历史被撇在一边,独特的历史情境也无影无踪,而恰恰是这些才更具有典型意义。按照这一观点,西方马克思主义的文学批评认为,尽管巴尔扎克有违背现实主义和逢场作戏的成分,但是,在反映深层起作用的各种力量的活动方面,他笔下的人物比左拉作品中那些高度程式化的人物更加深刻,因为《人间喜剧》中的人物不是某个固定的社会阶级、阶层的典型,而是那个历史时刻本身的典型。①

限于篇幅,我们不可能对这个问题再做进一步的展开,在此我们只需明白:现实主义的小说观在英美小说观念形成以后就始终是极其重要的一脉,而且 70 年代以来,英美文坛上持马克思主义倾向的左翼文论仍在对这一问题进行探索,尽管这只是一种纯理论的探讨,不再具有指涉客观现实的意向。

二、从"现实主义"到"心理现实主义"

但是,我们应该看到,上述基于"摹仿说"或"反映论"之上的小说观,在本世纪以来的英美文坛上并没有占据主导的地位。前文已述,"小说"之所以被视为与 18 世纪前的虚构叙述截然不同的文体,主要是因为"现实主义"的原则得到了确立。可是,这种"现实主义"最初所强调的只不过是"小说"关注并再现人们日常社会生活的倾向,后人抓住这一倾向,将它确定为"小说"的界定性特征,仅此而已。而随着社会的发展和人们认识的深化,各种新思潮不断出现,"现实主义"便被赋予各种各样的解释,英美文坛上称之为"现实主义"的"民主化"过程,其结果则是出现了形形色色、内容各异甚至相互矛盾的"现实主义"。

---

① C. f. Fredric Jameson, *Marxism and Form*, Princeton University Press, 1974, pp. 191 - 195, esp. p. 193.

从 19 世纪末至 20 世纪初,英美文坛上围绕着"小说如何才能表现真实"的文体曾有过激烈的争论,传统小说观念受到来自两方面的挑战,争论的一方主张将笔触探入"细微末节的生活",而争论的另一方则认为,小说不应该、也不可能表现一种人人都承认的共同的现实,它应该着眼于揭示现代生活背后那不为人知的现实和机制,并对它们做出解释。因此作家应更多地依赖自己主观的、审美的感悟,而不能仅仅满足于细节真实的再现。

争论的结果显然是后一种观点占了上风。其中的原因当然非常复杂,但简要地说,这主要是因为英国的科学实证论、美国的实用主义哲学以及在整个欧美都日趋上升的科学相对论思潮等等合力作用的结果。在这一历史阶段,社会生产力蓬勃发展,科学技术飞速进步,按说这些都应该大大推动唯物主义思潮的发展;但是,资本主义的固有矛盾,生产资料的垄断而加剧的社会危机,给人们带来的是强烈的异化感,社会物质进步的结果竟然是更加剧烈的社会分化、贫富悬殊、道德沦丧和文明失落,这一切愈加令人感到"现实"的捉摸不定。科学实证论、实用主义哲学等本来就包含着科学怀疑论的倾向,在这些思潮的影响下,许多人趋于认为,"现实"不再是一种客观赋予的存在,而是只能凭藉主观意识去体验的东西;"现实"不是可以直接被理解的,而是必须通过经验或实用的手段去一步步把握的;而所谓秩序,也总是需要逐步去获得,而且它总是处于一个不断形成的过程之中。这些思潮为英美小说观念中"现实"的概念注入了许多新的内容。原先就并不具备多少理论深度的"现实主义"在这些现实观的冲击下,很快就转向了把主观心理体验奉为"真实"的"心理现实主义"的轨道。

在英美小说史上,心理现实主义理论和实践的倡导者当首推亨利·詹姆斯。他出生于美国,长期旅居英国,与当时欧洲文艺界名流有广泛而密切的交往;他的兄长威廉·詹姆斯是美国著名心理学家,又是实用主义哲学的创始人之一,对他曾产生直接影响。他从 19 世纪 70 年代投身于文学创作开始,就像福楼拜、左拉等一样,持续不断地努力确立小说作为一种严肃艺术形式的地位。他撰写的《小说的艺术》(1884)和为自己小说作品撰写的许多序言,是 20 世纪现代小说理论的发端,30 年代以后愈来愈受到推崇,他所提出的各种观点、原则像滚雪球一样被后来的批评家一再阐发,成为现代主义小说理论最重要的构成部分。

与传统的英美小说观念相仿,詹姆斯认为"小说之所以存在,其唯一的理由就是它致力于再现生活"①,但是,他又强调指出,"衡量现实的标准很难固定。堂·吉诃德或米考伯先生的现实性是一种很微妙的东西,这种现实已深深染上它的作者眼光的色调",因此,詹姆斯认为,"一部小说,就其最宽泛的定义而言,乃是作者个人对于生活的直接印象……"②由此可见,詹姆斯虽然也谈论小说必须再现现实,然而他所谓的"现实"早已不是人们通常以为的客观存在,而是作家对于生活的一个"印象"(illusion of life),是作家的"经验"(experience)。而论及经验,他所强调的也是它的主观性一面。他说:"经验是永无局限、永远不会完结的;它是一种无限广阔的感知力,一张由最纤细的丝线结成的巨大的蛛网,高悬在意识之屋的中央,捕捉空中飞过的每一个微粒。"③詹姆斯认为,对于有感知力的作家,哪怕短暂的一瞥就能形成一幅图画;这个画面虽然只延续一瞬间,然而这个瞬间却成了经验,作家只需将这些想法转化为具体的意象,就能产生出"现实"。在詹姆斯看来,经验由作家的禀赋构成,它们包括"从已知猜出未知,追寻事物的启示,以及按既定的范式——即完全按感受生活那样对事物的整体性作出判断"等,这样写成的小说就能给人以"现实感",即他所谓的"具体陈述的可靠性"(solidity of specification)。④据此,英国著名文论家布拉德伯里指出,亨利·詹姆斯的艺术观不是"报道式"而是"展示式"的;在他看来,"艺术的人物不是记录生活,而是创造生活;现实不是实录,而是一种建构",这的确是切中肯綮的。⑤

在创作实践上,亨利·詹姆斯苦苦求索与他的"现实"观相适应的叙述形式。1897年,他的《梅茜所知道的》脱稿,尽管这部小说并非他的成功之作,但它是詹姆斯转向现代主义的明确标志,并在小说艺术中增加了一个全新的关于现实的概念。这就是为20世纪现代派小说家所普遍采用的"意识流"或"内心独白"的表现手法。

至此,心理现实主义的理论形态和实践样板都已经具备,它能否真正在文坛上被认可、接受,并产生影响,看来至少还需要两项客观条件:一是"意识流"式小说必须有扛鼎之作问世,使现代主义本身地位得以确立;二是必须出现足以改变文学经典和规范的新的文学思潮和批评流派。进入二三十年代以后,这两项重要条件都基本上得到满足。随着现代派文学

---

① Henry James, "The Art of Fiction," in Hazard Adams, ed. *Critical Theory since Plato*, New York: Harcourt Brace Jovanovich, Inc., 1971, p. 662.
② Ibid., p. 664.
③④ Ibid., p. 665.
⑤ Malcolm Bradbury, *The Modern American Novel*, Oxford University Press, 1983, p. 6.

Ⅷ. "写实"还是"虚构"

地位的确立,英美小说家的注意力越来越从客观社会现实移向个人的内省感受。美国文学史家莫里斯·狄克斯坦(Morris Dickstein,1940—)曾表示这样的看法:到了 50 年代末,即使是现实主义作家,实际上也并不遵循巴尔扎克、司汤达和简·奥斯丁的那种反映社会现实的传统,而是沿袭了由亨利·詹姆斯开创的这种"心理现实主义"的变体,小说家们往往不再从金钱、阶级地位和社会欲望等方面去看待现实,而趋于从无限复杂的个人关系以及知觉上的差异来进行观察。他们往往忽略个人与历史之间、主观愿望与社会现实之间的内在联系,而局限于家庭冲突、寻求自我以及个人道德的选择等问题。① 狄克斯坦的这一评断非常符合战后英美小说的发展实际。

长期以来,人们趋于将 20 世纪英美小说中的"心理现实主义"倾向看做是"现实主义"的延伸和发展,这其实是一种莫大的误解。从哲学本体论的意义上说,二者有着本质的不同。传统小说的"现实主义"基本上将"现实"视为一种客观存在,而且将客观存在视为第一性的;而"心理现实主义"则相反,它认为"现实"只是人对经验世界的一种主观体验,在这里,主观成为第一性的东西。两种现实主义都声称追求"真实","现实主义"要求作品对客观存在的真实再现,然而,"心理现实主义"则从认识假设或认识前提上就抹煞了客观世界的真实性,它认定唯有通过人的感悟才能达到本真意义上的"真实"。

伴随从"现实主义"向"心理现实主义"的过渡,小说内部的叙述倾向也出现了重大的调整,即从"写实"一极向"虚构"一极渐次位移的过程中迈出了最关键的一步。原因很简单,因为一旦涉足"心理现实主义"领域,"真实"就不再有客观的标准,而完全成为一种主观的体悟,这就从根本上为"虚构"敞开了大门。至此,文明仅仅从认识层次上讨论了小说内部叙述倾向的位移,实际上这一位移还包括了问题的另一方面——也许是更为重要的方面,这就是从"形式现实主义"到"形式主义"的转变。

三、从"形式现实主义"到"形式主义"

论及"现实主义",人们又往往认为它是一个与"形式主义"冰炭不同炉的概念,前者只指文学作品的内容对客观真实的再现,而后者则关注为了表现内容而采用的具体手法、技巧等形式问题。按照这种"形式—内

---

① Morris Dickstein, *Gates of Eden*: *American Culture in the Sixties*, New York: Basic Books, Inc., 1977, p. 93.

容"两分范式看待文学的人,其实已经接受了一个更大的认识前提,这就是他们从心眼里相信"现实主义"的文学作品的的确确把握并再现了客观存在的"真实"。因此,在他们看来,"现实主义"与"形式主义"当然不属于同一范畴中的两个概念。

但是,英美小说传统中的"现实主义"概念的演变却有它自己的逻辑。前面已经提及,作为哲学概念的"现实主义"早在中世纪时就已存在,它认为只有具备普遍性、类属性、抽象性才能反映真正的"现实"。只是到笛卡儿和洛克提出了个人能够通过自己的感官去发现真实的论断之后,一种新的、与以往截然相反的"现实主义"的观念才得以确立。而严格说来,笛卡儿对文学领域中现实主义的产生所起的作用,主要是方法论方面的。他的《论方法》(1637)和《形而上学的沉思》(1641)在很大程度上确立了一个具有现代意义的认识假设:追求真实完全是一件个人的事情,它在逻辑上与以往的思想传统无关,甚至在一定意义上说,必须脱离过去的传统才能达到真实。而小说的产生,恰好反映了这种认识论和方法论日渐普及的动向。在此之前,文学只关注文化的总体倾向,其目的是印证只有返回传统才能够表现真实,因而我们看到,文艺复兴以前的文学作品中的故事情节、乃至评判文学的标准,几乎都必须以古为本。"小说"则是最先向这个传统发起挑战的文学形式,它的反叛性的最突出表现就是它忠实于个人的经验,追求新颖独特的、具体细节上的真实,这正是英美文学传统中"现实主义"概念的基本底蕴。

需要说明的是,英美文学传统中的这种"现实主义",自产生之日起,就既不隐含着某种唯物主义的认识前提,也无"真实地再现典型环境中的典型人物"的意向,它基本上只是一种"传达与人的经验相吻合的印象"的文学表现方法或惯例,①而这一点也正是英美文论中的"现实主义"与马克思主义文论中的"现实主义"在概念内涵上的最根本区别。

伊安·沃特曾对英美小说传统中的"现实主义"做过一番追根溯源的考察,他在此基础上得出结论说:

> 小说这种详尽地观照生活的叙述方法可以称之为形式现实主义;其所以是形式的,乃是因为现实主义这个术语在这里并不是什么特别的文学教义或目的,它只不过是一套叙述程序而已,它们往往见诸于小说,而在其他文学体裁中则非常罕见,因此它们可以被视为这

---

① Ian Watt, *The Rise of the Novel*, University of California Press, 1957, p. 13.

VIII. "写实"还是"虚构"

—形式本身的典型特征。①

"形式现实主义"这个术语是伊安·沃特的首创,他的考察也相当令人信服地证明,唯有对"现实主义"作如是观,才能把握英美小说传统中"现实主义"的真谛。但是,事情到此并没有结束。如果我们再进一步就会发现,伊安·沃特的考察是在英美文学批评被"形式主义"思潮垄断的背景下进行的,从这个意义上,"形式现实主义"与其说是他的考察结论,毋宁说早在他开始考察之前就已经内含于他的认识假设之中。

从20年代末开始,以"新批评"为代表的形式主义倾向在英美批评界崛起,并很快成为文坛上的主导声音。我们知道,任何一种新的批评流派的出现,绝不单纯是一种新的批评阐释方法的出台,而是整个文学观念(包括文学价值观)的更新。"新批评"当然也不例外。它提出的一系列评判文学价值的原则,起初主要应用于诗歌阐释方面,然而当整个英美批评界被逐步纳入新批评的体制以后,它就不再满足仅局限于诗歌领域了。C. 布鲁克斯和R. P. 沃伦曾合编《理解诗歌》(1938),作为倡导新批评的范本,获得巨大成功;于是,他们又续编了《理解小说》(1943),试图将已在诗歌领域中得到认可的新批评原理移植到小说批评领域。当然,开始仅局限于短篇小说,直到M. 肖勒发表了著名论文《技巧即发现》(1948)以后,新批评的小说批评原则才真正涉足长篇小说的研究领域。

新批评作为一种形式主义的批评理论,使英美小说观念产生新的变化主要表现在两个方面:一是在小说本体论的层面上,对"小说"究竟是什么提供了一个新的回答。传统小说观把小说看做是对客观现实的摹仿(mimesis),形式主义者的回答则是:小说是虚构(fiction),易言之,形式主义的小说观用文本的虚构性(fictionality)取代了文本的指涉性(referentiality);二是在小说价值论的层面上,对"小说应该如何评价"提供了一个不同的回答。传统的评价原则为内容—形式两分法,先从伦理、道德、哲学、社会等角度看作品的内容给人以什么样的教诲或启迪,再从艺术手法和形式上看作品的内容是如何表现的。然而,形式主义的文学价值观则彻底颠倒了以往内容决定形式的关系,它把文学的教诲和认识功能远远地推到一个次要的地位,而让文学的审美功能突出地占据批评阐释活动的中心。那么,新批评如何在上述两个层面上对英美小说观念发生影响呢?

前文已述,小说的界定性特征是它真实地再现人的经验世界。但是,

---

① *The Rise of the Novel*, p. 32, also see Chapter One: "Realism and the Novel Form."

这一命题本身却不言而喻地隐含了另一个命题：即小说归根结底又是一种语言叙述的虚构。小说的指涉性与虚构性就为读者提供了两个方向上的思考可能：向指涉性倾斜，就趋于将小说叙述的世界等同于客观真实世界；相反，向虚构性倾斜，则如同走到木偶戏的后台看如何用牵线使木偶动作似的，把注意力投向作品的形式。新批评的文学观则属于后者。关于作品与外界现实的关系，新批评偶有提及，例如布鲁克斯和沃伦承认，人们阅读小说的快感，取决于两项基本兴趣的满足：一是从作品中识别实际生活中熟悉的事物，即"沉湎于虚构中的已知世界"；二是将经验延伸到原先不知的世界，即"通过虚构来扩充经验"。① 但是，他们点到辄止，仿佛这些都是人人皆知的大实话，不值得再作深入探讨。新批评要强调的是，文学文本的世界是没有实在的真实的世界，"小说、诗歌或戏剧中的命题是不能当真的"，"它们不是逻辑性的陈述"；② 文学文本构成一个自足自律的文本的世界，虚构的世界，小说表面上写人写事，其实也不例外，这也就是伊安·沃特所说的："形式现实主义……只不过是一种惯例，因而根本没有必要认为它所表现的人的生活就一定比别的体裁按别的惯例所表现的生活更加真实一些。"③

当然，仅仅否认作品与外部世界的关系，阻止读者沿指涉现实的方向思考是不能奏效的。新批评的成功在于它论证了、并使人相信小说作品中的确存在一个更有意义的认识层面，人们涉足其中不但能够获得莫大的阅读快感，而且这才算真正步入了"文学"的殿堂。这个新的认识层面就是小说的形式方面：即作品如何通过人物和行为将所表现的内容和主题转变成一个戏剧化的结构。这里的人物、行为甚至主题都是作为文本结构的作品的内在构成，它们都只服从于作为文学惯例的作品的内在逻辑。新批评所谓的理解小说，乃是理解构成小说的各基本成分的功能，以及它们在整个文本结构中的相互关系。有人批评它不重视小说的思想内容，新批评的倡导者则振振有词地回答说："只谈论内容本身绝不是谈论艺术，而是在谈论经验；只有当我们论及完成了的内容、即形式、即艺术本身时，我们才是批评家。内容（或经验）与完成了的内容（或艺术）之间的差距，就是技巧"，"技巧是使艺术素材具体化的唯一方式；因而也是评价

---

① Cleanth Brooks and Robert Penn Warren, eds. *Understanding Fiction*, Prentice-Hall Inc., 1943, p. ix.

② Rene Wellek and Austin Warren, *Theory of Literature*, New York: Harvest, 1956, p. 14.

③ Ian Watt, p. 32.

Ⅷ. "写实"还是"虚构"

这些素材的唯一方式。"①这种看法也许有点偏颇,但是他们争辩说,从伦理、宗教、哲学、社会的角度看,小说的思想内容也许是重要的问题,然而它们反映到小说当中却不一定就使作品本身变得重要。如果说思想在故事中显得重要,那是因为它融入了整个小说的结构,故事活生生地体现出思想、又修饰限定着思想的缘故。布鲁克斯和沃伦说:"抽象意义的思想是绝对的,而故事中的思想则没有这种绝对性,它必须受到限定和修饰。"他们说的也就是这个意思。

新批评在垄断英美文坛的几十年间,还做了一件意义深远的大事,这就是对英美文学经典、乃至整个英美文化传统的反复再阐释。在这个再阐释的过程中,一切明显的或暗合的形式主义倾向,都受到不遗余力的推崇和发扬,反之,则被回避、搁置或淡化。譬如上文提及亨利·詹姆斯在阐发"心理现实主义"思想时,表现出唯美主义、形式主义的倾向,这一倾向就受到新批评理论家们的大力强调和反复阐发。布莱克默主编的詹姆斯小说理论文集《小说的艺术》(1934),成为新批评小说理论最重要的文本之一,而该读本序言中介绍的詹姆斯,则成为崇尚审美形式主义的典范。此外,维姆塞特和布鲁克斯合著的《西方文学批评简史》,韦勒克和华伦合著的《文学原理》等,更是从纵横两个方向上把整个西方文学和文学史都纳入了以形式主义为基准的评价。就这样,审美价值的变化触发了文学和文学传统的再阐释,而这种再阐释反过来又进一步强化那新崛起的审美价值。在这样的背景下,当伊安·沃特"发现"小说的界定性特征是一种"形式的"现实主义的时候,学术界也就毫不怀疑地将它当成了一个"事实",而学术界一旦欣然认定小说的现实主义只不过是一种"形式特征",那么,"现实主义"本来应该包含的外界指涉性也就在人们的观念上被彻底抹煞了。

20世纪50年代后,英美新批评作为一种文学批评的方法论,其认识局限性已越来越明显,但是,它所体现的那一整套形式主义的审美价值观却并没有因此而动摇。这里当然还有社会文化方面的原因,譬如社会教育的普及、读者文化水平的提高,在很大程度上会降低对于小说作品教诲、认识功能方面的期待值,说教倾向甚至会引起读者的反感。20世纪以来西方文学批评普遍出现的重形式审美分析、轻价值判断的倾向,不能不说与这一情况有关。时间一长,这种带有形式主义倾向的审美价值观也就渐渐体制化、规范化,成为约定俗成的一种传统,它不仅有了传统的

---

① Mark Schorer, "Technique as Discovery," in David Lodge, ed., *20th Century Literary Criticism*, Longman, 1972, p. 387, p. 391.

惰性,而且总像海绵吸水一样,不断按自己的需要将新出现的文化现象吸纳进来。这就是近几十年来我们所看到的,英美文坛上尽管"超越形式主义"的呼声不绝于耳,然而却未见任何实际的超越。俄国形式主义、法国结构主义、解构主义(后结构主义),只要这些思潮本身含有某种"反指涉性"(anti-referential)或"反文本再现现实性"(anti-representational)的基因,它们就会被毫不留情地卷入这股形式主义的巨大涡流之中。

四、"虚构"取代"写实"

20世纪60年代以后,越来越多的英美文学的读者发现,英语中"虚构"这一概念发生了明显的变化。所谓"虚构",过去无非是指一种文学形式,等同于"小说",或者指文学的构成,注入小说中的人物、情节、场景、行为等,或者指任何子虚乌有、纯属想象的故事。总之,"虚构"就是指某种不可当真的人或事。但是,这个术语的含义现在已经明显扩大了。扩大到什么程度?我们不妨看一个实例——约翰·福尔斯的小说《法国中尉的女人》。

在小说的结尾,查尔斯终于找到了隐名埋姓的萨拉,但此时的萨拉已成为"前拉斐尔兄弟会"中画家但丁·加布里尔·罗塞蒂的秘书兼模特,萨拉告诉查尔斯,她生活得很好,罗塞蒂也表示要娶她,但她却不想结婚。萨拉说,世上最能理解她的是克里斯蒂娜·罗塞蒂,甚至超过了她对自己的了解,而克里斯蒂娜·罗塞蒂将会对查尔斯解释她的一切。小说的读者不免产生疑问,实有其人的罗塞蒂兄妹怎么成了一部纯属虚构的小说中的人物?也许有人会不以为然,真人真事的传记中并不绝对排斥虚构的成分。但是,这里是用历史名人为一个虚构的小说人物当衬垫,这种做法与名人传记的确有所不同吧。

其次,在这部小说的叙述过程中,作者时不时地打住,明确告诉读者自己正在编织故事,甚至干脆讨论起现代小说的作法、创作目的等,从表面上看,作者似乎在故意模仿19世纪维多利亚时期小说的惯例,但仔细分析又不尽然。以往小说作者要读者相信小说中的一切都是"真实的",而福尔斯却强调自己生活在罗伯—格里耶和罗兰·巴特的时代,他所写的这部小说不是一部现代意义上的小说,它也许是一部变形的自传,甚或是改头换面的论文集,因为他把许多有案可稽的史实镶嵌进小说,他不仅明白无误地告诉读者这是"虚构",而且还不时把他如何虚构的伎俩抖落给读者看。试问,20世纪上半叶之前"虚构"的含义是这样的吗?

更有甚者,这部小说采用了一种完全开放的结构,小说被安排了三个结尾：第 44 章出现一个"维多利亚式"的结尾；而从 45 章以后，小说又编织了两种符合现代人意识和口味的结尾：一种是萨拉和查尔斯重归于好，另一种是查尔斯发现萨拉处于一种不可理喻的心理，安排引诱他落入圈套，于是他愤然离去，独自面对生活的长河，咀嚼回味人生的哲理。按照小说与生活同构的惯例，这种开放式结局无疑在暗示现实生活本身的无序，而人之所以认为它有序，只因"虚构被编织进了一切"（原书第 13 章）。

上述种种当然并不能算是当代英美小说虚构的典型范式——实际上相当一部分当代英美小说并不是这种写法。但是，我们却应该看到，当代英美小说中确实有这样一种倾向：故意模糊"虚构"与"真实"的界限。既然读者总是自觉不自觉地去发挥小说的指涉现实的功能，那就干脆改用报道文体、新闻纪录式文体来写小说。有的作家则故意模仿通俗文体，强调人物的单面性，情节的扁平性；有的为了突出文本的捉摸不定、不可信赖，便故意采用强调故事真实性的手法，设置一个主导叙述者。但这个叙述人突然会不知所之，突然又重新冒出，声称方才所述统统是撒谎，是虚构杜撰，让人无所适从；有的更走极端，例如威廉·巴勒斯所谓的"剪贴"（cut-up）或"拼接"（fold-in），将一页书或一段录音磁带切割成片断，再任意拼接起来。据说这样做的目的是为了把人的性格、社会和政治的界线故意弄模糊。很明显，这些作家不仅在认识论上完全否认客观的真实性，而且在小说创作论上也彻底摒弃了"小说旨在写实"的观念。

早在《法国中尉的女人》问世前两年，美国作家、评论家兼文学教授约翰·巴思曾发表一篇名为《枯竭的文学》的论文，其立论为：一切艺术形式和表现手法都有自己的历史周期，正如古典悲剧、大歌剧、十四行诗序列等艺术形式已经寿终正寝一样，小说作为一种主要的艺术形式也大限已到。因此，当代的作家必须寻找"最符合当代的"表现手法和技巧，而"过去流行的直接摹仿行为的写法，如因果关系、线性陈述事件、人物刻画、作者选择、安排和阐释等等"，统统都已是陈旧的观念。巴思认为小说已经"枯竭"，号召作家从事"实验"和"创新"，然而结果则是我们上面所看到的情况。小说发展到这种地步，何尝又不是另一方面的危机——认识论方面的危机？当代的英美小说家再也不会具有 19 世纪作家对现实、对社会的进步和道德的完善所抱有的信念了。当代小说所表现出的形形色色的"创新"，似乎总缺乏一种深远的意义，它们对复杂的社会现象，朦胧微妙的个人感受所作的探索，究竟能给读者以怎样的启迪，已越来越成为疑问。因此，对于持传统的小说观、认定"小说旨在如实再现生活"的人来说,战后——尤其是60年代以后的英美小说则确实走向了死亡。

但是,自70年代以后,似乎有越来越多的人又接受了另一种看法。他们觉得,"小说既在逐渐死去,但又在获得新生"。问题在于要有一种新的关于小说的诗学,一种新的对于小说的理解。在这方面,值得一提的是以乔纳森·卡勒的《结构主义诗学》(1975)为代表的小说理论研究方向所产生的影响。结构主义的研究摒弃了传统的、以历史演变的考证为主的研究方法,把考察的重点移到对迄今为止现存各种关系的认识上。就小说研究而言,结构主义的小说诗学主张,由于主宰小说的最基本惯例是读者总是期待小说将产生一个世界,因此,"小说比任何文学形式、甚至比任何形式的文字都更有资格充当这个社会借以构想自身的样板,或更有资格充当表现这个世界的一种话语"①。很明显,对于结构主义诗学而言,现存的即是合理的,人们没有必要再去纠缠诸如今日的小说还是不是小说这样的问题,而应该把注意力集中到对现有的小说应该怎样认识上来,这也就是卡勒不止一次强调的,现在摆在我们面前的主要问题已不是文学是什么,而是文学应该怎样阅读的问题。所谓"文学作品之所以具有结构和意义,乃是因为人们以某种特别的方式去阅读它……"②看来,结构主义诗学对于什么是"小说"的回答非常简单:"小说"就是内化了我们这个社会的意义系统的文化符号,小说中呈现的意义系统就是我们所处社会意义系统的对应物,仅此而已,无须再论。

然而,这样却使问题变得更加复杂了。按照传统的小说观,小说是对一个客观存在的现实世界的反映,这种观点显然认为,客观现实存在是第一性的,小说中的虚构世界是第二性的,两者的关系当然是前者决定后者。而按照结构主义的小说诗学,客观世界与小说虚构之间的决定与从属的关系就完全被颠倒了。凡是现存的,即被视为合理;凡是小说中描写的,即被视为现实存在的对应物。这无异于说,现实是什么样子,只要看看小说虚构的世界就知道了。实际上,卡勒在《结构主义诗学》中提出的就是这个主张。他引用法国激进派小说理论家菲利普·索莱尔的话说:"小说是这个社会的自我表述方式,我们的自我属性仰赖于小说,别人如何看待我们,我们如何看待自己,我们的生活如何不知不觉地熔铸成一个整体,这一切都取决于小说。别人若不把我们当

---

① *The Structuralist Poetics*, p. 189.
② Ibid., p. 113.

作某个小说人物看待,那又能怎么办呢?"①这段引文的认识指向,结构主义小说诗学所要引出的结论,都已经再清楚不过了。难怪美国后现代小说家和理论家罗纳德·苏肯尼克宣称,近年来文化思潮的转变,"导致一项新的发现——一切关于我们的经验的表述,一切关于'现实'的谈论,其本质都是虚构的"。说的更明确干脆一些,他所谓的新发现就是生活等同于虚构。②

一旦得出这样的结论,小说理念的演变便达到了它的顶点,讨论也就可以结束了。因为现在所谓的"虚构",已不再是一个文学批评的术语,或"小说"的代名词,它已经不知不觉被引申开去,加入了自有哲学以来就一直持续的关于世界是什么的争论。与其陷入一场永无结论的争论,不如就此止步,就让"小说"作为"小说",既不完全是"真实",也不完全是虚构,唯有这样,它才有其独特的魅力。

---

① *The Structualist Poetics*, p. 189.
② Gerald Graff, *Literature against Itself: Literary Ideas in Modern Society*, The University of Chicago Press, 1979, p. 171.

附录：现代派文人剪影五则

叶 芝

被美国诗坛尊为"海伦老夫人"的哈佛大学校级教授海伦·文德勒（Helen Vendler）去年出版了她的第 25 部诗歌专论《叶芝与抒情诗形式：我们的诗艺之秘诀》（*Our Secret Discipline：Yeats and Lyric Form*, Harvard University Press，2007）。对这样一部观点显然比较"老派"、甚至可说与时下学术主潮不相榫合的诗歌形式专论，《纽约书评》、《纽约时报》、《华盛顿邮报》、《波士顿环球报》、《泰晤士报》等英美各大报刊居然都竞相发表书评，而且大多给予正面的肯定，倒是让人多少有点感到意外。

因为从大的文化环境上说，自从上个世纪的七八十年代以来，以政治意识形态为导向的文化研究就已成为英美大学文科专业的主调，而有关诗歌形式的研究，素来都被认为是早已"过时"的"新批评"的专长。可是，摆在我们面前文德勒的这部叶芝研究，它所凭靠的其实就是我们所熟悉的新批评一套。文德勒本人对此也从不予以否认，她说自己在 50 年代读书时，是 I. A. 瑞恰兹教给了她这种"细读"的方法。而从此以后，她也从来也没有皈依过任何的理论——生活中她甚至从来没有参加过任何政党，从来没有参加过任何选举——她认为自己就是"为读诗而生"。她读诗的方法，就是摒除任何的理论。【有一次在谈到她自己的诗评时，她甚至说她总是要考虑自己的诗评是否能得到诗人的赞同。"When I was writing my dissertation on some really abstruse works by Yeats," she once noted, "my notion, which is still my notion, was that if what I write pleases the poet, then what I have done is all right."】然而十分吊诡的是，就是这位"极度非理论化的（rigorously untheoretical）海伦·文德勒"，美国学界却公认她"具有无人能及的公众影响力"。

也许是巧合，文德勒当初在哈佛的博士论文选题就是叶芝。但那时候，她觉得自己还太年轻，还无法应付像叶芝这样写作跨度长达半个世纪的大师的诗歌，所以只选择了他的诗剧部分，而把全面考察大师诗艺的艰巨工程留到了今天。近半个世纪以来，这位永远不愿意与群体掺和、特立独行的"文学守望者",始终保持着一种对文学的纯真,在英美诗歌这个领域中辛勤地耕耘着。她一部接一部地推出了英美重要诗人的专论:W. 斯蒂文斯,G. 赫伯特,J. 济慈,G. M. 霍普金斯,谢默斯·希尼,莎士比亚(十四行诗),密尔顿,金斯伯格,伽里·斯奈德……这些论著(作)不仅使她获得一系列美国学术批评的最高奖项,而且赢得了"最擅长细读的诗评家"、"R. P. 布莱克默尔和 L. 贾雷尔的'正宗传人'"等一看便知是属于"新批评"传统的口碑。

但与新批评的前辈们相比,文德勒的诗论又不乏自己独特的侧重和发展。她曾在 80 年代最重要的诗论之一《约翰·济慈的颂诗》(*The Odes of John Keats*, 1983)的序言中说过,以往对济慈思想和情感的研究有一大忽略:没有把济慈"当作一个诗人"来研究。她认为,这种研究就是要把诗人看作是一个"制作者"(maker),看他如何"打造一套极其复杂的语言表述方式",看他如何始终"用自己的写诗意图控制着这个语言制作的过程",看他如何"调配和摆弄各种诗歌意象,以涵盖和体现整个诗歌的主题"。她说,以往的济慈研究者也都重视他的诗歌意象,但他们都是从语义的层面来关注意象,而不是"把意象看成是形成诗歌的一个构造关系网络中的一个重要构件"。在这次的叶芝研究中,她仍然依循这样一个思路,把叶芝如何"做"诗作为关注的焦点,考察他如何具体尝试各种可能的诗歌形式,从三音步诗行到八行体诗歌,从民谣体到商籁体等等,以使自己所要表达的诗意、诗情得到最完美的表达。

文德勒的这一观点和价值取向当然不可能在当下文坛上得到一致的赞同。她的叶芝专论发表后,美国爱默赫斯特学院的威廉·H. 普利查德(William H. Pritchard)教授和英国剑桥大学王后学院研究员伊安·帕特森(Ian Patterson)在《波士顿环球报》(2008 年 2 月 17 日)和《泰晤士报高教副刊》(2008 年 2 月 21 日)分别发表书评,前者持肯定的态度,而后者则基本上否定。普利查德指出,在过往的诗评中,即使威廉·燕卜荪、伊沃尔·温特斯、休·肯纳、唐纳德·戴维这样的大家,对诗艺技巧的谈论也不多。而文德勒的长处是她从不满足于对叶芝所选形式的指认和描述,她更加注重考察的是诗人如何借这些形式来表现道德与人文的内容。现为剑桥王后学院兼职研究员的帕特森博士则站在当下所流行的文化研究立场,对文德勒的新著做出了完全相反的评价:他认为文德勒对"过去 10 至 15 年中有关叶芝诗歌的研究",对"诗歌节奏是如何运作",对"构成诗学目的论的整个现象学",竟"未著一词",因此,这部专论"缺少思想"。他说,文德勒把全部注意力都放在叶芝对诗歌形式的选择,把诗歌的"写作过程"——"从诗意的孕育到付诸实施这一热切而艰难的过程"——作了"浪漫化"的处理,没有看到所选择的形式有可能掩盖了诗人某些似是而非或尚未成形的看法。帕特森甚至还引用叶芝的诗句"对善于思考的他来说,/我的诗韵要比这韵律本身言说的更多",来影射文德勒忽略了叶芝诗歌形式的真谛。

帕特森认为叶芝诗歌韵律有丰富的言外之意(什么言外之意则语焉不详),而文德勒却没有把握。然而,为文德勒打抱不平的评家也大有人在。他们认为文德勒不仅抓住了叶芝诗歌形式的言外之意,而且抓住的恰恰是帕特森所没有把握的言外之意。按照资深诗评家戴维·奥尔(David Orr)在《纽约时报》(2008年5月11日)上的说法,文德勒是"我们这个时代最权威的诗歌批评家之一","她对于诗歌的执著,影响了我们对赫伯特、莎士比亚、斯蒂文斯等许多诗人的阅读"。奥尔认为,她的这部新著对于一般的诗歌读者而言,或许会有"味同嚼蜡"("drier than chalk dust")的感觉,然而对于学者来说,他却可以在这里"挖掘到供多年受用的材料"("to find years of material here")。

的确,正如另一位有识之士安东尼·卡达(Anthony Cuda)在《华盛顿邮报》(2008年4月17日)的书评中所说,文德勒这个课题——论叶芝对其诗歌形式的"推敲",实在和叶芝本人写诗时"苦吟"一样,也是一件"皓首穷经的劳作"。有人曾问过叶芝:"诗歌的写作过程能否看成是一种劳作?"他回答说:"我的诗歌就让我费尽了心力。我坐在它面前……简直就像战船上那些不断划桨的奴隶。"他说自己往往是一个星期只能写成七八句诗,而这整整一个星期,他会独自一人或和自己的朋友,不停吟诵推敲这些诗行的韵律。

英国著名诗人、伦敦大学学院的高级讲师马克·福德(Mark Ford)还就叶芝如何做诗为题,在《纽约书评》(2008年4月3日)上发表长篇书评。他引用叶芝自己的陈述,对诗人斟酌、推敲诗韵的甘苦做了详细的分析。与我们通常所了解的诗人不同,叶芝为了在诗中找准韵律,甚至往往会先用散文的形式写出诗歌大意,然后再反复掂量揣摩,打磨出他叶芝特有的诗体和诗韵。

在笔者看来,福德、奥尔和卡达等人之所以都非常强调叶芝"做"诗时与众不同的特点,一个重要的目的就是要对多年来文化研究造成的一个积弊提出警告:不能把文学简单地理解为某种意识形态理念的传声筒。他们对文德勒这部新著的捍卫,其实并不是要返回到"新批评"时代,重又回到过去对文学的那种纯形式主义的关注,而是要提醒我们,要特别注意从文学(诗歌)所秉持的对生活的那种独特的观照,即从它独特的表现形式中,窥见出作者(诗人)对生活现实的独特理解。文学(诗歌)所表达的这种意义不是外在的,不是从外部什么地方挪移过来、用任何别的方式都可以表达的意义,它是作家(诗人)用自己找到的一种独特方式,打造成了文学(诗歌)作品本身,而与此同时,也注入了一种他对于生活的独特的理解和他所发现的意义。要知道,这种理解和意义一旦离开了文学作品(诗歌)则不复存在,文学的独特性也正在于此。

文德勒在新著的前言中感慨地说,诗歌形式作为一种专业训练(discipline),其奥妙和秘诀正日益远离当下学人的关怀。正因为如此,今天的叶芝研究者们会饶有兴趣地谈论所谓的"厌女主义者"的叶芝,"后殖民自由战士"的叶芝,"命定要失败的新教统治捍卫者"的叶芝,或"优生学理念倡导者"的叶芝等等,而不再去关注他《超现实主义之歌》中的押韵格式,或关注他为何采用四音步、四行诗的形式,等等。而现在再要让那些对这种技术性的特别领域毫无兴趣的人理解和把握这些诗歌技巧问题,那真是一件难上加难、又令人无可奈何的事情。

这些年来,文德勒对美国人文学科的滑坡一直大为感叹。她说,现在的学生或许还在读一点荷马,读一点维吉尔,但他们恐怕只会把这些作品当作故事,而不会把它们当作诗歌来读了。为此,文德勒感慨道:"哲学会让你具有正确的思维,历史会把你造就成我们这个民主制度下的好公民,然而文学(诗歌)在我们的高等教育中却越来越不受重视,我认为这是很错误的。莎士比亚的十四行诗属于我们文学当中的精华,它应该属于我们思想训练的一个不可或缺的部分。"

就英美当代诗歌的发展,文德勒独具慧眼地指出,当叶芝在如此执着地坚持采用现存的诗歌形式之时,埃兹拉·庞德、T. S. 艾略特和威廉·卡洛斯·威廉斯等现代派诗人都在以各自的方式,试图挣脱19世纪诗歌程式的束缚。叶芝似乎从来没有对现代派所发现的自由体或拼合体动心过——他非但没有去创造一种与断裂和破碎的现代生活相对应的诗体,甚至还要故意地打造一种诗体,其结构之严谨密实,就好像是一道壁垒,来抵御他《雕塑》一诗中所谓的"现代大潮的污浊"。为此,马克·福德强调指出,文德勒一著列举的大量例子说明,叶芝的诗歌形式并不单纯是个形式问题,它同样是诗人文化理念的体现。例如,他曾一再把他诗歌中雅致、宽绰的结构形式与爱尔兰现实生活中的"大房子"加以类比。叶芝的许多最重要的诗作都采用意大利八行体形式,这种形式曾被英国的浪漫主义诗人们广泛采用,雪莱、济慈、拜伦都使用过,然而,叶芝采用这种形式,其目的并不是要重复雪莱式的哥特风格,济慈式的感伤哀婉,或拜伦式的漫不经心,他希望以这种诗体去把握和再现诗人西默斯·希尼所说的一种"不可动摇的、乐观积极的音律",而它正是"诗人那种不屈不挠精神"在形式上的对应。

看了以上的分析,我们还会同意帕特森所说的文德勒的叶芝新论"缺少思想"、没有把握住叶芝所谓的"诗韵比诗律本身言说的更多"吗?

艾米莉·狄更生

蜂鸟是美洲大陆独有、迄今所知世界上最小的鸟类,在目前所发现的三百余种蜂鸟中,最大的也不过 20 克左右,最小的仅重 2 克。这种小鸟能以每秒十几次甚至几十次的高速度扇动着翅膀,忽左忽右,忽上忽下,甚至能向后飞行,或悬停在空中,在花前取食花蜜和昆虫。蜂鸟因拍打翅膀时发出蜜蜂般嗡嗡的声音而得名。它色彩艳丽、飞行敏捷,给人以无限遐想,美洲的土著人甚至把它视为神灵。到了 19 世纪,许多文人、艺术家都对这形态别致、精灵般的小生物表示出极大的兴趣。

1882 年,艾米莉·狄更生的好友梅波尔·L. 托德赠与她一幅自己所画的蜂鸟,狄更生回赠了她一首隐写蜂鸟的小诗,这首诗就是后来非常有名的《一条转瞬即逝之路》("A Route of Evanescence")。那年夏天,已为人妇的托德爱上了狄更生的已为人夫的哥哥奥斯丁,但不久以后,托德又有了另一位追求者——因蜂鸟彩绘而著名的画家马丁·约翰逊·希德;而据说也是在那个时期,著名的小说家哈里埃特·比彻·斯托夫人也对蜂鸟情有独钟,写下过有关蜂鸟的不少文字,1864 年还亲笔画过一幅蜂鸟的彩绘。斯托夫人不仅写蜂鸟,画蜂鸟,甚至还救过一只受伤的蜂鸟,她耐心地教小蜂鸟吸吮枫蜜汁。哈里埃特有一个哥哥叫亨利·沃德·比彻,据说是当时美国最著名的一位布道者,比彻曾买过希德的两幅画作,1876 年,他因与友人之妇通奸而被告上法庭,酿成了轰动一时的大丑闻。这位比彻也有一项爱好,就是收藏蜂鸟的标本……

所有这一连串看似并无直接联系的文人轶事,被当今的一位从事狄更生研究的学者克里斯托弗·本菲(Christopher Benfey)教授发掘、整理出来,写入了他于去年 4 月出版的一本研究专著《蜂鸟的夏天:狄更生、马克·吐温、斯托夫人和马丁·约翰逊·希德的爱情、艺术与丑闻交织的世界》(*A Summer of Hummingbirds: Love, Art, and Scandal in the Intersecting Worlds of Emily Dickinson, Mark Twain, Harriet Beecher Stowe, and Martin Johnson Heade*, 2008)。本菲的这部专著出版前后，位于狄更生故乡的阿默斯特学院，新英格兰地区最重要的报刊《波士顿环球报》，还有《纽约时报》、《华盛顿邮报》、《芝加哥论坛报》以及巴恩斯·诺博尔出版公司等，都纷纷发表书评，对《蜂鸟》一著倾力推介，对该著所展现的那个鲜为人知的狄更生世界表示出极大的兴趣。

早在十年前，美国《纽约书评》就曾刊载过本菲撰写的一篇长文《狄更生之谜》("The Mystery of Emily Dickinson," *New York Review of Books*, 1999-04-08)，此文对狄更生诗歌几个重要文本的整理出版过程做了详细的梳理，我曾撰文做过专门的介绍。《蜂鸟的夏天》是本菲的第三部狄更生研究专著（他当年在哈佛的博士论文写的就是艾米莉·狄更生，后来他将研究领域扩大到美国19世纪文学）。从年龄段上说，他应该属于受过20世纪后半叶"理论—方法"热洗礼的一代，所以他对新英格兰诗人和作家的研究，在认识理念上和他哈佛前辈们看得出有相当大的区别。本菲从未对自己的理论立场作过明确界定，他只声称自己是一个从事"文化研究"的文人，他对文本、意象和作者生平的解读，有时也显得有点老派，然而，批评界内行仍一眼可以看出，他的著述实际上还是早已有某个先定的理论框架，尽管他在行文上并未使用那些时髦的理论术语。

2003年，本菲执教的曼荷莲学院曾授予他一个学术成就奖，那次授奖的颁奖词特别提到本菲偏爱"含有意义空洞的叙述文本"——他"既善于填补这些意义的缝隙，也清楚地知道什么时候则没有必要"。《蜂鸟的夏天》即突出体现了他在这方面的构思。本菲相信，书中论及的这些新英格兰文化人之所以在诗作和小说中写蜂鸟，他们之所以画蜂鸟，养蜂鸟，搜集蜂鸟标本，谱写模仿蜂鸟鸣啾的乐曲，并在寒冬里耐心等待来年夏天蜂鸟的返回，乃因为蜂鸟作为一个文学意象，象征了这些文人所处社会正在经历的时代精神的变迁。他们这一代美国人，正开始从内战前的静止、封闭的生存状态中走出。内战对美国社会所造成的动荡，促使在卡尔文教派沉闷信仰的重压下接受了原罪、堕落和宿命观念的一代美国人，迅速地转向了一种不那么刻板、不那么抑郁、比较讲究人性和仁爱的生存状态。他们如饥似渴地追求"精神和心理上的完整"，希望在"宗教、政治、审美和性爱"等各方面都获得自由；他们对于科学、艺术的认识，他们的宗教观念以及对包括爱情、婚姻在内的生活态度等，都像这蜂鸟一样，处于一种"急速而剧烈的运动状态"之中。这一粒粒钻石珠宝般急速鼓翅飞行的蜂鸟，便成了悬浮在新英格兰上空的一种自由心态的象征。

但这些书评作者在赞叹本菲的奇思妙想的同时，也或明或暗地指出：此著给人以一种强拧硬拽、难以令人信服的感觉。

最激烈的否定性批评来自劳拉·米勒（Laura Miller）在《纽约书评》（2008-05-04）上发表的《坠挂在薄纱般的翅膀上》（"On Gossamer Wings"）一文。米勒用蜂鸟纤细的翅膀作比，暗示本菲此著的立论过于沉重而摇摇欲坠。米勒毫不客气地问道：本菲之论可谓美妙，但它能站得住吗？或更干脆点，它能算是一个论点吗？米勒批评道，本菲在炮制了一个类似吉祥物一样的比喻后，便完全按照他自己的奇思妙想，从一个话题飞闪到另一个话题，从一个主题飞闪到另一个主题，从一个历史时刻飞闪到另一个历史时刻。例如，他刚说了狄更生所赠蜂鸟诗是为了纪念梅波尔与希德的友谊，又突然切换到另一个主题，大谈起斯托夫人在她盛放糖水的玻璃杯上模模糊糊写下的"Hum"一词，说"Hum"也可能是指"Rum"——她那酗酒成性的浪子弗雷德里克。米勒称本菲似有一种专门窥视阴谋以发现各种秘密联系的本事。例如，本菲在书中断言狄更生受到拜伦的影响，而他提供的证据，则无非是拜伦的《契隆的囚徒》和狄更生的《孑然一身的境遇》两首诗中，都有"室友"（inmates）一词，都描写了"蜘蛛"而已。米勒还指出，细心的读者会发现，本菲没有任何的证据来证明狄更生对希德有过什么想法，而托德与奥斯丁真正发生恋情，则是在1882年的夏天——即本菲所谓的"爱情之夏"之后，而他们的恋情发展到顶峰，更是在第二年的12月之后。至于对蜂鸟或这些婚外恋并无兴趣、硬被拉入这一关系网的马克·吐温，实际上是在许多年前就在纽约的第十街画室遇见过希德，而他好像也并不存有希德的风景画。

总之，米勒认为，本菲这个好似用糖稀搭建起来的结构是一碰便要坍塌的。《蜂鸟的夏天》不啻把艺术的逻辑强加在充满随意性的经验之上。但是，米勒认为，本菲这么做也情有可原，因为当下的读者一个个都已被电影、电视和书籍中的虚构之物撑得肚胀腰圆，他们亟需从所谓真实的故事中获得新的刺激——他们需要"真实"，但同时也需要"故事"——他们期待从人为打造的叙事中获得一个囫囵个的意义。于是，往事回忆者便采取一种摘樱桃式的录入法，他不仅有意专拣好的摘，最糟糕的时候甚至还会杜撰（fabricate），直到混沌不清的生活被重新编排得符合一种虚构的逻辑为止。米勒认为，本菲很像批评家解读小说那样来对待过去的生活。她说，如若1882年阿默斯特所发生的一切真是一部小说的内容，那我们倒是可以说，蜂鸟的确是这部作品的一个重要的主题，它象征了某种东西，而这种东西无疑也会道出作者笔下人物的某些内心想法。但这样你就必须相信，生活中发生的事件都是由某个作者主使的，否则你把那么多的意义读入这些事件岂不荒唐！米勒不乏揶揄地问道：也许在19世

附录：现代派文人剪影五则

纪末的美国知识界，出于某种原因，确有一种不成文的对于蜂鸟的崇拜；也许他们中的许多人的确都非常喜欢蜂鸟。可是，话又得说回来，谁又不喜欢蜂鸟呢？而不管怎么说，当斯托夫人清早醒来听见蜂鸟翅膀扇动的声音时，她其实并不会像本菲所说的那样，想到的是亚历山大·蒲伯的尾韵相谐的对句，她就是醒来而已。正如另一位本菲的评家所说的，本菲擅长写作——他写得太好了，米勒也认为，人们会像顺流而下观看两岸景致一样读他的书，从一个话题跳到另一个话题，这也的确是一种愉悦。但是，当旅程结束时，大多数的读者肯定不是被他说服，而是转了向。但这样又有何妨？你刚上一辆车就被丢了下来，可刚巧这地方是个赏心悦目的公园，所以很少有人会抱怨的。

而就在越来越多的读者发现他们上错车的时候，布伦达·温尼埃珀尔（Brenda Wineapple）的另一部传记《白热：艾米莉·狄更生与托马斯·温特沃斯·希金森的友谊》（*White Heat: The Friendship of Emily Dickinson and Thomas Wentworth Higginson*, 2008）于8月份适时问世了。与本菲《蜂鸟的夏天》所不同的是，《白热》只紧扣一个主题：狄更生与站在她身后20年之久的老伯乐希金森之间的友谊。按照过去传统的看法（包括十年前本菲在《狄更生之谜》一文中所持看法），狄更生一生隐居，生前基本上没有发表什么诗作。1886年她患肾衰竭病逝后，她的妹妹拉维尼娅在她房间一个锁着的物篮中发现了40本手工缝制的诗抄本和许多誊抄工整的诗作散片，总共有700首之多。她把这些诗作交给了狄更生的生前好友、后成为她嫂子的苏珊，希望这些诗作能很快发表。可是一年过去，苏珊也没能将这些诗歌整理出来。拉维尼娅只好将诗作要回，转请阿默斯特学院一位天文学教授的夫人梅波尔·托德帮忙，托德多年来与狄更生的哥哥奥斯丁保持一种半公开的暧昧关系，狄更生与她也有书信来往并寄赠诗歌。托德找到波士顿的一位著名文人托马斯·温特沃斯·希金森，请他勘订编校狄更生的诗歌。但希金森是一个趣味老派的文人，所以出自他手的狄更生诗歌有不少修改变动。一些原本并不齐整的韵脚被改成服服帖帖地押韵，一些标点符号、大小写也都做了改动，目的是使诗作更符合上个世纪之交读者的阅读欣赏习惯。不过，正因为这样一种说法，托德和希金森长期以来一直受到批评界的诟病。

再者，按照过去传统的说法，狄更生与希金森完全属于两种不同类型的人：狄更生长期隐居在乡间，不问世事，而希金森出身高贵，受过极好的教育，在政治上十分活跃。他不仅参与当时的废奴运动，曾受到梭罗的高度赞扬，而且为堪萨斯反奴隶制义军运送武器，支持起义军领袖约翰·

布朗夺取哈珀斯渡口；这位希金森上校甚至还亲自率领过由解放黑奴组成的第一团作战。后来，他又帮助策划了一系列的妇女参政活动，并曾一度担任过全美妇女参政协会的主席……由此可见，狄更生与希金森身世迥异，他们之间的确不可能有什么更为密切的关系。

那么，狄更生与希金森之间是否又真的像过去文学史所认定的那样，仅仅是一个不谙世事的女孩子贸然给一个素未谋面的老文人写信（希金森其实仅比狄更生年长七岁），请求给自己一个发表诗作的机会呢？本菲和温尼埃珀尔都对这一定论提出了怀疑。但是，正如著名作家和评论家乔伊斯·欧茨在书评（《纽约书评》2008-09-25）中所指出的，在本菲那部结构松散的《蜂鸟的夏天》中，狄更生和她的"师傅"希金森间的通信交往和友谊，成了全书错综复杂的性爱关系中的一缕。而温尼埃珀尔在《白热》一书中，则把视点集中在两个文学人之间的交流关系上。她从狄更生的札记中看到的是希金森"带有爱怜、关怀和温情"的指导，狄更生则是对希金森的"庄重"和"正直"赞扬有加。而尤其令读者惊叹的是，温尼埃珀尔是从狄更生的将近100首诗作中，梳理出了她和希金森之间长达24年（1862—1886）的这样一种文学交流关系。温尼埃珀尔的考察，完全推翻了以往对希金森的误解和偏见：一个居高临下、像为小学生改作业那样给狄更生下达修改指令的老学究，而向我们展示了一个诲人不倦、循循善诱的长者形象。

温尼埃珀尔是美国纽约州立协和学院现代文学和历史学教授，写过学术评价极高的《霍桑传》等多部美国著名文人的传记。这部《白热》自去年8月正式出版以来，好评不断，一致肯定了《白热》将一位"隐居诗人"与一位"社会活动家"之间几乎不可能发生的关系写得非常动人（参见《纽约太阳报》书评）。不少评者认为，《白热》"达到了文学传记的最佳境界：既有真情实感时刻的近景呈现，又让所表达的主题最终仍保持一种神秘性"（参见《经济学人》书评）；而温尼埃珀尔最受到赞许的是她在"还原那些生动情节的同时，又从来不放弃一个历史学家忠于史实的责任"（参见《华盛顿邮报》书评）。而就在我这篇综述即将完稿之时，美国普林斯顿大学的埃丝特·肖尔教授又赶在 2008 年的最后一天，在《泰晤士报文学副刊》上发表了长篇书评《艾米莉·狄更生与其他的蜂鸟》("Emily Dickinson and other hummingbirds," *TLS*, 2008-12-31）。肖尔指出：温尼埃珀尔对以往那个所谓"出卖"和"妥协"的故事作了明确的改写。她不仅肯定了希金森帮助狄更生回避家中妇姑勃谿一类的纷争，而且在如何选择恰当的诗歌形式——规范标点、大小写和诗节的划分等方面也发挥了作用，所有的这一切,保证了狄更生"面向世界的诗语"更好地被人们所接受。肖尔热烈赞扬"温尼埃珀尔对狄更生和希金森之间二十多年错综复杂关系的叙说",认为它"确实把我们带入一种他俩共同创造的'白热'状态——他俩的这种协作,使得这两个新英格兰人冰冷的灵魂变得无比的温暖"。相比之下,肖尔在谈到本菲的那部《蜂鸟》时,则认为《蜂鸟》中所涉及的男女人物围聚在一起,"即使有接触,仍也是若即若离",在肖尔看来,本菲的叙述"技巧高超,落笔轻盈,但直到终了,这呼呼作响的空洞运作也未能产生出热量"。

弗吉尼亚·伍尔夫

1928年,弗吉尼亚·伍尔夫以"女人与小说"为题连续做了几次讲演,其中谈到,"一个女人要想写小说,就一定要有钱,还要有一间自己的屋子。"因为在维多利亚时代,发表文学作品的大门对于妇女来说是紧闭的,哪怕莎士比亚有个才高八斗的妹妹,她的文学才华也不可能得到发展。今天,伍尔夫的这篇讲演已成为女性主义思想传统的经典文献,而"有一间自己的屋子"似乎也成了所有女性主义者的一个标识性代码。但是,在一百多年前的维多利亚时代,"有一间自己的屋子"这件说来"很小的事情"是怎样一个概念,今天的读者恐怕不会有实际的了解。而对此事缺乏了解,我们在对过往的人事进行评价时,就很容易忘记一个基本的常识,即这些人事都要受到那个具体历史时代的局限。

英国纽卡斯尔大学的阿莉森·莱特(Alison Light)教授从一个非常特别的视角对这个问题进行了研究,撰写了一部名为《伍尔夫与她的仆人》(*Mrs. Woolf and the Servants*, Fig Tree, 2007)的专著。此著问世两年来,英美《泰晤士报》、《纽约时报》、《基督教箴言报》、《华盛顿邮报》、《华盛顿时报》、《卫报》、《洛杉矶时报》等各大报刊纷纷刊发书评给予关注,书评数量之多,关注时间之久,为多年来少有。一部讨论"主仆关系"的论著竟会引发如此大的动静,个中的原因着实耐人寻味。

批评家马丁·茹宾(Martin Rubin)在题为"弗吉尼亚·伍尔夫如何被人伺候"("How Virginia Woolf was served," *Washington Times*, Nov. 30, 2008)一文中指出,今天的女性主义者都把伍尔夫当作守护神,可是,倘若她们能听到伍尔夫的讲话录音,她那矫揉造作的上流阶级语音语调肯定会令她们惊愕不已。这只是很小的一个例子,但很能说明问题:人们往往只用今天的价值观来衡量过去的历史人物。伍尔夫出生于一个多世纪之前,去世至今也已经70年,但人们却很容易忘记一个非常浅显的道理,即生活在过去某个时代的人应属于他那个时代。也正因为如此,有些人在看到他们的先驱偶像居然会依靠不止一个佣人服侍其饮食起居时,就不由会感到一种文化上的震慑。莱特的著作之所以那么引人瞩目,就因为她这个话题牵扯到了诸多敏感的神经。

迄今为止,关于伍尔夫的家庭、亲友、她的婚姻状况、她所患的精神分裂症,乃至她所居住的伦敦、所交往的布卢姆斯伯里文人圈等等,学界都已做了相当充分的研究。那么,能否把卷帙浩繁的有关传记、回忆录、书信、日记和评论等再重新加以梳理,从中引出一些我们从未听说过的新鲜事呢?莱特对此做出了肯定的回答。正如许多书评所指出的,她选取了一个非常独特的视角——二战以后在英国逐步消失了的中产阶级家庭的住家佣工习俗。

莱特发现,维多利亚时代无论是当公务员,或担任公职,凡是服务社会都被认为是一件有尊严、可自豪的事情。人们通常都相信,生活的意义在于你能超越自身去做出某种贡献。这一意义的大小不论,只要能为你的工作、为家庭做点什么就可以。家政服务也不例外,也有尊严,也值得骄傲。只要把工作做好,有时甚至能提升到对某种宗教信仰的肯定。从19世纪的中期到二战结束,家政服务成为当时英国女性就业人口最多的行业。莱特指出,在上述一百年中,英国妇女或可说被分成了两大类,"不是雇女佣的,就是自己当女佣的",说整个英国社会就是靠了这套佣工制度才得以运转似乎也不过分。而相对于英国大多数的中产阶级家庭来说,伍尔夫一家在两次大战期间的生活还比较轻松自在,他们那个布卢姆斯伯里文人群体的生活也可以说充满了欢愉。然而,他们的这种悠闲究竟如何获得,他们何以有这样的宽余来实现他们的精神追求,则是一个从来没有人提出过的问题。莱特发现,作为伍尔夫一家的佣工这样一个特殊的群体,一向都被放逐到历史记录的边缘,没有进入学术的视野。这个问题是否应该引起重视并加以考察呢?

莱特在研究伍尔夫的信件、日记、回忆录时发现,一位名叫艾尼丝·史密斯的失业纺织女工在1938年曾致信伍尔夫,说看了她写的《三个基尼》后非常生气,因为书中对工人阶级的描写,让人觉得"厨房女佣好像是炉灶与洗碗池结合的产物"。莱特说,伍尔夫家的佣人虽然还没有如此激烈的抱怨,但伍尔夫自己却记录下不少对佣人的牢骚,有些文字还相当激烈、刻薄。莱特认为,如果伍尔夫有意将自己意识夹缝中对佣人的看法公之于众,那么她显然认为,佣人也是与她有关的一种不可或缺的存在。伍尔夫对佣人们的诉求和抱怨感到厌烦,与她们的龃龉和摩擦使她留下了

附录：现代派文人剪影五则

不少文字，这些文字当然反映的全都是伍尔夫个人的情绪。出于这样的考虑，莱特决定将笔触伸向这个涉及个人传记、社会史和文学批评等诸多方面、然而其本身的边界又难以确定的心理领域。

承担这样一个研究课题，莱特有一个别人所不具备的有利条件：她自己的祖母就曾经当过女佣，她从小就听大人们讲述了许多他们当年做佣工的故事。但是，在充分认识英国社会所发生的巨大变化的同时，莱特却并不完全按照当下时兴的标准来评判历史。这样，她笔下展现的伍尔夫形象就比较客观可信。书中提到的女佣都与伍尔夫有着直接、密切的关系：例如苏菲·法雷尔，她是一位内地农村姑娘，非常恭顺有礼，她于1886年弗吉尼亚四岁时来到她家，既要服侍她的父母斯蒂文斯，又要照料弗吉尼亚；弗吉尼亚的母亲于1895年去世后，她仍留在这个家里，先是服侍弗吉尼亚，后又服侍她妹妹瓦妮萨·贝尔，前后一共工作了28年。1914年，她离开伍尔夫家，但仍在伍尔夫的远房亲戚家中帮工，直到她1931年退休。为此，莱特称这位苏菲是能为弗吉尼亚撰写墓志铭的人选，只有她对弗吉尼亚的性格癖好了解得一清二楚。还有一位叫洛荻·霍普的，原先是一个孤儿，性格活泼好动，她后来被人收养，经过一段时间的培训，先是在布鲁姆斯伯里集团的罗杰·弗赖家帮工，1916年来到伍尔夫家当女佣；伍尔夫家的厨娘奈莉·博克萨尔是与洛荻同一年来的，她为伍家做了18年的饭，但她又是让伍尔夫最感到头痛的一个佣人。1934年7月，伍尔夫的日记中有这样一行记录："18年后，我终于摆脱了这个无微不至的家政暴君。"此后，奈莉在伍尔夫的生活中完全销声匿迹了。总的说来，伍尔夫与这些女佣的关系是时而对她们充满怜爱，时而又会怒不可遏；这一刻她对仆人会充满嫌怨，而时过境迁之后，她又会感到自责。从伍尔夫所写的《我的佣人与我的争论》看，争吵大多是由一些鸡毛蒜皮的小事而引发，这一次是因为仆人"拒绝做果酱"，那一次是因为她们抱怨"煤桶太重"，伍尔夫认定仆人们是在耍她，或是她们歇斯底里大发作；而仆人们则在背后不断传她的闲话。但所有这些龃龉勃谿，在现在看来，则让我们对1860—1940年代英国社会的阶级状况和各色人等的政治态度有了更为具体生动的了解。书评人大卫·杰斯认为，它们说到底反映了英国在处于那个重要的历史转型期时，神经高度紧张的两种人之间所发生的矛盾。①

佣工问题何以引发人们如此高度的兴趣？莱特有很好的解释："因

---

① See David Jays, "Staff? Just can't get'em," *The Observer*, Sunday 5 August 2007; Claire Messud, "A Maid of One's Own," *The New York Times*, Oct. 19, 2008.

为托付给佣人的是一个人的全部自我。佣人是主人身体的管理人,守护着身体的入口和出口;照看着身体的各个厅室和各种秘密;他们知道老爷太太何时出汗、何时出恭、何时出血;他们也了解谁能致孕,谁不能怀孕;他们既要照料分娩,又要安排出殡。他们也最了解皇上是否穿了衣裳。就这样,他们掌管着吃喝拉撒、生老病死,难怪有人戏称他们既是人渣,又是人精。"

那么,考察佣工问题能为我们提供哪些有关伍尔夫的新知呢?与莱特一样、祖母也曾当过女佣的贝尔·穆内在《泰晤士报》的书评中这样作答:你若偶尔听到几个英国妇人饭后的闲聊,她们多半都在数落自己的佣工有这样那样的不是;佣人们如果聚到一起,她们也相互诉苦——无论正当与否,肯定都是在抱怨自己的雇主。雇主和佣人,是两个相互依存的群体,而双方又总是矛盾冲突不断。伍尔夫的思想算够开放的了,她一直在写作中为妇女争取权益,但是,在她的个人生活中,却同样不能免俗,她的许多文字都流露出不啻对穷人和劳工阶级的鄙夷不屑。为此,穆内指出,尽管伍尔夫有天生的本事在把某个场景描述得非常厚实的同时又保持一种内在的平衡,尽管她一直在启发妇女们摆脱性别对命运的束缚,但是,当我们读到她私下里所写的那些有关为她洗衣做饭的女佣们的文字时,我们仍忍不住要产生一股对她做点评价的冲动。虽说她对"下层社会群体"的偏见应视为她那个阶级和时代的局限,但读起来仍让人感到不太舒服。

穆内说,伍尔夫一直弄不明白,"为什么以大众形式出现的普通人……会如此令人讨厌?"她曾绝望地探讨"主仆关系"是否一定就是"欺骗和不信任"的关系。她在与背后算计她的厨娘争吵后写道:"我讨厌她那种缩手缩脚、充满恶意的仆佣心态。"1917年底,伍尔夫的家佣洛荻·霍普提出要涨工钱,伍尔夫在日记中忿忿地写道:"穷人根本没有用以保护他们自己的机会、礼貌和自我约束;而我们在情感方面则掌握着全部的慷慨大度。"不过现代读者也应该记住,上层阶级其实也一直受到来自仆人一方的压迫。要知道,是他们掌握了你的全部秘密。他们或许能做到"忠诚和友善",但他们也会像费加罗那样围着你团团转,甚至往你的汤里啐唾沫。①

莱特的写作立场是明确的,而且在很大程度上无疑也是政治性的。她说:"我的目的……是要让这些仆人得到她们应有的尊严。"她希望那

---

① See Bel Mooney, "Mrs Woolf and the Servants," *The Times*, July 28, 2007.

些长期照料斯蒂文斯、莱昂纳德和弗吉尼亚以及其他家庭成员的女佣人们能从阴影中走出,她希望从一个全新的角度来对我们已经非常熟悉的布鲁姆斯伯里文人群重新加以审视。正如迈克尔·狄尔达(Michael Dirda)在《华盛顿邮报》书评中所指出的,虽然莱特的专著在反映主仆双方生活的篇幅上基本对等,但是,她更强调伍尔夫对于肉体和物质的蔑视和贬低。莱特发现,"弗吉尼亚在描述女佣们的低下情感时惯用的一个词是'subterranean'(地下的、隐秘的),该词意指'属于身体的欲望'或'低级而卑琐的本能'";"对于伍尔夫或生活在19世纪城市文化氛围中的许多人来说,房屋的格局其实也是市民阶级属性的一种譬喻,下人们被幕帘隔开,放逐到房屋的底层或边缘角落,与身体的象征性布局是同样的道理(英语中的'后门通道'、'楼梯底下'等俚语都含有与粪便和性相关的意思),佣人的形象往往是与身体、兽性或低下欲念等造成的罪愆感、愧疚感联系在一起"。为此,《伍尔夫与她的仆人》清楚地表明,"小说家伍尔夫对贫困妇女所公开表达的同情与她私下里的后缩是矛盾冲突的"。狄尔达还引述莱特的话说,伍尔夫写了"自己的一间屋子",然而她却"没有问是谁去打扫它"。不过,莱特也公允地承认,晚年的伍尔夫,态度似乎有所变化,她还是试图去理解她身处其中的那个日益走向民主化的社会的。1941年,也就在她去世前的一个月,她曾有过一则速写,记录下她对另一种女人和她的那个房间的一种好奇:在一次如厕之后,她突然注意到了盥洗室中的那个侍女。"她的生活会是怎样的呢?"这个想法在她脑际一闪而过,遗憾的是,这篇关于盥洗室侍女的回忆录却永远没能问世。

不过,如若看到以下这段话,我们对莱特撰写此著的目的或许就会有另一种认识:"我们所有的人都是无助地来到这个世界,必须借他人之手开始我们的生活,我们中的大多数人也会这样地离开这个世界。我们该如何容忍自己那不得不表现出的对他人的依靠,尤其是对那些为我们提供吃喝、帮我们打扫并照顾我们生活的人们,这已经不是一个私人的或家庭的问题,而是一个涉及社会核心结构及不平等的问题。我们不断要依靠别人来为我们做那些肮脏的活计,而过去所说的'仆人问题'其实并没有过去:它怎么会过去呢?仆人的形象把我们带入历史,而且把我们带入了自我。"显然,我们应该同意狄尔达的这样一个看法:《伍尔夫与她的仆人》不是一部干巴巴的社会学论著,而是对人类亲密关系本质的一次追问和探讨。①

---

① See Michael Dirda, "A room of one's own — and someone to clean it," *The Washington Post*, Oct. 5, 2008.

埃兹拉·庞德

虽然埃兹拉·庞德的传记算来也出了六七部,但是像爱略特传记那样具有学术分量的庞德传记却一向被认为是个缺漏。按说2007年也不是庞德的什么整日子,但牛津大学出版社推出的由约克大学A.大卫·穆迪(A. David Moody)撰写的《诗人庞德传》上卷(*Ezra Pound, Poet: A Portrait of the Man and His Work, Vol. 1: The Young Genius*, 1885—1920, 2007),立刻就引起了英美文坛的重视。英国桂冠诗人安德鲁·墨辛(Andrew Motion)、《泰晤士报·周日书评》主编查尔斯·麦克格拉特(Charles McGrath)以及伦敦大学专治现代派诗歌和庞德研究的丽贝克·毕斯理(Revecca Beasley)等,分别在《卫报》(2007-11-17)、《泰晤士报周日书评》(2008-01-27)和《英语研究评论》(2008-02-26)等重要报刊发表评介文章,英国著名学者弗兰克·克莫尔德(Frank Kermode)也在《纽约书评》(2008-05-01)发表长文,详细阐述了青年时代的庞德在第一次世界大战前英国文坛上的重要影响。

这部传记之所以受到英美学界和文坛高度的重视,其背后有一个重要的原因:第二次世界大战期间,庞德曾在罗马电台上广播了一系列反美、反犹、为法西斯主义张目的宣传,战后他被定为叛国罪遭送回美国受审,但监护医疗组认定此时的庞德已经精神分裂、意识不清,所以他未经审判便被移送到华盛顿郊外的一所精神病收容所关押。1958年,对他的指控不了了之,庞德由他妻子领回意大利生活,1972年病故。由于上述政治上的原因,所以尽管庞德在上个世纪之交的现代主义运动中发挥了堪称旗手的作用,尽管他倾毕生心血创作了堪称现代派诗歌代表作之一的鸿篇巨制《诗章》(*Cantos*, 1915—1970),他在文学史上却一直是一个极具争议性的人物。1949年2月,博林根诗歌奖评委会决定把第一届的大奖授予庞德的《比萨诗章》(*The Pisan Cantos*)时,即已预见到该决定会引起很大的争议,所以评奖决议中特别加入这样一句解释:"如果允许除诗歌成就以外的其他因素改变这一决定,那就意味着取消了这一评奖的意义,并在原则上否定了文明社会所仰赖的客观公正价值的有效性。"然而,这次评奖不仅引发了对授奖本身的不同意见,而且也开启了整个学界对庞德个人的一发而不可收的全面争论。一些评家接受了评委会的意见,不仅认为授奖是客观公平的,而且,T. S. 爱略特、弗罗斯特、麦克利什、海明威、E. E. 肯明斯、H. L. 门肯等著名诗人和作家,还联名发起呼吁,要求释放庞德;但另一些评家则对授奖感到忧虑,认为这是对庞德原本就根深蒂固的反犹情绪的一种纵容。当然,还有一些评家好心地提出另一些折衷的办法,如《党人评论》的编辑威廉·巴利特虽对评奖表示赞同,但他希望评委会明确说出他们对某些章节的反对意见,因为他担心读者会被这些章节表达的丑恶情绪所蒙蔽。著名诗人 W. H. 奥登则认为,《比萨诗章》应该获奖,但不能出版;欧文·豪提出一种权宜的解释,认为扭曲乖张的庞德只是诗人庞德的偶尔变身;乔治·奥威尔则表示,尽管庞德是一个十足的伪善者,但他仍然应该获奖,只是评委会应该明确地表态,指出庞德的哪些看法是邪恶的。对于上述莫衷一是的争议,诗人夏皮罗总结说,这场争论实在成了现代批评史上的一座"笨伯难过之桥"。然而使得问题更为复杂化的是,庞德本人坚持认为他是"真正的美国人",他的那些看法都是"爱国的"——政治观点是杰斐逊式的,经济思想是要向那些"放高利贷者"开火,而人们要他把诗歌和信仰拆分是不可思议的。庞德自己的这些鼓噪当然又引发许多作家更加激烈的反驳。美国的《星期六评论》载文称,不仅包括庞德,还包括 T. S. 爱略特、卡尔·荣格等人,他们正策划一个反美大阴谋。博林根诗歌奖不仅会触发一场革命,也将为恶毒的极权主义推波助澜。

在这样的文化氛围中,要中肯地评价庞德的确就成了一件非常困难的事情。难怪安德鲁·墨辛在回顾这段历史后感慨地说:"庞德的一生是那么充满活力,他的国际影响是那么丰富深远,而他 1972 年去世后的种种争议,又使他受到如此剧烈的妖魔化,故而直到三十多年后的今天,A. 大卫·穆迪的这部传记才得以问世。因此这部传记的出版实在是一个意义重大的事件。"克尔莫德说,以往庞德的传记大多取庞德自诩或他生前友好的中性评语作为标志性意象,如"一个严肃的角色"(Humphrey Carpenter 语)、"一座孤独的火山"(John Tytell 语)、"最后一个划桨手"(David Heymann 语)、"笼中之豹"(Harry Meacham 语),以及"这个难缠的人"(Eustace Mullins 语)等等,以回避作者自己的总结性评价。但穆迪这部传记不同,上卷以"年青的天才:1885—1920"为副题,这就大胆地为庞德的青年时代做出一个正面的评价。传记强调,庞德早在青年时代就对美国文化和教育非常不满,这种文化教育根本无法产生他所希望的"美国史诗"和美国文化的"复兴",他认为自己命定的要在别处奋斗,为此他二十多岁就离开美国到了欧陆和英国。克尔莫德说,穆迪对庞德青年时代这段经历所作的细致记述,目的显然是要让人们看一看这个志向高远、固执己见且又充满反叛精神的年轻人所做的一切,这样就为日后所见到的比萨监狱中那个死硬的老囚犯和圣·伊丽莎白精神病院里的著名智者埋下了伏笔。

克尔莫德所强调的庞德青年时代经历中,最值得注意的是他在伦敦精英文化圈中的活动及其所发挥的影响。当时年仅23岁的庞德,带着一本题名《灯光熄灭之时》的诗集,只身来到了伦敦。每周一磅的生活费,穷得只能以大英博物馆阅览室作为书房,但是,他就是凭靠着这本诗集,结识了亨利·纽博尔特爵士、爱德华·道森、奥莉维亚·沙克斯比亚夫人和她的女儿陶乐赛等重要的文化名人,并通过他们跻身到伦敦精英文化圈的中心,而且结识了他心目中最伟大的当代诗人叶芝。当然这也是一个奋斗而成功的过程。与此同时,庞德还赢得了陶乐赛的芳心并与之结婚,而叶芝于1917年所娶的妻子乔治亚·海德—李斯,既是奥莉维亚的继任女,也是陶乐赛的闺密,故而庞德充当了叶芝婚礼上的男傧相。没有多久,庞德惊奇地发现叶芝周围的人几乎个个都相信神秘学,而他却除了诗歌以外对这一套毫不动心。不过尽管这样,他仍然鼓动叶芝朝所选定的方向继续走下去。叶芝曾说过,"我一辈子都在摆脱修辞的束缚"——庞德在这方面可助他一臂之力。克尔莫德说,我们都知道庞德对T.S.爱略特的《荒原》所作的修改,他删掉了他不喜欢的诗行,使留给我们的这部现代主义诗歌的核心文献变得更加猛烈,更加有名,然而我们或许有所不知的是,庞德对叶芝的帮助其实也毫不逊色。

庞德热爱智者,对年长者毫无偏见。他一如既往地赞扬叶芝和福德·迈道克斯·福德这样的老人——后者也坚持主张诗歌应像散文那样采用直接、确切的语言,摒弃一切修辞;但庞德比叶芝更需要年青艺术家的陪伴,他希望他们分享他对于艺术和诗歌的看法,赞同他在关于诗歌的宣言中所表达的情趣。没有多久,庞德显然达到了这一目的。他周围逐渐聚拢起一批非常杰出的"意象派诗人":T.E.休姆、温德姆·刘易斯、亨利·戈蒂尔—布利泽斯卡、H.D.以及她的丈夫理查德·阿丁顿等,他成为这个诗歌团体的核心。

此时的庞德已经很容易跻身各种刊物。意象派诗歌很快就从简单的"俳句式"诗体向更加雄心勃勃的运动——旋涡体进发。庞德将这种意象描写成"一个光芒四射的节点或一道光束;它是……一个旋涡,思想从那个地方,或通过它,或朝向它不断地冲击"。也就在这个时候,庞德开始展望他未来将撰写的百科全书式、史诗般复杂万变的《诗章》了——他要用完全异质的诗材打造极其生动的意象。正是出于这样的考虑,他后来才会那么专注地对中文象形字符发生了兴趣。他越来越喜欢形式简约、意蕴隐秘的诗句。他觉得诗意应该深藏不露,寥寥数行

附录：现代派文人剪影五则

即传达出无比丰富的含义，一如李白的《玉阶怨》("The Jewel Stair Grievance")。

在伦敦期间，庞德开始把他对诗歌形式的要求——简捷、精确、充满活力等，与他的政治兴趣联系起来。在这方面，他显然受到了《新时代周刊：政治、文学和艺术评论》主编阿尔弗莱德·奥拉格的影响。他不仅开始注意工业化冲突、战争背后的经济原因，而且对 C. H. 道格拉斯少校的经济理论也越来越感兴趣。克尔莫德指出，是道格拉斯的一套与美国资本主义相抵牾的经济理论，使庞德把他对诗歌语言的确切、明晰的要求与社会政治体制的健康联系起来。庞德自幼得到良好的语言训练，早在宾夕法尼亚大学就读时，他即声称自己大约掌握了包括希腊、拉丁、古法语在内的九种语言，但是，他对学究味十足的传统语文学非常讨厌，认为这套陈词滥调阻碍了他对诗歌和艺术的严肃探讨。第一次世界大战爆发后，他认为德国之所以会发展到军国主义和极权主义，其原因应归结到德国的国家教育，特别是它腐朽的语文学教育。他认为这种教育既破坏了语言的自然节奏，又扼杀了个性的自由。他很快把他的这场私人的战争延伸为反对以高利贷（usury）为代表的整个资本主义，他认为高利贷是一种邪恶势力，既是美的死敌，也是社会秩序的死敌。他继而又把这种认识写进了他的《诗章》。

《向塞克斯图斯·普罗佩提乌斯致敬》(1919)和《休·塞尔温·莫伯利》(1920)是庞德青年时期最重要的诗作。《致敬》出版时，庞德已采用多种不同叙述人身份创作了多种诗体的诗歌。有些诗歌，如《塞思蒂娜：阿尔塔福特》，已被选入一些诗歌选本；有些诗歌或让人产生普罗旺斯行吟诗歌的联想，或又表现出佛罗伦萨诗人卡瓦尔坎蒂和但丁的影响；他还有一些诗歌，似明显受到中国古诗或日本能乐的启发……在伦敦期间，庞德还翻译了数量惊人的盎格鲁—撒克逊"航海人"诗歌和揶揄现代风气的讽喻短诗。美国国家图书馆版的《庞德诗选》将《致敬》和《莫伯利》视为迈入庞德主要诗作的门槛，而入门之前的这部分译诗竟有 500 页之多。关于这些译作的价值显然有待于学者们的讨论，但庞德青年时代的这两部代表诗作及所有的译诗，则至少已能表明他所倡导的一种现代主义新诗风的确立。他后来之所以会将爱略特的《荒原》砍削成现在看到的样子，他之所以会与乔伊斯一拍即合，并不遗余力地为当时还名不见经传的他奔走争取皇家文学基金津贴，为他张罗出版《一个青年艺术家的写照》等等，其中一个很重要的原因，就是因为他在心中早已勾画好了一幅现代主义诗歌的图式。

丽贝克·毕斯理在她的书评中指出，穆迪这部传记最重要的一个特点，就是它完全"用（庞德）自己的话来勾画他的形象"，而且"极其准确地勾勒出了他的思想发展轨迹"。他对庞德在什么时候读了什么书籍等都有尽量确切的考证。例如，他不仅从庞德就学的汉密尔顿学院的课程档案中查到他是在一年级时就念了但丁的《神曲》，而且还发现，那门课程特别强调意大利文学与欧洲思想的联系，课程中包括了不少庞德其实并不太喜欢的欧洲中世纪思想内容（这些都有庞德写给他母亲的未发表的信件为证），而且更让人赞叹的是，她还查到了庞德在读书时如何借助海涅、布莱克和维庸的诗句来理解《神曲》中的诗行和意象。这样，穆迪就为《诗章》采用的所谓"象形字符并置法"（ideogrammic method of juxtaposition）和把《诗章》本身视为世界文学的一部分这两个最重要的特点找到了极其令人信服的证据。不仅如此，毕斯理还指出，穆迪还把所查到的传主生平经历与对他的诗歌作品的细致分析结合起来，而他在进行作品的分析时，完全表现出一个批评家而不仅仅是传记家的眼光，传记中的许多诗歌读解和分析显然都是对过去一些误读的纠正。在这个意义上，毕斯理认为，穆迪对庞德这个年青天才的强调，不仅巧妙地驳斥了过往批评界对庞德的敌视态度，同时也是对时下庞德研究和现代派研究中一种流行观点作了反驳，按这种观点，庞德充其量只是现代主义运动的一员，一个很有影响的编辑、出版人和技术策划，而谈不上是个卓越的个人天才；《诗章》则仅仅是一系列艺术品味很高的断片的展示，而谈不上是一个完整统一的整体。毕斯理说，在20世纪中期，关于庞德的身世和《诗章》内在统一性就有过争论，现在穆迪又一次冒险把我们领回到这场争论上来。但这一次的情况不同了，他为我们提供了许多新的第一手材料，凭借这些材料，我们完全可以得出新的结论。当然也许有人会不同意这部传记所提出的论点，有人会持怀疑的态度，但是毕斯理相信，他们一定会读到一部关于庞德的最完整、最睿智的传记。

W. H. 奥登

众所周知，一个作家的宗教信仰无疑是他世界观中最重要的组成部分，对他的创作有着极为重要的影响。为此，文学研究往往都对所论作家的宗教观、宗教信仰投以特别的关注。在众多涉及作家宗教信仰问题的研究中，我们经常看到这样一种倾向：研究者首先在作家的自述中上下搜寻，发现某个（些）符合某宗教教义的字句，接着就凭借这些字句对该作

附录：现代派文人剪影五则

家的宗教身份和信仰做出一锤定音的判断，并认定这一宗教的教义就是他/她的言行准则和文学创作的出发点，在此基础之上，他们或又反过来再对作家的作品做一番符合该宗教教义的阐释。这样的一种指认和比附，实在是把宗教信仰的问题看得过于简单了。其实，对一个作家来说，宗教信仰固然对他的创作有很大的影响，然而，这种影响往往是具体的、因人而异的——是他在某个特定时刻对该宗教教义的某种特定的理解和认识。这样，不仅信仰同一宗教的文学家、艺术家之间仍存在差别，即使是同一个诗人或作家，在他人生的不同阶段，他对宗教教义的认识和理解也会有这样那样的不同，因而使他即使表现同一教义的作品之间也有值得关注的差别。《纽约书评》前不久刊发爱德华·门德尔松（Edward Mendelson）对《奥登与基督教》（*Auden and Christianity*）一书的长篇书评（"Auden and God," *New York Review*, Dec. 6, 2007），便在这方面为我们提供了十分有益的启示。

门德尔松是美国哥伦比亚大学英语和比较文学莱昂奈德·特里林讲座教授，诗人 W. H. 奥登的文学遗产执行人。他除了在奥登研究方面有深厚的造诣，对英国 19 世纪末 20 世纪初的小说，对美国的托马斯·品钦的研究等也颇有令人瞩目的著述。

门德尔松首先对奥登与 T. S. 艾略特的宗教理念做了一番辨析：艾略特把宗教视为"旋转的世界中一个静止点"，是"火焰最上方那个顶结"，是"那扇我们从未开启的门"——它代表着某种完美、永恒、永远无法企及的东西；而奥登则认为，宗教出自"汝应爱人如己"这一戒律，它是一种待人的义务——我们面对无可逃遁的现实世界时所必须遵循的义务。

门德尔松继而指出，尽管基督教教义影响了奥登诗歌的基调和内容，我们甚至可以说，基督教的教义是他一生的关注，但许多读者和他的朋友却对此缺乏认识。原因就在于奥登有时会以一种让人觉着非常轻佻的语调说话，他的这种话语方式，如果倒退几百年，甚至很可能会引起宗教审判官的不满。很明显，门德尔松提请我们注意这样一个事实，即奥登的宗教信仰很可能被他的一些表面看似"轻浮"的词语所掩盖或扭曲。因此，对于那些从一般意义的层面去理解宗教的人，奥登的基督教理念就有点难以把握。例如，他坚持认为只有成年人才会有宗教承诺，因此非要让儿童或少年接受宗教是很荒唐的事；他对陀思妥耶夫斯基晚期作品中那些所谓表现了"夸大狂般的情绪"（"megalomaniac sentimentality"）、"让人毛骨悚然的耶稣形象"（"Creeping Jesus"）也颇不以为然。他认为，当时俄国人对于基督的狂热，只是在为他们的军事占领寻找一个狂喜和满足的借口。① 他甚至还认为，人们通常所笃信的"地狱"和"诅咒"等，"在道德上是令人厌恶的，在智性上也是不可相信的，因为这些都是按照关涉人类罪恶的法则想象出来的，是全能的上帝不顾罪人的意愿强加给他们的一种责罚"。② 另外，针对某些宣扬宗教的神秘性并要求报以敬畏之心的做法，奥登也认为这样的感情是对宗教的偏离。

尽管奥登有以上种种完全可能遭人误解的言辞，门德尔松却仍然坚持认为，奥登"不仅对自己在安立甘宗教会的会籍是严肃认真的，而且还从基督教教义中引出了许多东西，被他奉为道德和审美的原则"。不过他又补充说，我们似乎需要强调问题的另一方面，即奥登对他所在教派及其教义的看重，仅仅是因为它们能帮助他做到"爱人如己"。而当这一切本身成了目的，它们使信奉者更加超凡脱俗，那么，用奥登自己的话来说，它们就又会变得"非基督教化"（unchristian）了。

奥登曾明确表示，他所信守的对某个一神论宗教中的上帝的个人信仰，其实是人类用以思考的一种人格化语言的产物。所以，他晚年在读了《科学的美国人》杂志上一篇谈论皮肤上的微生物的文章后，就写了一首诗，试图探讨这些微生物会以怎样的方式创造一种它们自己的宗教信仰，并对它们周围世界的道德意义做出怎样的解释。诗中隐含了这样一个意思：人类神学与微生物的神学一样，都是应特定环境的需要而设计出来的。

奥登出生于一个医生家庭，父亲是伯明翰大学的公共卫生学教授，校医院的主管，他的业余爱好是考古博物学；母亲是伦敦大学的高材生，后又接受了护士培训。奥登夫妇都是英国国教派信徒，奥登从小就参与教堂举行的各种宗教仪式，他既感到神秘，又感到好奇，据说，他13岁进入青春期时还有过一段"宗教狂热"（Schwärmerei）的体验。1922年，他15岁那年，一个同伴在闲聊时发现他信教，便连忙转换话题，问他是否写诗。此前的奥登从未写过诗，但此刻却突然觉得当个诗人才是自己的使命。这一年刚刚步入青春期的奥登竟"发现自己失去了信仰"，而具有魔力、令他兴奋的诗歌取代了宗教。在后来的15年中，奥登转而用心理学和经济学语言来对这个世界做出解释，他基本上相信这些完全可以代替宗教。在这一人生阶段，他的智性结构大体上由弗洛伊德、D. H. 劳伦斯、马克思以及一大群不太知名的人物组成，如人类学家约翰·莱亚德，神秘博学论

---

① See "Dostoevsky in Siberia," *The Griffin*, November 1956, p. 13.
② See "Introduction" to Charles Williams, *The Descent of the Dove*, Meridian, 1956, p. viii.

附录：现代派文人剪影五则

者杰拉尔德·赫德等。1934年，他甚至还曾引用过列宁和T.E.劳伦斯，称他们为"自由的强力动因"，然而两年后，他又修改他早先的诗作，删去了所有关于共产主义的好话。

但《奥登与基督教》一书认为，即使在奥登以为自己永远告别了基督教的时候，他实际使用的仍是一套基督教的词语。门德尔松同意这一看法。他举例说，与奥登合作撰写了三个诗剧的伊舍伍德，就留下不少关于奥登如何偏爱借用圣餐仪式、礼拜仪式的记述。而在他有关世俗主题的诗歌中，读者若仔细体味，也会发现这些诗歌其实都隐含有宗教意味的认识起点。例如，他那首充满了不祥征兆的《哦，那刺耳的声音是什么?》(1932)，表面看上去是18世纪英格兰的背景，因为里面提到"红衣士兵"，而根据奥登后来的回忆，他那首诗的灵感来自"花园里的苦痛"这幅油画，位于背景上的红衣士兵看似无害，而"恰恰是因为人们都读过圣经故事，所以他们知道他们实际上是来抓耶稣的"。

因此，门德尔松认为，我们不能仅仅抓住奥登自述的某些文字表象就对他的宗教观做简单的判断，我们必须对诗人的全部历史和作品有充分的了解，并仔细体味他在各个不同创作阶段的写作动机以及那个特定的创作氛围，才能比较准确地把握作家真实的宗教关怀和情绪。门德尔松指出，1940年，奥登在经过七年的思索后才又重返安立甘宗的仪式参拜。在这七年里，奥登一直在思考基督教义的道德内涵，思考"爱人如己"或相反究竟会是什么意思。

按照奥登的记述，这个思考过程起始于1933年的某个"并不全然是基督教意义上的"个人经历，但回想起来，"它"却正是多年后帮助他"重返安立甘宗的一个至关重要的因素"。奥登说，当时他在唐斯中学教书，"6月里的一天，我和三个同事(两女一男)晚饭后坐在草地上聊天，我们之间处得不错，但也算不上非常亲密，更谈不上有性方面的兴趣。那天也没喝酒，就是闲聊一些日常琐事。但是，毫无任何预感，我忽然觉得有一股力量袭来，一股无法抵御、肯定不属于我自己的力量向我袭来。这力量使我平生第一次懂得——因为我有切身的感受——所谓'爱人如己'究竟意味着什么……我个人对他们的感情并没有变化——他们仍然是我的同事，并不是密友——但我感觉到他们作为个人而存在的莫大价值，我为身在其中感到高兴"。奥登为此还写过一首诗《夏夜》，诗中对没有明说的那个"它"充满了感激之情，正是"这，我们生怕丢失/我们的隐私"，或简单地说"它"——诗歌以表达对"它"的希望而结束，希望在社会革命带来宽宥和平静之后，"它"又一次会显现。

无论是这一次,还是以后的宗教体验,其实都没能给奥登带来任何的自我满足。奥登的诗歌义无反顾地期待着能摧毁他本人和他的阶级的一场社会革命。他后来又回忆起这一体验时写道,他当时就知道那体验早晚要结束,而"当它真的结束时,我的贪欲和自矜就又回来了……关于这一体验的记忆并不能让我不去利用别人……但它却能让我认识自己的作为,这样要自欺就会非常困难"。后来,他在陈述艺术的目的时也表达过同样的看法:艺术"要讲真话,它有祛魅和解毒之功效",故能使自欺变得更加困难。

就这样,通过对奥登如何就"爱人如己"这一基督教理念所做的反省,门德尔松把奥登的宗教信仰具体化、个人化了。他让我们清楚地看到,基督教教义如何在奥登这样一个具体的诗人身上发生作用,对他的人生观和道德理念影响到怎样的程度。

门德尔松还强调,重大的历史事件无疑也会促使作家对自己的宗教信仰做深刻的思考。在二战爆发的当日,奥登曾写了一首题为"1939 年 9 月 1 日"的诗歌。初稿中有一小节表达了奥登这样一个看法:不管人们过去是否热爱他人,他们早晚都会接受热爱他人这条圣训。但他后来又意识到,训诫其实也含有不接受的自由;你并不需要接受训诫才决定是否需要呼吸或睡觉。为此,他划掉了初稿中那句非常著名的诗行:"我们必须在互爱或死亡中做出选择!"因为爱并不是一种身体的需要,它只是一种个人的选择。两个月后,他走进曼哈顿的一家德语电影院,那天正放映一部德国官方纪录片,欢庆纳粹攻占波兰(在美国正式向德国宣战前,影院放映德国影片是不受任何限制的),观众中竟有人高呼"杀死波兰人!"的口号,这令奥登非常惊愕,因为这些人都是普通的德国移民,他们并没有受到逼迫去支持纳粹。许多年后,他告诉一位采访记者:"但我当时实在不知为何会做出反应,反对这种对一切人文价值的否定,我于是又回到了教堂。"从 1940 年开始,奥登说他"尝试性地"参加了教堂活动,并开始阅读克尔凯郭尔、保罗·蒂利希和其他新教神学家的著作。他们的神学理念都强调终极性的道德要求,而不睬那些超自然的信仰,认为那些都是古代民间宗教的残余。

然而,需要注意的是,奥登的这种内心反省一直是他不愿公开的一个隐私。他不仅在诗中对他上教堂一事讳莫如深,他甚至对朋友们也保守着这个秘密。他在给 T. S. 爱略特的一封信中曾提到,"读了查尔斯·威廉姆斯和克尔凯郭尔,我基本上回到了和你一样的立场,那毕竟是我从小成长的环境",在这句话之后,他又用括号补充说:"这一点请不要对任何

附录：现代派文人剪影五则

人说。"在他公开的文字中，他往往采用复杂的大字眼，鼓吹对"绝对前提"、"形而上学"的需要，而缄口不谈他本人信奉的宗教理念。对此，门德尔松推测说，这也许是他为自己堕入一种在智性上不太时兴、且与他曾经推崇的弗洛伊德、马克思主义等相悖的观点而感到困窘，也许则是因为他向来不愿意充当某种思想理念的宣传平台。

门德尔松说，尽管奥登告诉艾略特他回到了和他相似的宗教立场，其实这里所谓的相似也仅限于他俩上同样的教堂、都参拜英国国教的仪式而已。奥登曾非常谦恭地、甚而超出他平常的行为准则，对艾略特关于宗教的文字提出过一点所谓"不和谐的、自命不凡的看法"：艾略特所说的文化由社会高层来传递是不妥的。奥登则认为，在过去的两千年里，它是由教会传递的。关于艾略特晚期诗剧的寓意，奥登说他有"绝对的把握"认为，艾略特无意暗示那些受到宗教使命召唤的人比未受到召唤的更加聪明或社会地位更高，他"只不过是为了满足喜剧惯例的需要罢了"①。

门德尔松的分析颇有道理，在我看来，这一分析在总体上还给了我们一点重要的启示：宗教信仰是人的一个极其个人化的隐私，有了这种信仰，与其说个人可以与所信奉的上帝之间进行沟通和交流，毋宁说是人在对自己的言行做一种完全出于自觉的考量和反省。而从这个意义上说，对于一个作家宗教信仰的探讨，无疑是对这个作家研究的最重要的构成部分，但是，正因为它的个人化和私密性，对作家宗教信仰的探讨，又是研究这个作家时最难进入的一个领域。对此，我们有足够的思想准备和学术准备吗？

---

① See "T. S. Eliot So Far" in *The Griffin*, March 1953, p. 5.